世界华人文库（第四辑）

氿云瑶

崔淼淼　著

河南人民出版社
·郑州·

图书在版编目（ＣＩＰ）数据

汜云瑶 / 崔淼淼著 . — 郑州:河南人民出版社,
2025 . 1
ISBN 978-7-215-13417-1

Ⅰ . ①汜… Ⅱ . ①崔… Ⅲ . ①长篇小说-中国-当代
Ⅳ . ①I247 . 5

中国版本图书馆 CIP 数据核字(2024)第 035328 号

河南人民出版社 出版发行

（地址:郑州市郑东新区祥盛街 27 号 邮政编码:450016 电话:0371-65788012）
新华书店经销　　　　　　　　　河南大美印刷有限公司印刷
开本　710 mm×1000 mm　　　　1 / 16　　　印张　12.5
字数　218 千
2025 年 1 月第 1 版　　　　　　　2025 年 1 月第 1 次印刷

定价：59. 80 元

《氿云瑶》：一部蕴藏在美玉中的百年史诗

毕光明

走西口，下南洋，闯关东。中国历史上，继"衣冠南渡""安史之乱"和"靖康之难"后第四次最大规模人口迁徙是"闯关东"。千百年来，先祖们筚路蓝缕，为了谋生远赴异乡，留下了许多悲欢离合的时代印痕。《氿云瑶》中故事发生的地理背景是辽南，在宏大的时间跨度中，以孙家三代人为书写对象，在波光粼粼的历史叙事中展开了一幅充满地域风俗、辽南风韵、心灵相通、代际传承的迷人画卷。

小说以"氿云瑶"为意象载体，是从齐鲁大地延续下来的儒家入世精髓与中华民族的家国大义的融会，既是物质的真实存在，又是精神的绵延纽带，更是孙家几代人乃至闯关东群体影像的一种精神传承。小说文笔凝重沉实，行文走笔于波光激澜之中，有汪洋恣肆的大气，又有秀雅文静、浑厚庄重的质感，是一部富有历史意蕴的难得佳作。

弘扬群体合力、家国大义是小说的主题，儒家的入世精神是这部小说的暗线，有排山倒海的强大精神力量，在不动声色的叙事中注入小说情节中。在故事层面，情节的起伏穿插于众多人物的命运交织之中，着力刻画了孙家三代开创者和继承者的君子之风与雍容大气：第一代开创者孙秋山以仁义立世，第二代继承者孙绍章以敬业传家，第三代孙瑾瑜以博学延续家风，他们是众多闯关东家族的缩影。书中同时融入了层层历史大事件，如"丁丑奇荒""庚子国难""皇姑屯事变""东北易帜""西安事变""改革开放"等，真实还原了每一个特定历史时期的世事变迁，刻画了地域群体和家族代际的心灵变迁，描绘了大江大河的爱恨情仇。亲情与爱情、乡情与家国情在历史舞台上徐徐展开，完整保留了辽南文化风貌，是研究地域文化的重要文字参考资料。孙家三代人是勇者和智者的体现，他们身上的标签是奋斗者、引领者、开拓者、变革者，富有不同时代的气息与神韵。

尤为难得之处在于，作者的创作不仅仅局限在辽南地区，还描写了山西、苏杭、京师、广西等地；尤其在小说末尾，作者跳出辽南地域看辽南，从"寻玉"的角度提升故事的立意和厚重感，以旁观者的视角深化小说的思想阈值。

在作者的细节描述中，有动人的文字表现力和涉猎广泛的博学痕迹，从园林、饮食、建筑、风景、书画、卜卦、古玩收藏到家居生活，都流露出精细的美学境界和迷人的文字魅力，以及充满古典韵味的艺术感染力。特别是关于孙家第二代的生活习性，与第三代的雅好文玩，都是日常人间烟火气与艺术张力的结合。孙家这两代人经历了跌宕起伏的历史波澜，在极其艰难的时候，依旧保留着对艺术和美的珍爱与热情。

作者崔淼淼在细节处理中体现了自身的文学修养和艺术表现力，每一个形象既是活生生的，又是带着某一种理想寄托的化身，是经历过生活的一种提纯和再造。这些呼之欲出的人物在不同领域中体现出作者对历史的敬畏、对美的执着与领悟。

小说的三卷分别以"易""爱""散"为分卷主题，分别对应了三代人的主要人生轨迹，是重要的内容要素，分别包含了易经玄学与仁义之"义"，小情小爱和大江大河的家国情怀之"爱"，为追寻信念和梦想而四散天涯的"散"。每一卷主题之下都标有诗词作为隐含注解，是一种新颖的形式，也是对每一卷主题的浓缩。小说超越了表象区域时空的故事外观，转而从一个全景式的跨越时空的角度来审视每一代人的特征与心境。每一代人都迥然不同，人物形象呼之欲出，既有家族先行者孙秋山坎坷中正、行仁守义、传奇神话的一生，也有孙绍章力挽狂澜、纵横政商两界的长袖善舞与大将之风，还有孙瑾瑜痴迷古玩收藏、沉迷男女情爱、亦正亦邪的复杂个性。而每一代女人们又都各有千秋：乔钰涵有智慧和魄力，是当家主母的完美化身；田美贤貌美贤惠，是相夫教子的传统式女性代表；宝田则是忍辱负重、以德报怨、柔忍当事的可敬之人。此外，书中还有一系列栩栩如生的人物形象，如铁卦神手韩半仙、盛京将军大管家、百年绸缎庄两代掌柜、俊逸的青衣公子、痴情的绍兴师爷、传奇的奉系军阀张大帅父子、忠心耿耿的助手、色艺双绝的江南名妓、憨厚信实的小木匠、军人等，人物之众之广，不逊于大观园中的琳琅角色与多变世态。包罗万象中，人物可感可触。

对于一部优秀小说来讲，内容的丰富和广泛会加深一部作品的历史感和丰盈度，从宽度和广度拉伸艺术张力。这一点，崔淼淼做得十分出色。她在每一个历史时空中安插了若干大事件以及穿插其中的人物情感和命运走向，将历史叙事隐含在生活细节之中，分割出独立的密集小时空，书中看点熠熠如繁星浩瀚，读来令人目不暇接，爱不释手，有一口气读下来又想回头再看片段细节的欲望。作者对于写作态度的严谨体现在很多方面，她的创作不是信马由缰凭借素来的文学经验完成的，而是极其注重资料的研究和搜集，像一部百科全书，旁征博引浓缩荟萃了不同的知识层面，每一笔都是经过深思熟虑的。比如：她为了写韩半仙卜卦，就参考了许多有关《易经》方面的资料；为了写孙绍章大婚场景，她就查找了许多辽南婚俗资料；为了写收藏古玩，她就浏览了大量相关内容。总之，崔森森小说内容之厚重与广博，来自她笃实沉着的创作态度，能沉得住气、稳得住心，下笔才能摇曳生姿。她以人物白描与情节渲染的绘画笔触，勾勒出爱恨情仇、命运流迁、山川日月、城郭村池、街市店铺、万物生灵、滩涂海岸、园林灵秀、冰雪北国，一定程度上全景式记录了辽南地区近百年来的风云际会与历史流迁，既是人间烟火的众生合集，也是时代镜像的大成之作。

崔森森是文坛新起之秀，她的才气和勤勉有目共睹，曾经在一年之内发表散文、随笔、诗歌、短篇小说60多篇，出版了2部长篇小说、2部文集、1本画册。她的创作一直在不断的变化和探索中，她善于透过事物的表象，迅速抓住隐秘的本质，她的写作不单是局限于自身的经历、情感、经验，而是放眼不同的领域和茫茫人海，在芸芸众生中探寻不同心灵的隐形之所。崔森森的作品中有哲学的思索、美学的张力、易学的深奥、历史的厚重、生活的真实、散文的语言、诗歌的意境，她始终在探索创作的无我之境，用笔构建一千个世界和春天。

可以这样说，《氿云瑶》是一部让人忍不住一读再读、无限回味的出色长篇小说，是一部蕴藏在美玉中的百年史诗，散发着神秘而迷人的光彩。

毕光明，文学博士、教授、博士生导师。中国小说学会副会长、中国当代文学研究会常务理事、中国世界华文文学学会副监事长、中国作家协会会员。他是一位享受政府特殊津贴的专家，海南省有突出贡献优秀专家，海南省第五届高等学校教学名师。主要从事中国当代纯文学研究，出版有《文学复兴十年》《虚构的力量：中国当代纯文学研究》《批评的支点：当代文学与文学教育》《纯文学视镜中的新时期文学》《纯文学的历史批判》等学术专著。有论文和专著获海南省社会科学优秀成果奖论文类一等奖（2003）、专著类一等奖（2004）。现主持国家社科基金项目"中国当代文学问题史研究"。

自　序

　　这部书筹划良久，一直在酝酿内容，构思情节，想让历史风云、恩怨情仇、代际兴衰、民风民俗、神话传说、书画建筑、古玩收藏、易经数术等都囊括其中。

　　从2021年年初，我一边不停地写散文、随笔、短篇小说、诗歌在海内外报刊和网络平台发表，一边着手写作这部长篇小说。年初，我通过了层层面试和口试被自己心仪已久的一所大学的东亚语言系选中担任助教一职。然而在对方发出录取聘书之际，因为美国愈演愈烈的疫情和种族矛盾，而那所大学距离我和丈夫生活的东海岸千里之遥，最终在权衡了所有利弊得失之后，我忍痛放弃了这份心心念念了许久的工作。此后，便专心从事创作，虽然一想到这个被自己忍痛舍弃的工作就会难过，可是世间事总是有得必有失——得之我幸，不得我命，凡事看开就好，一切随缘吧。

　　总而言之，辛丑年依旧是世界动荡冲突的一年，对于我来说则是一个蓬勃向上的忙碌丰收年：全年一共发表了42篇各类文章，共计超过16万字，参加了5次国际画展，举办了1次个人画展。其间，丈夫8月被派往非洲工作，我独自一人留在家中生活，经历了最初的恐惧不安之后，就慢慢地适应了一个人的独居生活。之后，我开始拥有越来越多的时间和精力来创作这部小说，画画、弹古筝、练习书法，也自得其乐地享受一个人自由自在的时间和空间。

　　书中的故事是半虚构的，创作过程中参考了许多相关资料，是一本融会万千的小说，充满了浓郁的辽南地方风物特色。这本书中一些人物是真实存在过的，也是我从小就听外婆和母亲说起过的，都是与我连带血缘关系的先祖，纵然我与他们相隔一两百年。我也曾记得看过一些黑白老照片，里面的人物虽从未谋面，却有一种熟悉感和亲切感。在我写这本书的时候，几个在我记忆中占据了深刻印记的人物都被活色生香地进行了再加工，基于原型又脱离了时代和身份的羁绊，活得恣意尽兴。在创作这本书的过程中，我的情绪也经历了起起落落，中间打了三针新冠疫苗后，整个创作状态也受到了影响。在感恩节和圣诞节时，我利用假日休息，做起了完全的宅女，整日重复着写作、吃饭、睡觉三点一线的节奏，每天一睁眼就开始想今天要写的内容会不会顺手。后来我有幸和张辉社长一起着手评选"首届华人影视文学奖"，我有幸担任了活动组委会秘书长，得以有机会拜读了许多在北美、欧洲、东南亚地区著名作家前辈们的重量级作品，我的眼界豁然开朗，对作品格调、布局、节奏和运笔都有了崭新的认知及评定标准。站在这些文学之山的山巅，我对文学和写作的使命有了更深刻的理解和体会。在无数个熬夜加班的颁奖词书写过程中，我在不同作家的书中看到了这世间最不可思议的苍凉底色和波澜壮阔的纷繁人生。

活动过程中，我的小说其实已经都写完了，当时正在进行第二稿和第三稿的修改检查。当首届华人影视文学奖评选结果公布时，我的小说也在随后的两周封笔。一切都恰到好处，不晚也不早，仿佛命里注定一般。

崔淼淼
2022 年 2 月 2 日写于乔治亚州圣玉堂

作者简介

崔森森，系北美中文作家协会终身会员、海外华文女作家协会终身会员。北美洛杉矶华文作家协会、海外文轩、美中艺术家协会、亚洲艺术协会会员。世界华人网总编，华人 TV 执行总编，景心传媒总编，欧美影视协会秘书长。曾任大学教师、报社记者，曾多次获得国内省级和国家级新闻奖项。密歇根州立大学教育硕士。多次进行个人画展及联展，绘画作品多次入选国际画展并获奖，被美艺术机构永久展示。系列影视云讲座主持人之一，欧美影视协会创会者之一，"首届华人影视文学奖" 创立者之一。已出版长篇小说《翡墨庄园》《氿云瑶》，综合文集《森森看世界》《森森访谈录》，散文集《倾斜的玉壶》《候鸟》，诗集《夜雨梧桐》，新闻报道专辑《森森视点》，短篇小说集《流花冷月河》，个人艺术作品画册《花瓷间·璃灿珐琅》《森画世界·泰裳之霓诗画集》，主编《首届华人影视文学奖作品导读》《法南拾穗》《第二届世界华人作家笔会会刊》《世界华人周刊百期精读》。电视栏目《华人骄子》森森访谈节目《国医名家》栏目创始人，担任撰稿、总编导、主持和后期制作。创作话剧剧本、电影剧本等三部作品，众多小说、散文、诗歌、通讯、新闻报道等刊登于《世界日报》《国际日报》《安徽日报》等海内外报刊及网站。

故事梗概

　　1878年，旱魃肆虐，大旱持续了整整四年，史称"丁丑奇荒"。孙秋山从山东逃荒闯关东，夜宿辽南一处明代古庙中，遭遇离奇大火，幸得白衣老者梦中现身相救，逃过一劫；又得白衣老者梦中相赠苍玉汎云瑶传家护身。铁卦神手韩半仙闻听前来为他卜卦相面，为其指点迷津，泄露了天机，很快离奇亡故。孙秋山听取韩半仙临终前劝告，典当了苍玉汎云瑶起家，兴家立业，创办连锁绸缎庄、钱庄、鸭蛋庄，经历了商海暗战，巧遇红颜知己，智斗夺回汎云瑶，绞杀匪商马队，收复被匪商强占的盐场。庚子国难，他慷慨捐助，救国于危难。尔后，为官一方，办学堂、兴实业，开启了孙家三代人的传奇人生……

目 录

第一卷

【易】为天地立心，为生民立道，

为往圣继绝学，为万世开太平。

第二卷

【爱】钟情怕到相思路。盼长堤，草尽红心。

动愁吟，碧落黄泉，两处难寻。

第三卷

【散】无波真古井，有节是秋筠。

人生如逆旅，我亦是行人。

第一卷

【易】为天地立心，为生民立道，
　　　为往圣继绝学，为万世开太平。

第一章　魃祸

1878 年，一场旱魃肆虐"二百余年未有之灾"中，大清帝国陷入风雨飘摇之境，垂暮帝国的根基几近倾塌殆尽。

千里荒烟，饿殍载途，白骨盈野。饥馑与死亡如同洪水猛兽，四散蔓延咆哮，惨烈吞噬掉两千多万流民性命。从 1876 年至 1879 年，大旱持续了整整四年，史称"丁丑奇荒""丁戊奇荒"；受灾地区有山西、河南、陕西、直隶（今河北）、山东等北方五省，并波及苏北、皖北、陇东和川北等地，尤以山西、河南、山东灾区最为严重。

为寻一条活路，成千上万的平民百姓背井离乡——走西口，下南洋，闯关东。中国历史上，继"衣冠南渡""安史之乱"和"靖康之难"后第四次最大规模人口迁徙，在灾难深重的华夏大地上重演。

辽南，复县，一个沉寂的月夜。一钩残月高挂疏朗的流云星空，星子神秘闪烁着微光，窥探广袤之野，死死盯住漆黑的关东大地上一座紫色祥云笼罩着的破庙屋顶。

月光挟着星光，穿透过庙顶被荒草鸟兽破坏的瓦漏缝隙，像一柄寒光利剑，又像一道无声神谕，直指庙中正堂草席间一张熟睡的脸。这张脸属于一个青年后生，几天前，他从山东漂洋过海，随着流民大军闯关东，来到关外龙兴之地。一路颠沛流离，风餐露宿，肩挑一杆扁担、两个箩筐，一人独自夜宿破庙。

睡梦中，他似乎看见一位白衣老者拍了拍他的肩头，面有忧色道："还不逃吗，后生？"他一个激灵惊醒，四下打量周遭，一片宁静黑暗。他恍然一笑："原来是场梦。"挠了挠头皮，重又躺下入睡。

庙宇一角，暗处的青烟缓缓升腾，像一条条细小的毒蛇，幽暗起舞。白衣老者再次现身，重重拍了拍后生的肩膀，忧色更深，训斥道："还不起来逃命吗?！"他再次被惊醒，梦中的老者太过真实，似真似幻，他摸了摸肩头，还能感觉被拍之处隐隐的痛觉。他抬头，仰望屋顶瓦漏缝隙，一道清寒月光裹挟着星光倾泻而下。他猜，此时应该是寅时。他环顾黑暗的庙宇四周，悄然阒寂，似乎并无任何异动之声。于是，再次躺下入睡。

一条条细小如毒蛇般的青烟，悄无声息，包抄围拢而来；星星点点殷红色的微弱火苗像蛇的毒信，迅疾游走，向他周身游弋袭来。白衣老者猛然出现，向那熟睡后生的肩膀重重拍下一掌，厉声喝道："还不快逃！"诡异，惊愕，一切清晰真实，来得迅雷不及掩耳，如真似幻，令人毛骨悚然。他从梦中一跃而起，向庙外飞奔逃命，也顾不得堆放在墙角的扁担箩筐，他咬紧牙关，拼命夺门逃生。

"嘭"一声震天巨响从身后传来，在他前脚逃出破庙的一瞬，整座庙宇霎时被腾空烈焰吞噬殆尽，庙顶和廊柱轰然坍塌，重重砸在他刚睡过的那张草席之处。四野被熊熊烈火照得一派通明，澄净无垢的火焰在黔黑的大地上燃烧，映出暗夜之光。四野乡村，灯逐一点亮。夺门而出的村民慌乱地敲着铜锣铜盆，高喊："走水了！"重重叠叠的人影纷至沓来，合村出动，大人孩童、男人女人纷纷提着灯笼、抬着水，像汹涌的潮水一般，向这间恣意燃烧的破庙拥来。

人声嘈杂中，被白衣老者救下的后生依旧惊魂未定。他不可思议地回看邪佞烈火中焚烧着的庙宇，焰火吞噬着黑暗，翻飞出狰狞可怖的烟尘。他抬手摸了一把脸上的冷汗，又摸了摸被白衣老者拍得极痛的肩膀，不知这突如其来的一切究竟是梦是幻，抑或只是梦魇。他抬头望向夜空，星月流云依旧无声无息。突地，不知怎的，他胸口一阵刺痛袭来，一头栽倒在地，不省人事……

翌日，当他睁眼醒来，已是日上三竿。暖阳笼罩四周，暖暖的，舒适而慵懒。他发觉自己正躺在一户人家的炕上，身上盖着被子，枕头边有一个海碗和一小碟豆瓣酱，海碗里盛着几个黄灿灿的玉米饼子和一把脆嫩的大葱。他顿觉饥肠辘辘，伸手抓起饼子大葱，就着豆瓣酱，狼吞虎咽地吃了下去。这时，一个中年妇人听见屋内响动，便端着一碗水，笑眯眯走进来说："醒了？"见他吃得正欢，被噎住打嗝，就扶着他坐起身，递上手里那碗清水。他一口气喝下整碗水，被呛得不住地咳嗽，她便帮他轻拍后背。他感激地看向妇人一眼，想起昨夜的遭遇，不禁潸然泪下，说道："大恩不言谢！来日定当报答救命之恩！"女人闻言轻笑道："后生，别谢我，这是你的造化。昨晚我们都以为你肯定被大火烧死了，却在庙外地上发现你还活着，真是福大命大！大难不死，必有后福啊!"妇人边笑边摇头。他追问道:"那庙怎会突然起火?昨夜火可扑灭了?"女人叹气摇头:"这可就不晓得了!那庙在我们这地界已有好几百年的光景了,听说是明洪武朝建的,是很灵验的!不知伤了什么阴鸷,昨晚就突然着火烧没了,烧得只剩下一丁点儿的木头渣子!好在,后生你捡回了一条命,也算造化命大了!对了,后生,你是哪里人?姓甚名谁?又往哪里去啊?"女人突然想起问道。那后生闻言,既心酸又迷茫。想他一路漂洋过海,从山东逃荒至关外,本想找一条活路。不承想,一把稀奇古怪的无名邪火,烧掉了他全部的衣物和盘缠,那可是他闯关东的全部家当。今后,将何去何从,他也不甚明了。于是,他嗫嚅答说:"小生姓孙,名秋山,山东登州府黄县人。因为灾荒,逃难闯关东,刚到复县地界,原想继续向前赶路,寻得妥当之处安顿下来,只求讨个营生。谁想,昨夜在庙中借宿,竟巧遇大火。眼下,不知如何是好!"说完,摇头长叹,在炕上重重砸下一拳。妇人于心不忍,便安慰他。两人攀谈间,他把白衣老者梦中相救的事对妇人诉说了一遍。

那妇人不敢置信,说道:"秋山兄弟,你这十有八九是遇上神仙了呀!那白衣老神仙既然能救你的命,就说明你福大命大!不愁将来没有好日子过!依婶子看呐,你就别走了,就在俺村里安定下来!俺这村是桥东,那头是桥西。村里人老实厚道,肯定给你一口饭吃,不能让你饿死!只要你肯干,不难找到谋生的营事!安身立命,算不得难事!俺男人姓田,他们都叫俺'老田家的',你就叫俺田家婶子就行。"孙秋山闻言,顿时百感交集,赶紧起身下跪,磕头道谢,说:"婶子!你就是俺的贵人!今后你就把俺当成一家人!俺听你的,就在这里安顿下来!不走了!"此时此刻,闯关东的流民大军,已经行进分布在关外一望无际的千里沃野之上,在苦寒之地扎根安家,途经之地无不是一番慨然气象。

安顿下来不久,孙秋山听闻,要重修烧毁的庙宇,取"去旧换新"之蕴意。一应材料俱全,木材沙土充足无虞,人手足够备用,唯独少了一尊可供奉的神像。他心中思忖:"这石质有敦实庄重之感,岂不正合古庙的气度风采?"于是,孙秋山扎根桥东之后,头一桩大事,便是行走十里八乡,寻访巨岩。而后,他率领一众村民,用滚木和牛车将凿石搬运回村,开始参与造庙塑像。

第二章　卜卦

孙秋山梦遇白衣老神仙出手相救的奇事传遍了十里八乡，闻之者纷纷谈论此事，甚觉稀奇，都道他是祖上积德才有神仙梦中相救。神迹奇事不胫而走，传得神乎其神，不知不觉就传得面目全非，成了一桩亘古未有的稀罕事。几日之间，总有人不时潜入桥东地界，偷窥他的样貌，都说这后生印堂发亮、满面红光，保准日后定是大富大贵的命数。消息像长了脚的虫，令闻之者心痒，不觉阴差阳错传进名震辽南的铁卦神手韩半仙耳朵里，于是他起了执念，偏要亲眼见上一见这奇人的面相，亲自为他卜上一卦，卜算此人命数。韩半仙拿起算卦的家什，拄着一根紫檀木龙头拐杖，旋风一般向桥东村赶去。正值晌午时分，日头正盛，村里男女老幼饭后都在家中或田间地头打盹睡午觉。偌大的桥东村，除了几声鸡犬相闻和鸟鸣清幽，再无任何响动，一派宁静祥和气象。

韩半仙穿一身靛青色长袍马褂，体轻身健，步履矫健，翻山越岭，行了约莫三五个时辰。他气喘吁吁，在桥东村头驻足，站在一座隆起的土石山上，抬眼四望，向村庄内望气。他眯起的小眼睛里，放射出高深莫测的神奇光彩。在他精通风水易数的耳朵里，此时一片寂静的村庄，分明有铜声铜气的鸣锣开道巨响，震动天地草木，恰似于无声处听惊雷。在他精通邵雍《皇极经世》和梅花易数又善于望气观气的一双豆丁大小的眼睛里，这个青天白日之下毫不起眼的村寨上空，正笼罩着一股股升腾勃发的祥瑞紫色，华光四射，直冲苍穹。

韩半仙卜了一辈子卦，相了一辈子面，看了一辈子风水，望了一辈子气，竟还是头一遭目睹这匪夷所思的奇特异象。他眯缝起双眼，抬手捋了捋几根稀疏的羊毛胡须，抬腿加快脚步，向村内走去。

孙秋山并未午睡，正摸索着怀里的一块玉，独自坐在村头一棵高大的古柏树下琢磨心事。从田家婶子劝他在此定居起，他就在几个好心村民的协助下，盖起了三间瓦房，靠左邻右舍相赠的枕头被褥和锅碗瓢盆过日子。日复一日，无风无浪，无病无灾，倒也安宁自在。他一边与村民修古庙、刻神像，一边在村外田野垦荒，种上几亩玉米、南瓜、土豆，倒也自给自足。所幸，关外物产丰饶，正所谓"棒打狍子，瓢舀鱼"，倒也饿不死人。

几日前的深夜，孙秋山又在梦中遇见白衣老神仙。他一言不发，只含笑而立，递给孙秋山一块品貌极美的古玉。触碰那玉的瞬间，孙秋山幡然惊醒，却见那玉果然静静躺卧在身旁，通体泛着幽蓝莹润的苍玉之光，有一股描摹不尽的奇异光彩。窗外，一钩残月高挂中天，清冷幽寂，如冰如雪，分不清是前生还是今世。他悄悄将玉镶上丝绳，并不向任何人透露这玉的来历，只暗自将它随身佩戴。虽不甚解这玉的渊源，究竟其中有何仙缘，但到底是白衣神仙所赐之宝玉，他便日夜不离身，时时佩戴，常常把玩琢磨。

韩半仙停下脚步，汗水涔涔，布满额头。望见村头古柏下，静坐着一位样貌挺阔魁梧的青年，一股常人不得见的祥瑞紫气从青年头顶的天门穴缓缓蒸腾而出，弥漫笼罩四周。紫气从他身上流溢出来，像铺天盖地的大雾，扩散至整个村子上空。韩半仙捋着胡子，盯着那青年的鼻眼眉梢，略微相了一阵儿面，心头一震，不禁点头赞叹。果真，此人长得大富大贵的好相貌：龙睛凤目，天庭饱满，地阁方圆，鼻如胆悬，目若朗星，口似涂朱，牙排碎玉，真是三山得配，五岳相均。

韩半仙啧啧称奇，能亲见这等高贵伏羲之相，也算不辱没自身铁卦神算的一世英名了。他朗声开口问道："这位后生可是孙秋山？"孙秋山闻声望去，见一又瘦又小的算命先生举着八卦幌子，立在村头不远处打量自己。他应声作答，将玉顺手藏入怀中。韩半仙拄着紫檀龙头拐，慢悠悠走近前来，坐到一块石墩上，捋着胡须说道："幸会！幸会！我是辽南之地有口皆碑的铁卦神手韩天德，老百姓都唤我一声'韩半仙'。我看过的人、算过的卦从未有失手之时。听说阁下乃奇人，又生奇事，所以定要前来，见一见是何方神圣、何等人物，能有此大福。这一见，果然是吉人天相！可否让老朽算上一卦啊？"孙秋山自然听得明白，他对卜卦算命一事并不十分笃信，他信奉的是：头上三尺有神灵，人在做天在看。然而，眼前这位算命先生分明大有来头，既是一位长者，又顶着烈日跋山涉水为他而来，他不忍心拒绝，就勉为其难地点头答应了。

韩半仙从袖兜里掏出三枚样式古朴的铜绿色钱币，显而易见，是年深日久的古币——圆圆的钱身、方方的钱眼，上头分明刻着"开元通宝"四字。韩半仙亮出三根枯瘦的手指，捏着那三枚年代久远的古币，语气悠悠道："这'开元通宝'是大五帝钱的一部分，素有辟邪、旺财之说，用这三枚铜钱卜卦无不灵验。据说，唐玄宗李隆基还曾用这三枚铜钱在梨园内辟邪除妖，自古就是通灵的宝物，传至我手上时，已越千年光景，兜兜转转，经过数百位算命行家之手。后生，你可要听仔细了，心里默想你要问之事，分别掷六次铜钱。"说罢，将铜钱递到孙秋山手中。接过铜钱，孙秋山心中默默祝祷，求问前程："能否在此兴家立业？"他焦虑不安，这般默念思索着，抬手祝祷摇币，撒手将铜钱掷落眼前，如是反复六次。韩半仙默不作声，在旁静观，每次五帝钱落地瞬间，便有正反图案呈现，他神情不可思议，渐渐高深莫测起来。"后生，你可知你得的是一个上上卦——火天大有卦？"韩半仙寻思着问道。"晚辈不才，不知何意？请老先生赐教！"孙秋山一抱拳，摆出洗耳恭听姿态。"这火天大有卦的象曰：砍树摸雀作事牢，是非口舌自然消，婚姻合伙不费力，若问走失未逃脱。此卦是异卦，下乾上离相叠。上卦为离，为火；下卦为乾，为天。火在天上，普照万物，万民归顺，顺天依时，大有所成。大有卦本身则是大拥所有，你来日定然富甲一方，是个大有财运福气的贵人。不过，这一卦也说，在你飞黄腾达以后定须散财积福，若非如此，你的财富就会迅速消亡。你要牢记：止恶扬善，坚守中止，戒惧谨慎，兢兢业业。唯有如此这般，才会大而不盈，满而不溢，兴隆昌盛。"韩半仙说罢，闭目不语，仿佛在思索什么至理真道。孙秋山心中惶惑，亦喜不自胜，心想："若当真如此，便是高天厚土垂怜于我，祖上福德荫蔽。"他望向闭目不语的韩半仙，问道："先生，可否为我指条明路，我当如何为业，才能应了这卦上的吉言？"

韩半仙瞬时睁开那双闪着深邃幽光的豆丁眼，语气悠远，说道："有财之人面似方，有土之人多在背。其在清资并极贵，面似月兮身似贝。有时举眼随身起，有时接语和身转。近观有媚远无威，久视方明初似晦。更有一法何所谓，只有锋芒始为贵。器宇潇洒风姿美，如此之人岂常类。信知颧骨有四般，入耳无边寿数宽。插上天仓须两府，发髻之下当宁土。"孙秋山听得云山雾罩，心内茫然，不知话中深意，只得默不作声，继续洗耳恭听。韩半仙突然道："后生，你须当先经商，而后为一方父母官。"闻言，孙秋山咂舌，不敢置信："什么？果真会有此事？我竟能为官一方？"韩半仙微微一笑，颔首道："不错！但，你定当以商起家。秋山老弟，你的好运就在你怀里的那块古玉之上！先典当了，筹银子，以此起家，方可无虞。切记！切记！日后发达，定要赎回此玉，这不是一般普通的玉石，而是大有仙缘的信物。你定要传给子孙后世！莫失莫忘！"话音刚落，韩半仙猝然吐出一口老血，骤然倒地不语。孙秋山慌忙扶住韩半仙，惊慌失措，不知如何是好。

韩半仙摇了摇手，面露欣慰之色，笑道："不妨事！我这一生泄露了太多天机，今时今日又将阁下的命数道破天机，怕是要遭天谴，命不久矣！不过，临死之前，能见识阁下这等贵人之相，即便是死，也功德圆满了。"

闻言，孙秋山心中咯噔一下，暗想："难道是自己命数太硬，害了这位为我而来的算命先生？那可就是罪过了！"想来，不禁潸然泪下。

第三章　姻缘

几日后，铁卦神手韩半仙猝死家中，韩家房前屋后的两棵老杨树也随之枯萎而死。流言纷纷扬扬，像长脚的虫在人群中爬行蔓延。闻者皆知："韩半仙临死时，脸上挂着诡异满足的笑容，手里紧紧攥住那三枚铜绿色的'开元通宝'，似在打一个哑谜。"

孙秋山心生恻隐，顶着骄阳，翻山越岭，一路打探，上门祭奠。对着铁卦神手的坟茔拜了三拜，供上果品点心，心中默想"火天大有卦"的卦辞和韩半仙的殷切忠告，不禁悲从中来，流下眼泪。祭奠已过，孙秋山突然觉察出，一股神秘气息冲上头顶天庭，浑身七经八脉畅达无阻，好似神仙般气爽体健，竟有莫名的智慧与勇气注入体内。

不过几日，他便要去典当白衣老者相赠的那块苍玉，因是外乡之人，不晓得此地规矩，有些踟蹰不前。田家婶子托人帮他四处打探，得到消息说，进复县县城内，向东直走，有一老字号当铺，可去碰碰运气，听说那铺子童叟无欺，的确没有做过坑蒙拐骗的勾当。翌日卯时，孙秋山怀揣那玉，向复县县城赶路。时值春末夏初，通往县城官道两旁，杨树华盖繁茂，挂满密密麻麻紫红色杨花，空气中弥漫着初夏特殊的暗香，万物松弛温暖。官道两侧，深浅不一的广袤红土，一眼望不到边际，蓬勃延展到远山岚气之中，风声呼啸过耳，关外天地粗犷不羁，这一切让孙秋山心情畅快。他边走边放开嗓子歌唱，高唱起山东沂蒙小调，带着浓重的齐鲁声腔韵调，随着暖融熏风向远方飘散，飘过汹涌起伏的茫茫无涯。苍穹之下，厚土之上，零星散落生长着几株粉色俏丽的桃树，一树树梨花和山茱萸满枝皓如繁雪，烘染着红土的热烈和山岗的欣然。这片土地红得耀眼，仿若被鲜血浸润了风骨——旱时满地细腻的红砖粉，雨过天晴又是一片触目惊心的殷红。若隐若现，犹如音律跳动，一排排白墙黑瓦的农舍，在绵延横亘的红土地上，突兀地赫然显现。农舍周遭，四野皆是尚待开垦的处女地。大地的边缘是大片大片虚浮的云朵，阳光时隐时现，穿透云翳，投下大片流动的阴影，如梦似幻。即便在阳光灿烂的日影下，也显得神秘荒凉，浩大壮阔。

孙秋山的歌声戛然而止，他看见一棵花儿盛开的桃树下，静静躺卧着两个衣衫褴褛的人，一动不动，似是死了一般。他急忙上前查看，轻摇二人胳臂，试探是否还有一丝气息。这昏迷的二人，一个是正值妙龄的姑娘，一个是尚在弱冠的少年，二人牙关紧闭，像是晕厥过去。万幸，孙秋山察觉两人若有若无的气息，急忙从褡裢背包里取出水和玉米饼，一点点喂给两人吃喝。不多时，两人缓缓睁眼，慢慢坐起，孙秋山扶住他们，将两人分别靠在两棵桃树根部。那五官俊秀的姑娘盯住孙秋山，冷冷问道："你是谁？为何救我二人？"那少年似乎明白姑娘的忧虑，目光也带着极深的戒备。孙秋山温和作答道："听姑娘口音，不是本地人，该不是逃荒至此吧？我也是逃荒到此的外乡人！恰好路过，也是缘分！救人一命，胜造七级浮屠，姑娘不必多虑！"那少年闻言，将藏在兜里握着匕首的手方才松开，说道："兄长莫怪！我们一路从死人堆里爬出来，路上艰难，屡受迫害，迫不得已，才如此戒备，只求保命无虞。我老家是山西的，天旱地贫，大荒之年，连观音土和树皮都吃光了。我和家姐险些被饥民抓住生祭，就带着盘缠和匕首逃命。路上不敢合眼睡觉，生怕睡着了被人抓住吃掉，从此再也醒不过来。所到之处，饿殍遍野，满地死尸，甚至还有拖着腿脚爬行的将死之人，有些人一头栽倒，便再也起不来。我们见一些死去的人，衣服被剥得干干净净，实在惨不忍睹。山西产煤，但却无人敢去山西煤窑运煤，凡是去的人，多半不能活着返乡。连同运煤的骡和驴，都会被杀死吃掉。我们一路担惊受怕，东躲西藏，逃至此处，饥渴难忍又受惊过度，才晕倒在地。多谢兄台搭救之恩！"语罢，跪地，俯身拜谢。

孙秋山听完少年所见所闻的凄惨景象，已是泪流满面，赶忙扶住少年，让他不必多礼，又扶他轻靠在树根处休息。一直不语的姑娘终于开口，声音虽弱却透着大家闺秀的气质，她凝眉说："我家本是山西世代经商的人家，大灾之初，父母行大义之举，开仓赈粮。谁想，这一旱就是三年，家中粮米都施舍殆尽。原本，曾国荃大人派人从京师押运粮食到山西救灾，可连年战祸，山西全境官道尽毁，坑洼不平，运粮车马无法通行。挑夫和押送粮食的，监守自盗，吃空盗空。百姓拿不到一粒粮，只能活活饿死。家中仆役，接连倒下，只剩双亲、弟弟和我，靠藏在墙缝里的几块饼勉强度日。山西青天大老爷曾国荃大人，上书万岁爷，说，山西商户捐献的军饷不下两千万两，地方财政枯竭，商贾凋敝，十室九空，司库一空如洗。皇上体恤百姓，免了徭役赋税，军饷又落到山西头上，直至入不敷出。怎奈，饥馑难熬，亲人永诀，只剩我和家弟，一路担惊受怕，逃荒至此。"言罢，几滴泪不觉滴落衣襟。见她言辞有序，温文尔雅，孙秋山暗自心生爱慕，劝慰道："留得青山在，不愁没柴烧。能活着，也算大难不死，必有后福！我从山东逃荒，闯关东至此，也是缘！"那姑娘眼圈一红，说："这我都懂，可盘缠花掉了大半，路上又被抢劫，两手空空，难不成要乞讨为生吗？"孙秋山安慰道："既如此，二位若是信得过我，就随我去桥东村暂住，此地不欺生，总有一条活路！"少年似乎颇喜孙秋山，对此提议点头不已。那姑娘却神情复杂，寻思片刻，并非情愿说道："那，就暂且如此吧。"少年和孙秋山面露喜色，唯有姑娘面色深沉，看不出半分欣喜。少年遂自报家门："在下姓乔，名冠祥，字嘉树。这是家姐乔钰涵。请问兄长尊姓大名？"孙秋山还礼答道："我乃山东登州府黄县人氏，姓孙，名秋山，无字。"于是，简述闯关东一路遭际，姐弟俩听说他要进县城，去当铺典当，便催促及早动身，正事要紧，二人原地等他归来。孙秋山从褡裢里取出一些干粮，留给二人果腹充饥，就起身继续赶路。

　　约莫行了一个时辰，来到复县城外，隔着春夏之交的朗朗日光，远远望去，只见天地间高耸起一座巍峨城池，石灰色的城墙，方方正正，既敦实又厚重，正中一扇红漆鎏金大门。大门两旁各有身穿兵服的八旗子弟坐镇守卫，城门楼飞檐斗拱，架起三层箭阁，城墙四角筑有望楼和炮台，架设几门红衣大炮，兵士手执兵器立于城头，威武气派，森严有度。孙秋山心中默想："也不知当年袁崇焕大人可曾到过此地。"回想自己，纵然出身贫寒，却爱听书读史，颇有几分建功立业的豪情壮志。又曾为同乡大户人家做过伴读，主人厚道，允许他随意翻阅藏书，随意出入书房，他便珍惜寸阴，埋头苦读，多少有了文墨功底，也通晓一些文史典籍。稍长，有志于科考，按照当地科举习俗，但凡祖上三代无人得功名，即为"冷籍"；但凡冷籍子弟，若想参加科考，须得多出银两。奈何孙家贫寒，掏不出这许多银子，功名之路由此作罢。回想身居登州老家之时，虽渔樵耕读，却时常挑灯夜读，不为功名，只为修身。

　　日光华灿，乾坤清朗，他边走边看，只见复县城内昌隆繁华，土石街道两旁商贾店铺林立，民居院落鳞次栉比，殿阁楼宇高檐戗角，一派欣欣向荣兴隆之象。街道上，熙熙攘攘，贩夫走卒沿街叫卖声此起彼伏，一派海晏河清的盛世光景。孙秋山想起登州老家，饿殍遍野，愁云惨淡，与此地相比，真是天壤之别。他暗自感叹，不承想，闯关东寻得了一方太平安乐之所，落了脚，却未生根。若非夜宿古庙那场大火，未必会在此地停留，与这澄明气象便没有丝毫关系了。如此想着，来到田家婶子提到的那间当铺。抬头仰望，门上悬一块鎏金大匾，正书四个金字：宁远当铺。果然名不虚传，正像外间口碑传说，这掌柜不欺客，看了孙秋山递上的苍玉成色和品相之后，就把沉甸甸、白花花的一百两银子交予他。孙秋山小心翼翼地将当票揣入怀中收好，将银子包好，装入裆裤，告辞离去。

返回路上，孙秋山想起乔家姐弟衣衫褴褛，就特意去了一趟布料庄子，买了几尺新布，留给姐弟俩做新衣。又转道，去了米铺和肉铺，买了二十斤大米，割了二十斤鲜肉，带回桥东村，准备犒劳这段时日有恩于己的村民们。而后，他又在锣鼓巷的花鼓作坊买了一面花鼓，想着送给田家婶子的小儿把玩。

他兴冲冲，加快脚步赶路，背着满满的米肉布匹，也不觉得沉荷压肩，一路疾行。终于赶回那两棵桃树下时，却不见了乔家姐弟踪影。他四下茫然环顾，高喊道："钰涵，嘉树！"然而，周遭寂静无声，唯有树梢的杨树叶被清风拂过，哗哗摇动作响，惊飞的鸟群震落了一地殷红花瓣儿，随风飘散翻飞。不知为何，孙秋山怅然若失，呆立在桃树下，无语失神，落寞了一忽儿，终于无可奈何离去，心下却想："若有缘，定会再见！"

第四章　起家

说起桥东地界，定然离不开滩涂、盐场和海。整片村落位于平原地带，偶有几处起伏的丘陵山脉，不甚高，亦不陡峭。其余各处皆是大片良田沃土以及森林河流，物产丰饶，民风淳朴。夏秋时节，槐花和杨花繁茂翁郁，一望如锦；村外围，荷花芦苇淀以北，是连绵的苹果林和玉米田，秋收时，果香四溢，金灿耀眼。村内屋舍有从明朝传下的老宅，犄角旮旯种满了夹竹桃和向日葵，虽无南地的袅娜之态，却温和淳朴。粗看，村落外观无不是明清遗音的况味；细品，古朴中透着憨实。

孙秋山扛着许多物品，步履沉重地走进村子。一群孩童嬉笑着围了上来，跟在他屁股后面，好奇他扛的东西。他素来随和亲切，颇得村民喜爱，让人忍不住想靠近，连孩童也不例外。他从口袋里掏出沿途买的一包糖果，递给一群顽童，孩子们惊喜着抢糖，他笑了笑，向家门方向走去。日头敛去光芒，斜斜挂在村头古柏树梢，酣然欲眠。夕阳下，民宅众多，白墙黑瓦，包裹着敞亮的院落，满植花果蔬菜。他推开院门，掏出钥匙，打开正屋房门，将食物摆放在灶台上。精心挑选的布料，他仔细收藏好，情不自禁又想起乔家姐弟的音容笑貌。

是夜，桥东村欢声笑语。村民们聚拢到小院中，男女老少抬着板凳、拎着桌椅，在院子里随意地散落摆放。孩童们三三两两聚集在院墙边，逗蚂蚁、斗草，几个顽童跨坐在墙头，梳着羊角小辫，斗嘴吵闹。一时热闹非凡，如同过年节一般。孙秋山扛着大米猪肉回村的消息，一传十，十传百，村子里吃百家饭向来如此，一呼百应。若是遇到大灾大难，谁家遭了灾，也是一呼百应地赶来帮忙。吃猪肉宴席是件天大的喜事，一年之中直到农历除夕才会有的事，而春夏之交，平时是吃不到猪肉的。因此，这顿猪肉宴也算出手不凡，替孙秋山赚到了不少人气。田家婶子里外忙碌，几个女人洗菜做菜、淘米焖饭，忙得团团转。厨房里，热气腾腾，油烟蒸汽中看不清女人们的脸，只听到一阵阵爽脆的笑谈声，以及锅碗瓢盆的叮当碰撞声。

不一会儿工夫，田婶和几个帮厨妇人陆陆续续端出煮好的饭菜，流水席搬上院桌，一时碗筷声此起彼伏。田婶笑着调侃说："自从有了秋山兄弟，桥东村就沾上了福气和喜气，又是修庙塑像，又是吃猪肉席。秋山兄弟是咱村的福星吧！"一院子男女老少都咧嘴点头。孙秋山忙起身拱手，向左邻右舍和乡人们施礼，笑道："田家婶子是我孙秋山的救命恩人，桥东村待我不薄，不是故乡胜似故乡。我孙秋山今晚请乡亲们吃猪肉，一是为了感谢不弃之恩，于我危难之际出手相救，二是答谢安家之情。今后，我若有出人头地之时，定当报答，不辜负大家的深情厚谊！今晚都敞开了吃！"说完一抱拳，再行礼。众人听得欢喜，有人喊："从今往后，秋山兄弟有事就吱一声，大家能帮的绝不推辞！从此，你就是桥东土生土长的人！"众人附和，点头赞成，有人交头接耳。孙秋山看在眼里，却不言语。

谈笑正酣，酒香菜浓之际，田婶幺儿手持一面小花鼓，跌跌撞撞跑来，扑进孙秋山怀中，抱住他的腿撒娇。孙秋山抬手，爱怜地抚摸着幼童的黑发，男童仰脸，对孙秋山暖暖一笑，童声童气道："秋山哥，以后我什么都听你的。"一片哄笑声响起，孙秋山抱起幼童，疼爱道："今后，你就是我的小跟班，一有空就教你读书识字，可好？"孩童点头道："好极！好极！"村里一白发老者稀奇地发问："你认得字？若是如此，就是村里唯一通文墨之人！日后，书信春联，凡是笔墨纸砚之事，就不用再去桥西求人代笔了！"孙秋山痛快地应承下来，老者面有喜色。村民们狼吞虎咽，吃着猪肉粉条，就着大米白饭，完全不在意这事！孙秋山略微沉思，说："村西边盐碱地里有许多野鸭子下的蛋，咱将野鸭蛋腌了，我吃过田婶做的腌蛋，滋味极妙，比山东老家有过之而无不及。我寻思，把村里的腌蛋运到复县城内贩卖，城里酒肆众多，销路定然是不愁的。所得之钱分给众人，一年下来，也是一笔不错的进项。这次进城，我见复县只有一家布料铺子，卖的布匹绸缎都是几年前的样式，在胶东登州老家就有几十家类似的布料庄子，花色好看精细，都是这边布料铺子里没有的，我打算也在城内开一家布料庄子。"闻言，村民惊住了，这念头可谓大胆，称得上石破天惊，即使是村里年过半百的老人也闻所未闻。众人放下碗筷，面面相觑，一时竟无语。孙秋山见状，颇难为情，不知如何说下去。田婶倒是一个有远见和胆识的女子，虽不识字，却有女中豪杰的气魄。她笑了几声，说："我看这主意真是顶好不过！以后咱村里人想买衣服料子，就有地方去了，别说布料庄子，就是钱庄子，俺觉得秋山兄弟也干得起来。我赞成你！"说着又给几桌加了一大盆猪肉炖粉条。孙秋山暗暗佩服，想这田婶真不似庄户人家的妇人，堪比巾帼不让须眉的女诸葛，让人心生敬服。村民们虽不甚明了，更不甚赞同，但见田婶说得在理，又似乎斩钉截铁般笃定坚信，也就嘟囔着随声附和。

渤海湾沿线，滩涂茂盛，水草丰美，一眼望不到边际的碱蓬草遍布海岸，风沙吹落草籽，层叠的暗紫色盐碱地广袤壮阔。风卷着云，光缠着风，野鸭群蹁跹飞过盐碱地上空，哀鸣声随风降落在紫色蓬草的窝中。放眼望去，不计其数的洁白、淡绿、肉灰色野鸭蛋，密密麻麻安卧在深紫色的花丛中。桥东村民日日结伴而来，满载而归，闲来无事各家各户腌制野鸭蛋，再按个数交给孙秋山进城贩卖。孙秋山推着一车腌蛋，悠悠地架着马车，赶到复县城内。桥东盐碱地的紫蒿味道独特，野鸭吃了后，下的蛋格外鲜美，每次一推车的腌蛋总在晌午之前就售罄。孙秋山背着装满银钱、沉甸甸的褡裢，披星戴月地赶回桥东村，挨家挨户分送赚来的银子，同时再收上一批新腌好的鸭蛋。他有时在田里耕种，有时日落前去盐碱地，捡拾别人遗落的野鸭蛋，带回家跟田婶学做腌蛋。日复一日，竟也积攒了些银子。不到两个月光景，卖腌野鸭蛋的营生已经为他赚得五十多两银子，村里各家各户也赚得盆满钵满，引来邻村艳羡。

这复县城有百年历史，城内纵横着街巷阡陌，鳞次栉比的民居和商铺散落各处。最热闹的地段，当属人和车马络绎不绝的商贾大街。赶集的，上香的，来来去去，熙熙攘攘，人头攒动，乌压压一片人影。先前几次进城，孙秋山未仔细观看，来的次数多了，便也寻到七八分况味，晓得哪里有生意可做，哪里等不到主顾。几番下来，他物色到了城内一处不错的店铺，经商议后，出了定金，租下铺子，又请来木匠师傅，做了家具摆设。入秋后，庄稼收割结束，铺子里的装修也差不多完工。孙秋山思前想后，定下心，要去盛京进一批新款布料，趁年前十里八村买年货的档口，可将布料统统售出。他和田婶交代好照看自家房屋后，就准备次日动身，赴盛京采买布料，村里几个年轻人亦要随他同去，搬运押送布料。此行还有一个目的，便是将桥东盐碱地里的新鲜鸭蛋卖到盛京，在盛京打开销路。几个月来，周围村民都学着桥东村捡野鸭蛋腌制卖钱，导致野鸭蛋在复县销路停滞。初始，村民们颇为焦虑，商议要驱赶捡野鸭蛋的邻村人，孙秋山却道："万万不可！不可伤了和气！天生万物，本就是供人享用。

何况，那盐碱地也不是桥东村私产，万不能因几个鸭蛋伤了和气！"众人虽愤懑，却只能认同，但这几个月靠卖腌鸭蛋使家家户户都吃上了肉，日子过得比先前好太多，任谁都不愿失了财源。孙秋山寻思：何不家家户户捉几只野鸭子在家圈养，每日到盐碱地采一些紫碱蓬草喂食鸭子，鸭子下的蛋还是一样鲜美，这样也省了每日去盐碱地捡蛋的辛苦。众人一听，拍手叫好。如此，不但省了风吹日晒寻找鸭蛋的辛苦，亦能繁殖更多鸭子打牙祭，何乐而不为呢？村民们很快捉了许多野鸭回家，搭棚圈养，一段时日后，野鸭蛋的数量反比先前多了数倍，众人不得不暗自佩服孙秋山的聪慧眼力。

只是，这许多野鸭蛋需要更多买家，方能脱手，换回银两。复县酒肆都被孙秋山垄断了贩卖渠道，每日由他给十多家酒肆供应大量野鸭蛋。即便如此，依然有许多剩余鸭蛋滞销，他便决定将鸭蛋销往盛京，听说那里有几百家酒肆、客栈。

第五章　盛京

　　孙秋山带着一行人上了路，沿途风餐露宿，星夜兼程，赶往盛京。行至鞍山地界，几人正坐在一家茶肆二楼休憩，忽听窗外街道上一片喧哗。孙秋山探头望去，但见一群百姓正围住几人看热闹。那几人中，有两位正是他在老桃树下巧遇的乔家姐弟，此时正与一群地痞对峙。孙秋山脸色一沉，对身旁几个随行说："跟我来！"就奔下楼。片刻，他们挤入人群，站到乔家姐弟面前。乔嘉树又惊又喜，大喊："秋山兄，是你！快救我二人！"却被一个地痞伸手拦住。那地痞一脸横肉，带着淫笑，威胁道："慢着！不交保护费就想跑？没门！没钱，就让你那漂亮姐姐跟咱们玩玩去！"乔嘉树轻蔑地啐了一口，回敬道："呸！不要脸！你是什么东西？也敢拦本少爷！你也不照照镜子，看看自己的德性！"那地痞闻言，顿时恼羞成怒，一巴掌横扫过来，骂道："小崽子，不识抬举！看大爷我怎么收拾你这个臭东西！"说时迟那时快，孙秋山一个飞身上前，伸出拳头将那巴掌挡了回去，大喝一声："住手！"几个地痞见状，一拥而上，想将孙秋山一行人胖揍一顿。那几个跟随孙秋山的小伙子，都是桥东村血气方刚的青年，极为愤慨，便拳脚相加，与地痞们混战。围观百姓见事情闹大，便有人跑到附近衙门告官，几个地痞互相递了眼色，找了空隙逃脱。孙秋山见人群纷纷散去，不远处衙门里跑来一群衙役，便也搂着乔家姐弟飞奔逃跑。

　　不知狂奔了多久，一行人累得气喘吁吁。实在跑不动了，便在一棵老槐树下休息，躺的躺、坐的坐；再看，身后追赶的衙役早已不见了踪影，大家这才放下心来。"秋山兄，多亏及时相救，否则我和家姐定是凶多吉少了。"乔嘉树跑得满面通红，一边喘着粗气，一边道谢。孙秋山摇头笑答："莫说见外话！你姐弟二人怎会在鞍山地界？之前，我回到老桃树，你们怎么不见踪影？"乔嘉树欲言又止，面有难色，不知如何作答。正为难间，乔钰涵面无表情缓缓说道："是我的主意，我不愿平白受人恩惠，不愿寄人篱下，所以才拖着弟弟离开老桃树，往盛京这里来。这几个月我们在鞍山落脚，靠卖字画为生，不想却招来地头蛇，非要强娶我为妻。我本想今日和弟弟卖完字画就离开鞍山，去盛京。谁想，被那群地痞围住，不得脱身。"孙秋山语气沉沉道："姑娘，你这般出众的姿色，怎可在闹市出没？难怪会让歹人垂涎！"乔嘉树见两人都陷入尴尬，便问："兄台怎会在鞍山？这些人是谁？"说罢指向那群青年随从。孙秋山连忙解释："我在复县开了布料庄子，这次去盛京采买布匹绸缎，顺带售卖野鸭蛋。这几位是桥东乡亲，随我同去运货。""怎么，兄台如今是掌柜了？竟做起布料生意和鸭蛋生意？"乔嘉树不可置信地问道。"正是如此！"孙秋山不好意思地答道。原本，他在故乡登州府时，只靠渔樵耕读度日，从未有一日想过自己会经商，只管埋头读圣贤书，怎会为银钱低头？然而，一场天灾人祸，谁想竟走上从商之路，正如当日韩半仙预言。命也！命也！乔嘉树试探家姐，问道："姐，咱们随秋山兄一道赶赴盛京，如何？咱姐弟两次蒙恩被救，不可一走了之！"乔钰涵叹息："天意如此！我能奈何？罢了！秋山若不嫌弃，请带我姐弟同行！"她生性要强，不愿委身求全，更不想寄人篱下，可几个月来的遭际，让她不得不屈尊纡贵。女人生得太美，也是祸患。奈何，她是大家闺秀，竟在市井无赖面前被调戏。她不愿再受这般屈辱，心中思忖："算了，随它去！前路茫茫，若缘分天定，便欣然领命罢了！"孙秋山心头一喜，想起几个月前为他们买的布料还在，看来那布料终归是属于眼前这姐弟二人无疑了！

一路上，孙秋山将经营鸭蛋生意的前因后果，及至开布料庄子的经过，都和姐弟二人详述了一番。这二人来自三晋之地，自古商贾云集，又是经商世家，对于买卖之道可谓自小熟络在心，只苦于没有头一桶金，无处施展才华。此刻，听孙秋山所言，姐弟二人心头竟同时开始思考经营布料庄之道。乔钰涵深得晋商精髓，她想："既然要依附孙秋山，何不用经商之术辅助他？也可为自己和弟弟换一口饭吃，又可保全尊严。"如此，她便暗暗筹划起鸭蛋和布料生意的运作路数。她将自己的想法一说，便赢得一片叫好声。孙秋山又惊又喜，竟似遇到了救星。未几，一行人终于来到熙攘繁华的盛京地界。

天命十一年，公元 1626 年，自东北龙兴之地崛起后，皇太极在努尔哈赤驾崩后继任汗位，下令修造盛京。大顺永昌元年，1644 年，八旗入关，统领中原。之前，一直在盛京繁衍。偌大的奉天府，布局设计颇为讲究：街道两旁店铺招牌都是整齐划一的式样，用龙头木杖挑起幡帘，飒飒摇摆，自有一番王者之气。

孙秋山可算开了眼界，头遭见此情景，震撼至极，竟不能言语。他们穿过八座城门之一的大东门，渐渐行进四平街。此街商业繁华，背临盛京皇宫。孙秋山逐一拜访了四平街上的饭店酒肆，拿出随身带来的腌野鸭蛋，请对方品尝。因为乔钰涵和乔嘉树的销售才能，一天下来四平街上竟有半数饭店、酒肆签下合同，由孙秋山常年供应腌野鸭蛋。

　　转眼暮色笼罩，四平街两端，钟楼和鼓楼发出响彻全城的报鸣声。八座城门大楼上的钟声，依次递进鸣奏。熙熙攘攘的大清门前，武功坊和文德坊的商贩客旅慢慢散去。钟鼓楼下，东西南北贯通交会的孔门洞里，白日吆喝贩卖瓜果的小贩也撤摊离去。暮色渐深，黑暗逐渐浸染了城台上的女墙和垛口，孙秋山抬头望去，只见钟楼之上那架铜铸大钟在暮色中幻化成一架沉甸甸的雄浑剪影。孙秋山突然想起，在登州府老家时，听先生提到过，这盛京钟楼上的钟非同一般，竟是有几分来历的。乔嘉树颇感好奇："忙了一天，秋山兄竟还有闲情逸致遥想这盛京钟楼过往？"乔钰涵也甚意外，问："怎么？孙兄竟也有许多奇闻逸事？讲来我们听听！"说罢，她不由得抬头望去。只见女墙上，台座中间赫然筑起两层楼高的望楼，上覆琉璃彩瓦，廊柱林立。那钟鼓楼底座有一石碑，名为盛京钟楼碑；碑首雕刻云龙纹，碑额处双线阴刻篆书"碑记"。碑身上似乎依稀刻有文字，这一天忙碌，初见时竟未曾注意，乔钰涵不由上前几步，细看研读。她伸手抚摸粗粝石碑，小声念道："宽温仁圣皇帝敕建。"孙秋山也上前几步，继续说道："这钟楼里的钟实是中原圣物，北宋时被辽军劫掠运至中京，成了当地佛寺报鸣钟。大钟后经战火被焚化，重铸成如今模样，历经金、元、明三朝，共五百余年，最终辗转到了努尔哈赤手中，被封为'盛京定更钟'。从此，悬挂于此楼上。"孙秋山娓娓道来，一行人啧啧称奇，不晓得这钟竟有这一番曲折离奇的经历，纷纷佩服孙秋山的博闻强识。几个随行与孙秋山一同风餐露宿、同吃同住，又见他行事果决、灵活机变，随他出入诸般场合，见他行事坦荡大方、言辞有度，早已佩服得五体投地。此刻，更是敬服得无以言表。

　　乔钰涵慢慢转过身，见苍茫暮色中，一行人已看不清面孔，却能一眼瞧见孙秋山，玉树临风的高大身影在暮色中格外醒目，不觉心中有了微妙变化。孙秋山并未留意，招呼众人一同向北面客店行去。不多时，几人便在一处客店住下。要了一间大通铺，又和店家要来清水洗手洁面，又要了一些酒菜，喝茶等候少时，店小二抬着酒菜进来，几人便开始用饭。随行人吃得狼吞虎咽，孙秋山倒很斯文，心里琢磨明日安排，于是吃得很慢。乔钰涵看在眼里，随手夹起一些菜，放进他碗中，提醒他多吃一些。孙秋山从思索中回过神来，面有喜色，向姑娘道谢，加快速度吃饭。乔嘉树看在眼里，不觉挑起嘴角，泛出笑意。"你听！钟鼓楼又响了。"乔钰涵正吃着饭，听到城内此起彼伏的报时洪钟，便侧耳聆听。孙秋山情不自禁吟诵道："钟打谯楼第几更，八关接续听锣鸣。猎猎中有谁家犬，吠入深宵不断声。"乔钰涵面有欣喜之情，说道："妙得很！真是应了此情此景！想不到你竟也通文墨！"孙秋山叹气："惭愧！都是早年攻读的底子，原想考功名，无奈祖上三代无人得功名，是冷籍，无缘得入！"乔钰涵放下手中碗筷，说道："秋山兄倒是很有经商天赋。三百六十行，行行出状元。何必执着于功名？凭你的远见卓识，加上我们姐弟的辅助，定能干出一番事业！"乔钰涵说得义正词严，乔嘉树也频频点头，他从心底喜欢孙秋山的为人和才智。几个随行青年也异口同声道："秋山兄，你走到哪里我们跟到哪里！"一个名唤田佑和的年轻人尤为诚恳，说道："你若不弃，我帮你管事！"孙秋山定睛瞧看，见是田婶胞弟，抬手在他肩头重重拍了三下。环顾四周，一双双眼睛热切真挚，都在盯着他看，孙秋山颇受感动，举起酒碗，朗声说道："既然诸位都看得起我孙秋山，我就是砸锅卖铁，就是粉身碎骨，也要领大家干出名堂！"这一夜，众人和衣而眠。孙秋山却辗转难眠。五更天，特意早起，在客店外的街道散步，在几个粥铺前驻足，竟歪打正着又签下几家卖野鸭蛋的合同。返回路上，顺带买了豆浆、油条，当作早点。

街拐角处，他发现落霜地上躺卧着一个青年，看衣着，是位公子。孙秋山上前将他扶起，掐住公子鼻下人中穴。须臾，只见那人缓缓睁眼，悠悠地长吁了一口气。孙秋山轻轻问道："看公子衣着，是富贵人家，怎会躺于此地？"那人闻言泪流，说道："家父昨夜旧疾复发，我连夜去请郎中。谁知竟都扑了空！大夫恰好出远门，其余的郎中也碰巧都外出巡诊，我一时急火攻心，晕倒在此。"孙秋山闻言点头，心想这是孝悌之人，该帮他一把，就自告奋勇，说："公子莫急！先喝一口豆浆提神，你若信得过我，我来帮你打听这附近有无别的郎中可请。"那人盯住孙秋山一张四方长脸，觉出他有一股正气，说道："我与阁下非亲非故，何以如此助我？"孙秋山微微一笑："天下谁人没有父母？公子孝心可表，亦当相助才是天道。"顺手将提着的豆浆喂给那青年几口，又递上一根油条，说："你先吃一些，我这就打听这一带有无郎中可用。"不等青年作答，已经起身往客店方向走去。

　　他返回通铺，将豆浆、油条悄悄放在桌上，又掩门而出，来到前堂，向客店掌柜打探这一带熟识的郎中。掌柜是个热心人，眉飞色舞地说道："这位客官，真巧！昨夜刚住进一位外地郎中，说是途经此地，赶往黑河探亲，听说是有名的神仙郎中，悬壶济世，救死扶伤。"孙秋山急切追问，此人现在何处？"随我来！"掌柜挥手，领他上了二楼客房。不多时，孙秋山领着那提着药匣的郎中，急匆匆返回街角处。见那人已恢复气力，站在原地等候。孙秋山也不客套细说，只道："这位就是郎中，快上路吧！耽误不得！"之后，目送公子与郎中远去，便返回客店。

　　天色渐渐大亮，钟鼓齐鸣，八座城门依次徐徐打开。城外贩夫走卒推车挑担，从四面八方络绎不绝拥入盛京城。钟楼上精雕细刻的兽首和雀翎，高立廊檐宇阁之上，炯炯注视着拥挤的街道和忙碌的人群。

　　孙秋山带着乔钰涵、乔嘉树一行人，沿四平街考察了一圈，最后走进一家名为御景天绸缎庄的老字号布料庄子。一进门，只觉一股布料特有的温软气息扑鼻而来，五光十色的料子晃得人睁不开眼；各式绫罗绸缎、粗布麻纱应有尽有，琳琅满目，不一而足。孙秋山心中暗羡，若也能开个货品齐全、货色上乘的绸缎庄子该多荣耀！他暗自发誓，终有一天，他也会开一间这等规模的绸缎庄子。缎庄伙计热情地招呼着，孙秋山自报家门和来意，伙计便将他们领进后院，步入一间书房，等候面见管家。这后院与前厅截然不同，小桥流水，亭台水榭，遍地秋菊盛放，俨然一派江南园林气派，竟不似北地风光！孙秋山暗暗揣想，莫非这御景天绸缎庄的东家是南方人士？正想着，只见管家匆匆进来，怀抱几卷书。一番寒暄后，管家递上几卷书册，说："这是货样清单，请各位过目挑选。"乔钰涵代孙秋山接过，仔细翻看货样图；乔嘉树在旁阅览图样注解，上面写着布料质地、产地、应时季节、价格等。管家与孙秋山打过招呼，又匆匆离去，留下几人翻看货样图，仔细商量定夺。棉、麻、丝绸、裘皮、革……货样相当齐全。

　　乔钰涵边翻看边抬眼说道："这些货品我们可挑选棉和丝绸，眼下已入秋，过一阵天寒下来，这些暖和料子正好脱手；明春再来进麻和纱，还有蓝染布，应季的料子总是好脱手。若是有了囤货，可以攒下酬谢老主顾，亦可减价售卖，积攒回头客。"见她说得头头是道，孙秋山笑道："不错！我也如此打算，咱们想到一处去了。"乔钰涵一笑："依我观察，今年盛京时兴色织布料，比如色织棉布、色织涤棉布、平纹色织布、色织府绸。这色织府绸又有斜纹、缎纹和罗纹，在我们山西老家也很时兴。我记得，前几年家父就预言色织府绸一定销路很广。"孙秋山从善如流，应道："那就依你所言，咱们各样都买三百匹，运回复县绸缎庄子，销路应该不错。"乔嘉树闻言，快速算起账来，不一会儿，便说："这笔银子总共是二百两，咱们能拿得出吗？"孙秋山一惊，这可如何是好？典当那玉得来的银子，加上这几个月卖野鸭蛋的收入，除去租下复县城内的铺子和各种花费之后，满打满算也只能拿出一百五十两银子而已，还差五十两如何是好？孙秋山犹豫再三，说道："咱们再走几处缎庄，或许能找到更便宜的货源。"一行人告辞离去，又在盛京城内四处寻访了一日，边打听边考察，又顺路找到了几家订野鸭蛋的酒楼、茶肆。

这一日，收获依旧不小。然而，进布料之事依旧没有眉目，转眼日薄西山，几人只得重返客店。一进门，就见店家正恭恭敬敬陪着几位衣冠鲜亮的客人聊天。见孙秋山返回，便兴高采烈地迎了上来。那几位衣饰华丽的客人竟也站了起来，向孙秋山等人深鞠一躬。几人一愣，不知究竟发生了何事。此时，一人走上前，说："孙兄，你可认得我？"说罢向孙秋山拱手作揖。定睛一瞧，孙秋山又惊又喜："你不是今早那位公子吗？怎会到此？令尊的病情可好转了？"公子抱拳施礼，娓娓答道："多谢仁兄侠义相助，家父已无大恙。兄台找的那位郎中，真是妙手回春的神医，几针下去，家父就好转不少。喝了他开的药，已经恢复元气。为了表示感激，我已将神医留在府中，特地来向仁兄道谢。"孙秋山哈哈大笑，一拱手："路遇难事，出手相助，理所应当，何用言谢？"那公子再三坚持，孙秋山只得收下厚礼——满满一匣白银，足有二百两。那公子留下名帖，邀孙秋山一行人明日来府上做客，交谈了几句，便告辞离去。

乔嘉树追问事情的来龙去脉，孙秋山便把晨间之事详述一遍，众人啧啧称赞，说他侠骨仁心。田佑和要他亲手打开名帖，看看这公子的来历。他展开名帖，不觉愣住，上面赫然写着："御景天绸缎庄，胡炳振敬上。"乔嘉树深感讶异：怎么？这公子是御景天绸缎庄的少年？突然灵机一动，说："既如此，咱们明日何不前去，正好谈从御景天进货之事？"孙秋山亦不承想，一念之间的善举，竟帮了自己大忙！可救人行善，岂是为了让人报答？他断然不肯，说道："既然人家看得起咱们，请咱们去府上做客，就不能得寸进尺谈生意讲价钱，这不是君子之道。"乔钰涵暗自赞叹，又觉他迂腐，便说道："此话有理，若凡事都求回报，这世上便没有'公义'二字。不过……"她犹豫着说道。"不过怎样？请姑娘赐教。"孙秋山抬眼望向乔钰涵。"不过，御景天也是经商世家，既然都是生意人，何不来个互利互惠？大家合伙做买卖，岂不是皆大欢喜？"乔钰涵两手一摊说道。众人也觉有理，田佑和也觉可行，就望向孙秋山。见他低头不语，不知想些什么。

　　翌日五更天，钟鼓楼的报时声洪亮入耳，盛京大街小巷纷然忙碌起来。几人提早起床，用了早点，就商议起行程。如若一切顺利，拜见过御景天之后，就随即返乡。他们顺着四平街前行，来到御景天。门口早有伙计等候，见几人从远处走来，便兴冲冲地进去通报。御景天公子胡耀庆连忙起身，赶到门口相迎，寒暄几句后就引领众人进入后院书房。御景天老东家胡炳振正在临帖，练书法，见救命恩人被儿子领进书房，急忙放下毛笔，走上前躬身施礼道谢。孙秋山连连摆头，说："老先生，实不敢当！理应相助，不足言谢！"胡炳振一生商海沉浮，见过南来北往不计其数的客旅，与三教九流皆打过交道，颇有识人之能。他见孙秋山为人谦和有礼、言辞有度，再看他印堂红亮，方额广颐，是个大贵之相，便愈加喜爱、器重。众人纷纷落座，仆役送上茶水果盘，立在旁边伺候。乔钰涵和乔嘉树原本生长在大户人家，行止大方得体，胡炳振一眼看去，心里对乔家姐弟多了几分好感和赞许。

　　胡炳振和孙秋山攀谈甚欢，听秋山聊起身世，胡炳振不由得心生怜悯。胡耀庆见乔钰涵举止大方，姿容出众，谈吐有度，更心生爱慕之情。随行之人静默聆听，几人谈得投缘，倒也其乐融融。乔钰涵边和胡耀庆聊天，边竖起耳朵留心听孙秋山与胡炳振的谈话，见他迟迟不肯提起想在御景天进货之事，便有些着急。于是，她故意将话题引到此次来盛京的目的上。胡耀庆是聪明绝顶之人，一听便猜出了几分用意，就主动对父亲提及此事。"哦？怎么秋山老弟也要在复县开绸缎庄不成？有什么可以帮忙的，请直言！"胡炳振也顿时领悟儿子的意思，主动开口问道。孙秋山闻言，满脸通红，似乎像是趁火打劫，趁着帮了胡家的忙，就借机邀功。他连忙摆手，慌忙说道："后生鲁莽，实不敢在前辈面前谈什么开绸缎庄的事，休谈此事！"胡炳振见状，呵呵一笑，将着胡子思忖："这年轻人倒有君子之风，救人不图报，是个有品行的，更是个有骨气的。"对孙秋山更另眼相看，平添了几分敬佩。

　　见孙秋山开不了口，乔钰涵只能单枪匹马出征。她清了清嗓子，迅速理清思路，落落大方地看向胡炳振，说道："胡老东家，我们现在就堂堂正正打开天窗说亮话！咱们做买卖，不谈交情。贵庄的绸缎在盛京数一数二——质量好、货色全，只是价格稍贵。我们昨日来贵庄谈生意，粗算了一笔账，若是按照我们当地需求，将各色秋冬常用的棉布和绸缎每样进三百匹，需拿二百两银子。这对我们小商家实是一大笔钱，不知您可否给我们一些优惠？我想，如果能与贵庄常年合作，成为您的老主顾，应该是最好了。辽南富庶安宁，复县人丁兴旺，城内虽有缎庄却货色不全，花色也过时陈旧。从您的缎庄买进的布料应该很好脱手。"她言语清亮，思路清晰。孙秋山面子薄，赶忙更正乔钰涵的说法，嗫嚅道："胡老东家，您只需按原价卖就成，不需优惠。"惹得乔钰涵狠狠瞪他一眼，他低头，装作看不见，这反倒逗乐了胡炳振。他寻思一会儿，缓缓开口："我赞同乔姑娘的看法，其实我也早就想将御景天的布料卖到各地，只是苦于没有信得过的人。若是你们愿意，我可以把辽南分号经营权送给你们，免费供应布料。每年营收，咱们五五分，怎样？"胡炳振的提议让在座者为之一振，这等于白送了一个大礼给孙秋山。他不敢置信，说道："这如何使得？晚辈从未开过缎庄，无半点经验，哪敢挑此重担？请老先生收回好意，另寻他人。"胡炳振摇了摇手，断然拒绝："经商要靠天赋和人品。依我看，你两者皆具备。何况乔姑娘可是经商的天才呀！"他笑着望向乔钰涵。她笑颜如花："多谢胡老东家赏识！实不敢当！不过，您的提议可行，我们先签一年合同，若是销路好、盈利多，就签长期合同。如此一来，您也不必承担风险，我也不必慌乱。"商定后，胡炳振补充道："等会儿我派人将你们所需各色布料都装上马车，派人护送你们回乡；这些人暂时先在你那里住下，帮助料理店铺开张，等一切步入正轨，他们再返回盛京御景天汇报。"乔钰涵心中暗自佩服老东家的智谋，深觉他甚是老道可靠。孙秋山思前想后，拎起随身包袱，将二百两白银原封不动地退还给胡耀庆。见状，胡耀庆不解，而胡炳振更确信这个后生绝对信得过，是个值得深交的朋友。

大事已定，胡炳振邀一行人去祥和楼吃午宴，饭后又派了两辆马车，载着布料和一行人启程返乡。胡耀庆目送乔钰涵等人离去，流露出不舍之情。胡炳振猜出儿子心事，笑而不语，却突然说："你和她无缘，你看不见那丫头是太阳星下凡吗？她头上分明顶着一轮日头。"胡炳振精通易经术数，有几分道行，能看人识面，便告诫儿子："太阳星，不可小觑！头顶太阳星下凡之人，命硬！虽能兴家旺畜，却是克夫命，除非所嫁之人也是命硬之人，才能永保平安，白头到老。你八字不硬，不宜和她结成夫妻。"

第六章　缎庄

星夜兼程连行了三日，两辆马车终于返回辽南，先将两车满载的布料卸下，摆入装修好的绸缎庄子，再返回桥东村。"凡事出于至诚必无往不利。"乔钰涵回想这一路孙秋山的言行，不觉感慨而言。"凡事出于至诚必无往不利。"孙秋山低声重复这话，心生欢喜，甚觉无垠的广阔天地等待他施展抱负。韩半仙的叮嘱在耳畔响起："火天大有卦，此乃上上之卦！"

这一夜，小小的桥东村沸腾了。人们皆在谈论孙秋山一路的经历，亦打听那随他来到桥东村的乔家姐弟。同行的几个青年家中，聚满了村民，听他们绘声绘色地讲述路上的经过和盛京城中的见闻。众人听得入迷，深更半夜方才散去。孙秋山家中，乔家姐弟在里间屋子安顿下来。孙秋山特意将几个月前为他们买的布料拿出，赠予二人；又去请来田婶，还有佑和，一同用饭。饭桌上，他送给田婶几匹上乘衣料，让她做身新衣。田婶摸索着华光灿灿的布料，笑出了眼泪。自此，桥东百姓无人不敬孙秋山，越来越多人跟他做事。他召集村民，请了村里德高望重的长辈，一起商议安排。众人同意，将运送腌野鸭蛋的差事分配给到过盛京的几个年轻人；又分派了几人，负责每日从各家各户收集腌鸭蛋、记账；又找了几个会算账记账的，负责为各家分送卖鸭蛋所得银子。村里几个比较稳重、机灵的青年，被挑选进绸缎庄做事。田婶胞弟田佑和成了绸缎庄掌事总管，负责日常事务统筹。安排妥当后，几个到过盛京的青年就驾着村里的三辆马车，载着满当当三车腌鸭蛋，再次奔赴盛京，给长期合作的酒肆、茶楼送货。那几个被选进缎庄的年轻人，跟随胡炳振的家丁和两辆马车，也赶往复县城内的缎庄。

乔嘉树见庄子正门上方光秃秃的，竟无半块匾额，就道："这庄子该有名号才对，总不能就叫缎庄吧？可是，起什么名字好呢？"孙秋山看着正门上方的空白，不知该起何名。乔钰涵随口提议，说："既然咱们算是御景天的分号，就该沿用御景天的名号，若想稍作区分，可改一字，就叫'御景星'。""妙！真是妙！'御景星'既随了'御景天'的名号，又隐含两者的关系，既附属御景天，又不冒犯胡老东家。"孙秋山击掌称妙。跟随而来的御景天伙计们也觉此名甚妙，孙秋山立刻叫人去备匾额，把这名号刻于其上，挂于正门前。一行人进入庄子，乔钰涵指挥众人摆放布匹绸缎，并安置器物摆设，庄子里顿时人声沸腾。路过的百姓见状，打听这是何等生意，田佑和顺势打起了广告，说："这是复县城内最好的绸缎庄，是盛京老字号御景天的分号；今后但凡想要什么料子，这里应有尽有，且实惠公道。"一传十，十传百，复县城内无人不知，有一家盛京老字号缎庄在此开了分号，名叫"御景星"。

乔钰涵曾亲见亲戚家的绸缎庄子，清楚记得那庄子里的规模和摆设，及至管账进货的规矩，无不一清二楚。于是，便将御景星也布置得和亲戚家缎庄相差无几，又调教弟弟嘉树记账管账。每日间，忙得昏天黑地，还为庄子里的伙计准备吃喝。不过几日工夫，众人已将她视作大管家。佑和更是私下称她为"嫂子"，被孙秋山训斥了一番。其实，孙秋山心底对乔钰涵又爱又敬，却不知她心意如何，不敢贸然开口。乔钰涵深如潭水的双眸，冷静从容的神态，滴水不漏的言语，让人敬而生畏，孙秋山对她越发不敢冒犯。她窈窕的身影，秀美的容颜，就像天上月，可望而不可即。到盛京运送腌野鸭蛋的村民，几日后满载银钱和物品，驾车兴高采烈地返回。村里家家户户如同过年，喜气洋洋数钱数到深夜；又和左邻右舍分享得来的稀罕物，有秋梨膏、柿干、冰糖、酱牛肉等。村民们你看我的、我尝你的，感受从未有过的欣喜。老人们在村边晒太阳，议论说："这孙秋山是个福星，带着福气下凡来了。"时常有姑娘主动上前搭话，送吃送穿，弄得孙秋山收也不是、拒也不是。乔钰涵尽心料理家和庄子，将一切打理得井井有条。第二批去往盛京的马车又启程了，村民们带着期待目送他们离去，在桥东村民心里，日子仿佛越过越有盼头。

秋高气爽，天辽地宁。秋分这日，御景星正式开张。孙秋山安排了鼓乐班子助兴，又吩咐田佑和给复县各家发送了请帖。鞭炮震天，鼓乐齐鸣，一时间门庭若市，热闹熙攘。乔钰涵别出心裁，搞了个三日酬宾，惹得城内百姓挤破了门槛抢购，就连附近毗邻的县城也听到了风声，纷纷派人来抢购布料。桥东村民倒是不急，孙秋山早以半价让村民选好了料子。开业三日后，乔嘉树将一笔清晰的账目交给孙秋山过目，又传阅给御景天的伙计领班：三天的营收总额是一千五百两银子。按照约定五五分，孙秋山可得七百五十两之多。他思忖一下，说："这七百五十两银子我只拿五百两，剩下的二百五十两，有五十两赏给御景天随行伙计，以作答谢酬劳，另二百两请代我交给胡老东家，谢他老人家知遇之恩和提携之举。"伙计领班说道："多谢孙东家慷慨相赠！我会将钱和话一并带到！"孙秋山叮嘱道："你们也见到了，庄里的料子几乎售罄，请尽快再发货来，务必在十日内送来新货；现有的料子还能再支持十天左右。"乔钰涵提醒说："需要换一些新花色，把货样册拿来瞧瞧。常言道，常换常新。庄子里常有新鲜货色，才能吸引顾客再来。"就在货样册上挑选了一些时新布料。

复县原有一家布料庄子，在此地经营了一百余年，也是一家老字号，叫作"隆兴昌绸缎庄"。传到这一代，家道中落，庄子打理得一日不如一日。原本还能勉强支撑，单凭是复县独一家缎庄，没有竞争对手，即便经营不善，也勉强过得去。自从有了御景星之后，隆兴昌的生意一落千丈，门可罗雀。隆兴昌东家吴良又恨又气，派人偷偷留意御景星，听说御景天伙计将要携巨款返回盛京，又听说御景星的料子只能再维持十日，便心生歹意。一天后，行至熊岳的御景天伙计遭遇蒙面人打劫，携带的一千两银子尽数被抢，几个伙计身负重伤，有几人趁乱逃跑，分别逃回复县和盛京报信。两日后，半夜时分，御景星突然起火，值夜伙计及时发现，奋力扑灭了大火。庄子只烧坏了门脸和几处屋顶，屋内的料子幸无大碍。孙秋山听死里逃生的伙计描述遭劫经过，又听田佑和报告有人火烧缎庄，心头一阵发寒，"真是祸从天降！人无伤虎意，虎有害人心！"乔嘉树神色凝重地说道。"不错！这事须赶紧报官，否则夜长梦多，不知对方还会做出什么事来。"乔钰涵斩钉截铁地说道。御景天死里逃生的伙计急切说道："孙东家，请尽快追回被劫去的一千两银子，否则我们无颜向胡老东家交差。还有几个伙计被打成重伤，请孙东家派人去照料。"孙秋山即刻吩咐田佑和带人赶去熊岳，好生安抚照料伤者。一行人匆匆出发上路。孙秋山来回踱着步子，仔细回想着来龙去脉，心想："我来此一年光景，从未与人交恶，更不曾得罪人，突遭横祸定有原因。难道是……"他突然想到隆兴昌。乔钰涵仿佛看穿了他的心思，神色凝重地点了点头。乔嘉树也猜到了，说："想必他不会罢手。"孙秋山拍案怒目，说："我抢了他营生，我愿登门致歉，两家素无仇怨，若有过节，说开了就息事宁人了，冤冤相报何时了！"乔嘉树提醒道："那被抢的一千两银子应该就在他家中，咱们须尽快找到，还给盛京胡老东家。"孙秋山扶额静思，眉头锁得紧紧的。乔钰涵和乔嘉树对视一眼，无奈退了出去。乔钰涵深知，孙秋山太过重仁义，少了杀伐决断的果敢。在乔嘉树眼里，孙秋山有胆有识，却具仁爱之心，正因如此，才让众人乐意追随。仁，既是他的优点，也是他的缺陷。孙秋山思索了半日，决定亲自去隆兴昌拜访。翌日，他带着乔家姐弟和几个随从，提着礼物前去隆兴昌。大约一年前，他第一次到复县，还曾在此为乔家姐弟买过布料。他记得，那时隆兴昌还有客人，眼下却门可罗雀，冷冷清清，毫无半分人气。孙秋山心里一阵难过，想不到御景星竟将隆兴昌挤兑至如此。

　　一个手执念珠慈眉善目的妇人从里间走出，一见孙秋山和众人便一惊，手中的念珠也惊落在地。"你们是御景星的人？"那妇人哆嗦着发问。孙秋山上前几步，俯身拾起掉落在地的念珠，递回妇人手中，说："莫要惊慌，我们是来拜访隆兴昌吴东家的，请问他可在里边？"说完向里间望去。"我在！有何贵干？"一个凌厉的男声从里间飘来。随后门帘一挑，一个高大壮硕的东北汉子从里间走了出来，带着一脸敌意走到孙秋山面前。孙秋山施礼作揖，道："御景星开业以来，未曾拜访同行，今日特来拜访，愿与贵庄彼此帮扶提携、互通有无。"吴良面露鄙夷之色，嗤之以鼻，道："不敢高攀！我们这小门小户的营生，哪敢和盛京老字号分庭抗礼？我这根本无生意可做，哪来的一同发达之说？"他身后，手执念珠的妇人越发神情不安，似乎有话要说，却又忍住了。乔钰涵一声不吭，全看在眼里。孙秋山略一惊，继续说："如果我将御景星的货源以成本价提供给隆兴昌，再派伙计帮你免费打理店铺，所得利润三七分，你七我三，如何？"吴良一愣，万万想不到竟有这等好事，又怕是计，引他上钩，一时竟无法作答。乔钰涵看出他的心思，开口道："冤冤相报何时了？做生意重在和气生财，咱们是复县城内唯有的两家缎庄，若能联手，有百利而无一害。吴东家，你无需多虑，我们孙东家是诚心诚意想交你这个朋友。"吴良心思有些动摇，他面露困惑，盯着孙秋山，不敢置信世上竟有这等好事。转念一想，他若知是我派人抢了他的银子、打了他的人、烧了他的店，还会对我如此客气吗？这样想着，吴良的心又硬起来，断然拒绝："不需要！我们就是饿死，也绝不吃嗟来之食。"乔钰涵伶牙俐齿，说道："看这念珠便知，定是一心向佛之人，修心向佛之人须慈悲行事，不可做不义之事，否则定遭天谴。"那手执佛珠的妇人一听，又一惊，佛珠再次掉落。她看向吴良，哀求道："你就接受孙东家的善意吧。咱们两家本没有深仇大恨，何必做那造孽事？！她一直不赞同丈夫做抢劫放火的勾当，无奈吴良是刚愎自用、心胸狭窄之人，根本听不进任何人的劝。听乔钰涵的话外之音，御景星想必已经猜到是他主使人行凶作恶。显见，御景星不想交恶，才给隆兴昌递过橄榄枝。那妇人越想越觉得化干戈为玉帛，息事宁人，才是上策。妇人扑通跪下，抱住吴良苦苦哀求。吴良愈发吃了秤砣铁了心，更痛恨起孙秋山和御景星。他一脚踢开妇人，抄起一个铁算盘，向孙秋山砸了过去。乔钰涵眼疾手快，立刻抱住孙秋山。铁算盘结实砸在乔钰涵右肩头，弹飞了出去。一阵钻心的疼痛过后，鲜血从乔钰涵肩头汩汩流出，她缓缓昏倒。孙秋山大惊失色，一把将她抱起，一切来得猝不及防，在场之人都惊得目瞪口呆。见亲姐遭难，嘉树义愤填膺，上前和吴良扭打作一团。御景星众人上前制服吴良，将他扭送官府。一直哭泣的妇人爬到孙秋山面前，拼命磕头赔罪。"快去请大夫！"孙秋山含泪吩咐手下，早已乱了方寸，心如刀割。直到这一刻，他才意识到乔钰涵在他心中的地位。

这事迅速就传遍了复县，众人纷纷揣测事情的结局。御景星店内里间卧榻上，乔钰涵面色苍白如纸，像一具冰冷的玉石雕像。秋山和嘉树已经守候了两天两夜，大夫说，若是在三日内醒转过来，就无性命之忧。肩头骨折，失血过多，发烧呓语，她整整昏迷了两天两夜。在两个男人眼里，这两天两夜就像两年一般漫长。他们茶饭不思，守在她身旁，不时喂她一些糖水。官府审讯了吴良，又搜出了那一千两银子，送还御景星。这一切丝毫提不起孙秋山的精神，他失魂落魄地守在钰涵身旁，一心一意只盼她早些醒来。

第三日，日头将西，乔钰涵仍无半分醒转迹象。嘉树在一旁垂泪。孙秋山握住她的手，泪水涟涟，不住地诉说悔恨之意。"是我不好！我一直不敢跟你说，其实初见你那天，我就喜欢上了你。咱们这一路走来，我越发敬你爱你，又怕配不上你！都是我不好！我不该不听你的劝告！不该有妇人之仁！"孙秋山喃喃哭诉，一遍又一遍诉说着悲伤和爱意。不知过了多久，一钩斜月升至中天，一道奇异的白色星光透过窗户，照在乔钰涵脸上。她身子微微一颤，仿佛一道神秘气息通过，苍白的唇微微翕动了一下，右手食指微微挑动。孙秋山大喜，连忙叫来嘉树，一同盯着她的眼。只见她微微睁开双眸，浓密的睫毛微微扇动，她转过脸，看见两个模糊的身影，再看去，那影像渐渐清晰起来，是弟弟嘉树和他。这几日，她虽昏迷不醒，却依稀能听到孙秋山的倾诉。她记得他说过的每一句话，也明白他的心意，虽口不能言，心却极为感动。想起这一路，自己对他早生爱慕之情。他紧紧握住她的手，泪流满面。嘉树喜极而泣。"男儿有泪不轻弹！男儿膝下有黄金！莫哭，没出息！"乔钰涵虚弱地调侃两人。

御景星和隆兴昌的案子惊动了整个复县，家家户户都在谈论此事，一会儿听说盛京御景天又送来了三马车布料，一会儿又听说孙秋山将官府追回的一千两银子派人送到盛京御景天，一会儿又听说桥东村民来给御景星修补火灾烧毁的门面和屋顶。自然，也有人听说隆兴昌掌柜吴良下了大狱，他的妻子想上吊寻死，被御景星孙东家派人救活，照养在御景星内院。怕那妇人再次寻死，又将吴良保释出狱，给了他们一笔银子，买下隆兴昌并入御景星。原本那隆兴昌就快要倒闭，吴良无心经营下去，这次又吃了官司下了大狱，自家女人差点送命，他早就心灰意冷，就将隆兴昌索性卖给了御景星，拿着这笔银子投奔外乡亲友去了。纷传的种种，令孙秋山声名鹊起。百姓都说孙秋山是仁义之人。经此一事，孙秋山突然想起那块被典当的玉石，之前早将那玉忘在了脑后，竟从未想过赎回。

第七章　赎玉

钟鼓长更，星月交辉，月华如水，静寂空蒙的柔光流散在瓦砾之间、庭院之中。院中，影影绰绰，有暗香浮动，透过窗户飘进里间卧室灯下。孙秋山闭目凝神，想起韩半仙说过的话："你的好运就在你怀中的那块玉上，把它先典当了筹银子，以此起家方可无虞。之后，你定要赎回这玉，传予子孙后世。切记，切记！"孙秋山猛然醒悟：莫不是自己太过意气风发，一心只想着扩张生意，反倒忘了韩半仙的提醒，才有这飞来横祸不成？他不得而知。天刚拂晓便派人拿着当票和银两，去宁远典当铺赎玉。他想，和钰涵成亲当日，将这玉亲手交她保管，将来传给子子孙孙。

微风拂过院落，日色高照，前院缎庄里人语嘈杂，又是寻常不过的一个日子。孙秋山焦急地踱着步子，在后院天井中等待消息。不多时，田佑和垂头丧气地进来，回禀说："宁远典当铺早在半年前就把那玉转手给了本县的大户王家，以为东家您不再赎那玉了。"孙秋山追问："哪个王家？可是鼎泰钱庄的王家？"佑和点头，说："正是鼎泰钱庄的王家。"孙秋山思忖片刻，道："吩咐账房备一份厚礼，再备八百两银子，明日随我去鼎泰钱庄赎玉。"田佑和面露难色："东家，这可是一笔不小的数目，咱们刚修了铺面和屋顶，又新进了一批布料绸缎，眼下账房紧得很，怕是一时半会儿拿不出这许多银子。"孙秋山拍掌道："正是！我光想那玉，竟忘了这些！多亏你提醒，我们该如何办？"他对田佑和甚为器重与信赖。佑和不急不缓，说："咱先去王家拜访，探探口风。若他愿意将玉卖给东家，就先付定金，立好字据，下月货款充裕再去王家买玉。"孙秋山微笑着点头，问道："若他不愿把玉卖给咱们，又当如何？"佑和回答得干脆："这极有可能！倘若是真，只好智取或是认命。"孙秋山摸了摸脑门，说："智取和认命都不好，我要让王家心甘情愿将玉归还于我。"佑和笑着挠了挠头皮，问："东家还需要账房备礼去王家吗？"秋山微笑："这是自然！不但要备礼，还要备一份厚礼。你今日就去王家，送一份拜会帖子。"

鼎泰钱庄自咸丰二年（1852）开设，在此经营银两异地汇兑和存放款，历经咸丰、同治两朝，直到如今光绪四年（1878），有二十七年历史，是复县独一家钱庄票号。王家现任东家是第三代传人，名曰王世襄。据说是经商有道的奇才，酷爱收集玉石文玩。翌日，孙秋山一行人向城南鼎泰钱庄赶去。远眺望去，鼎泰钱庄高檐戗角，楼宇威严，蔚为壮观。待到近处，又见规制有度、经营娴熟；方形拱门下方，门砖已被运银车日积月累地压出了深深两道车辙。店内掌柜识得孙秋山，又早得了东家的信儿，热情招呼几人向钱庄后的私宅走去。这王家私宅也颇气派，勾栏瓦舍，亭台楼榭，也算数一数二的人家。孙秋山等人被领进正厅大堂，屋内清一色紫檀家具，正厅高悬一方鎏金大匾，镶着"聚宝厅"三个烫金大字；墙上挂着唐寅字画，屋中挂着六个玻璃宫灯，将整个大厅映得辉煌灿烂。孙秋山暗叹，王家好一番高阁气象。大厅外，走来一位相貌端庄的青年，身后是几个身穿清一色月白色镶青边的丫鬟、仆从，手里端着果品。那青年走到近前，向孙秋山一抱拳，说道："在下鼎泰钱庄王世襄，昨日得悉御景星孙东家要来访，既惊喜又意外，今日特意恭候大驾光临。请坐！"说着便引孙秋山坐在正厅中间铺着老虎皮的紫檀太师椅上。随行的丫鬟们将茶水、果品摆齐，一言不发地齐站在大厅两侧，静立伺候。孙秋山见王世襄家规森严，就知这王家甚是清明，不是一般寻常大户可比，对他生出几分敬意。

那王世襄也暗中观察孙秋山，见他稳重中透出机警，敦厚中明察秋毫，就知这人绝不是等闲之辈，难怪能在如此之短的时间内就创下一份家业。他笑吟吟问道："不知孙东家贵庚？"孙秋山作答："咸丰二年八月十六生人，如今虚岁二十有八。""这样说来，我与孙东家竟是同年同月同日生人。"王世襄甚觉有缘，不禁拍掌笑道。两人又对照了出生时辰，王世襄寅时生人，孙秋山辰时生人，比王世襄略小了几个时辰。王世襄笑道："这样说来，我比孙东家稍年长了几个时辰的光景，也算是兄长。"两人交谈甚欢，孙秋山并未提及那玉半个字。王世襄见他并未说明来意，就开门见山询问，说："不知贤弟前来有何用意？"孙秋山才道："半年前世襄兄从宁远典当铺高价买去了一块玉，可有此事？"王世襄点头，心内已猜到七八分。果然，孙秋山继续说道："当初是为了生意，才不得已将玉典当了；如今想赎回，却得知被兄台买了去。今日叨扰，请赏一个薄面，将那玉转卖予我，愿出高价买回。"孙秋山说完，静等回答。

　　王世襄凝思回想，半年前确曾从宁远典当铺买回一块色泽莹润的幽蓝苍玉。起初以为是羊脂玉，谁知玉匠告知，这并非和田玉，只是一块普通玉石。他便再无把玩之心，将玉放入锦匣，收入仓库。王世襄是个慧眼独具的古玩藏家，对所收藏的物件皆要知晓前世今生，绝不放弃任何探知古玩底细的时机，便问道："如此，是我夺了贤弟的美物。这有何难？我家中金银玉石不计其数，若是老弟想赎回那玉，也未尝不可。但，能否告知玉的来历和名称？"孙秋山有些为难，不知是否该将这玉的稀奇来历讲给王世襄听，又唯恐这玉来历离奇、违反常理，反倒激起王世襄的占有欲，不肯撒手。可若编一个谎话，又不是他一贯的行事风格，他便难在那里，不知如何作答。"怎么？这玉的来历不能说？莫不是古墓里盗出的老玉？"王世襄面有厉色。孙秋山见状一惊，心想："怎会扯到古墓盗玉？这不是往我身上加莫须有的罪状吗？无论如何，也不能让人误会我是盗墓之辈。"于是正色道："绝非如此！世襄兄言重了。这玉并非墓中古玉，而是一白衣老者所赐之神玉。"孙秋山情急之下竟说了实话。

　　那王世襄一愣，想不到竟是这样的回答，他半信半疑：果真如此？真有白衣神仙相赠？孙秋山深悔自己不该情急说漏了嘴，便回道："实不能相告，若世襄兄愿意，我愿付双倍价钱赎玉。"王世襄寸步不让，坚持说："若不把古玉来历搞清，决不放手；若如实相告，便卖。"孙秋山无奈，只好半真半假编了个故事，隐去白衣神仙庙里相救的经过，也隐去了韩半仙所说"这块玉关乎他一生好运和子孙万代"的预言。只说，这玉是一位偶遇的白衣老者所赠，他将老者当成神仙，这玉也权当老者与他因缘际会的仙缘。王世襄听得半信半疑，命人将藏玉锦匣从仓库中取出。将玉从匣中拿出，在手中反复把玩，并未觉出这玉有不同凡响之处。他记起玉匠曾说，这玉并非和田玉，也非名贵玉种。王世襄随手放下玉，说："这玉我可以卖给你，只是价格需翻三倍，我八百两银子买来这玉，你须拿两千四百两银子才能带走。"满厅闻之变色，这无异于天价。二千四百两换一块普通玉石，闻所未闻，况且这并非珍稀玉石。满厅鸦雀无声，众人盯着孙秋山，等他作答。孙秋山干脆答道："可以！只是我眼下拿不出这许多银子，可否宽限两个月，我先付五百两定金，其余一千九百两银子，两个月后付清。"王世襄一惊，心想：这玉可真值这价？这初生牛犊不怕虎的后生，竟连价也不还，就答应下来，不知是胆壮还是缺心少肺。便笑言："这就立字据。最迟两个月后带银子赎玉，若两个月仍未交足银子，我便不卖这玉给你，定金也不退还。"孙秋山目不转睛地盯着王世襄，初始对他的好印象一扫而空；只觉这人年纪轻轻，便手段狠辣，做事不留余地，真是出乎预料，绝非善类。孙秋山别无选择，只好点头答应；与王世襄立下字据，一式两份，二人各留一份。

付完五百两定金，孙秋山一行人离去。王世襄却立刻嘱咐仆人，将这玉放进书房，又火速派人去盛京，请来顶级珠宝鉴定大师，来给这玉估价。他不信，真有神仙授玉给孙秋山，断定这玉乃是稀世奇珍，不知是从哪个古墓中盗来的物什，说不定要价太少，便宜了孙秋山。他想，自己做事从不吃亏，千万不能让别人赚得半点好处，否则会像心头剜肉般难受。

孙秋山返回御景星，将经过告知乔家姐弟，两人气得七窍生烟，都骂那王世襄是"铁财主"。殊不知，这复县，凡与王家打过交道的，背地里都称王世襄为"铁财主""铁公鸡"。王家"一毛不拔"也是出了名的。这一千九百两银子，御景星用两个月倒是能赚到一多半，剩下的银子想办法别处凑；往盛京销腌野鸭蛋，每半月可进账一笔银子，除去分给桥东各家之外，还能净赚二百多两。乔嘉树飞快算了一笔账。不错，若是一切顺利，这一千九百两应该不成问题。可是，如有任何意外，是断然凑不齐一千九百两银子的。乔钰涵忧虑着——她一向喜欢未雨绸缪，不喜风险押注。可是，她知晓这玉的秘密，孙秋山曾亲口告诉她这玉的来历和韩半仙的预言；又知他想将这玉传给两人的子孙后代，便只好冒险，赌这一回。这玉定要风雨无阻拿回不可。

王世襄从盛京请来的珠宝鉴定大师一到鼎泰钱庄，王世襄就取出那玉，交到鉴定师手上。那玉在放大镜下被仔细查验鉴定，在那人手中翻来覆去，良久，那人终于说道："这玉虽不是和田羊脂玉，成色质地也不逊于羊脂玉。老夫鉴定了一辈子珠宝玉石，上至秦砖汉瓦，下至明青花，南来北往的玉石珠宝我见过的不计其数，简直可以说多如牛毛，像这等稀罕玉还是头一遭见。这玉似乎不是我朝所产，亦看不出产地。至于这估价，依我看，是无价之宝！"王世襄听罢一惊，想不到，这来历不明的玉竟是无价之宝，这笔买卖可不是赔本了！这一厢，孙秋山决意，两个月内搞两次酬宾，请了鼓乐班子吹拉弹唱，吸引新老主顾来御景星采买换季衣料。又亲自带佑和去了周遭几座城，打通几处行销路子。流着红色油脂、芳香扑鼻的腌野鸭蛋，一时间风靡整个关外。钰涵精通书画，就将自己的墨宝由运送腌野鸭蛋的车队带往盛京，寄卖在御景天和四平街的几处画院和寺庙中。

两个月下来，几人不但凑齐了那一千九百两银子，且富富有余。于是，便命伙计抬着沉甸甸的银箱，前往鼎泰钱庄赎玉。一路上，街市繁华熙攘，初夏和暖的熏风让孙秋山心情畅快。一想到就要赎回掌控兴衰荣辱和家族兴旺的宝玉，孙秋山就激动万分。回想自己风餐露宿，挑着两个扁担闯关东，将脑袋别在裤腰上打拼事业，才有了今天这番家业。拿回那玉，他便与钰涵成亲，将这玉传给子子孙孙，在此永久兴旺繁衍。

一行人进了鼎泰钱庄，被掌柜领至后院正厅，依旧是两个月前的气派。可左等右等，那王世襄迟迟未现身。田佑和想起上次王世襄的阵仗排场和外间传闻，便悄悄对东家说："不会生变吧？那王世襄恐怕不会轻易兑现承诺。"孙秋山虽坦荡，为人不设防，但也深知人心多变，低声说："咱们耐住性子等等看，顺势而为，伺机而动。"田佑和点头应是，悄悄立在一旁，陪孙秋山一同等候。几个时辰后，王世襄姗姗来迟，一路抱拳笑道："秋山贤弟！实在惭愧！让你们久等了！钱庄太忙，我实在分身乏术！莫见怪！"说着，便径直走向太师椅落座，也不客套。另一张太师椅上，孙秋山连忙还礼，和颜悦色道："哪里！哪里！兄台能来就好！"王世襄满面笑容，问："不知贤弟为何而来？"孙秋山拿出字据，放在桌上，答道："是为赎玉而来。这是两个月前咱们立好的字据，这一箱是一千九百两银子，按照字据，两个月内付清，此行正是赎玉。"说完，命伙计将装满银钱的箱子抬到大厅中央，打开箱盖。登时，一箱银光灿灿白花花的银子赫然呈现，王世襄微微有些心动。可是，想到那玉是无价之宝，又硬起心肠，佯作诧色，问道："贤弟这是做甚？我何曾答应过卖玉给你？绝无此事！"田佑和与御景星的伙计们一听，顿时目瞪口呆。想不到，此人竟如此下作，翻脸不认账。田佑和愤愤然，冲到王世襄面前，将那字据拍在八仙桌上，质问："这是你与我们东家亲笔签好的字据，怎可出尔反尔？"王世襄冷笑道："这是契约吗？是我写的字据？"说罢，抬手拿起桌上那张纸，随手握成一团，塞进嘴里，生生咽了下去。"你！竟然？！"孙秋山惊得目瞪口呆，简直不敢置信这是真的。留在手里唯一的物证，确确实实被王世襄吞进了肚子。"契约在哪里？你们看见了吗？"王世襄回过身来，轻蔑地问伺候左右的家仆，惯于看主子眼色行事的王家仆人，异口同声地答道："未曾见到！"王世襄听完，仰头大笑。转头对孙秋山说："贤弟，你定是搞错了，我何曾有过什么玉，又何曾与你签过什么字据契约，更不要你的什么一千九百两银子！送客！"说罢，王世襄一路大笑着，甩身而去。孙秋山等人被蜂拥而上的王家仆人推搡着，赶出了鼎泰钱庄。如狼似虎的家丁，手执棍棒，一字排开，站在鼎泰钱庄门前，恶狠狠盯着狼狈的几人。孙秋山知道上了王世襄的套，那玉是赎不回来了，再坚持，又要遭恶奴棍棒羞辱。他咬牙领着义愤填膺的几个伙计，抬着沉甸甸的银钱，离开鼎泰钱庄，向御景星绸缎庄返回。一路上，几个伙计越想越气，流下泪来。田佑和也边哭边说："光天化日之下，这等蛮横无理，与强盗何异！"孙秋山面色平静，不发一言，更未流一滴泪。他边走边想：王世襄之前明明已经答应，为何突然反悔？这中间定有缘故！这玉究竟还能不能拿回？如何拿回？难道我将永失此玉？见东家神色冷静，众人也镇静下来，抹掉眼泪，默默地跟在孙秋山身后，回了御景星。

乔钰涵站在门口，远远看见几人垂头丧气抬着沉沉的银钱箱回来，就猜到事情生变。果然，田佑和一五一十地将事情来龙去脉向她复述。她听完，既未大哭，更未大骂。她面色铁青，说："秋山，莫要灰心！我就不信，天理昭昭没人治得了这个王世襄！"嘉树气愤难当："难怪这王世襄有'铁财主'和'铁公鸡'的外号，我看简直是地头蛇！""我想，他之所以公然反悔，一是靠自家财力雄厚，咱们御景星虽生意昌隆，与他们鼎泰钱庄却无法相提并论；二是靠家丁众多、奴仆成群，咱在气势上就处在弱势；三是靠根基深厚，就连复县知府也是他的至交，咱们毫无人脉，即便去告官，也断然赢不了。更何况，咱们手里那张契约，被他生生吞进肚子，拿不出证据，如何告官？我想，咱们只能自强，待到实力可以打败鼎泰钱庄之时，他王世襄才不敢这般对待我们！"孙秋山分析了一通。众人点头称是。钰涵思忖片刻，说："我想和嘉树回一趟山西老家；我有一个远亲，听说在做钱庄买卖，我和嘉树在老家还有房产和田庄，想来大灾之年已过，老家的日子好过了，我也想让嘉树留在老家，打理房产、田庄，顺便看看能否与这亲戚联手，在盛京和复县开设票号钱庄。或许，这是我们扳倒王世襄的一条出路。"秋山闻言抬头，仔细打量，见她眉宇坚定，神色冷静，知她不是一时兴起才说这话；况且朝夕相处许久，他知乔钰涵绝非等闲女子，自有一番不输男儿的胸襟壮志。"姐！你要我独自留在山西老家？"嘉树眼圈一红。"嘉树，你是乔家这一支血脉唯一的男丁，你是要继承乔家祖业的。眼下，乔家咱们这一支脉，虽只有你我存活，但你切记：要光耀门楣！但凡大事小情，你都可以写信来，姐会倾其所有帮你助你！"乔钰涵说着，眼圈一红。孙秋山心内不安，觉得对不住他姐弟二人。

孙秋山与乔钰涵在桥东老屋拜堂成亲，田婶坐在堂上，受夫妇俩跪拜，权当父母亲人。整个桥东披红挂绿，为新人办了酒席；村里未成亲的姑娘，心有不甘，只能眼睁睁看着他们进了洞房。翌日清晨，钰涵起身，给秋山和田婶一家做好了面条，一家人有说有笑吃着早饭。孙秋山满眼爱意，看着她红润美艳的面庞，心中像灌满了蜜糖；一想到她就要带着嘉树返回山西，就觉于心不忍。田婶剥开一个红皮鸡蛋，放进她碗里，有些舍不得，这姑娘俊俏和气，桥东百姓私底下都称呼她"玉面观音"。秋山偷偷在包裹里又塞了二百两银子，放了一柄短刀护身，又叮嘱嘉树好生照顾，就目送二人离去。

姐弟俩星夜兼程，不到半月光景，就骑马回到了山西。大灾已过，城内逐渐恢复了往昔气象。姐弟俩骑着高头骏马，慢悠悠行在街头，看见市集两旁商家重开了多半，却仍有一些大门紧闭，也许主人早已永埋异乡荒野之地。姐弟俩看着熟悉的景物，回想起少时的美好，不觉流下泪来。寻寻觅觅，拐过几个街角，越来越靠近自家旧宅。姐弟俩的心突突狂跳起来，近乡情更怯，惶恐不安之情让两人局促驻足。熟悉的黑漆大门和磨得锃亮的铜制门环映入眼帘，姐弟俩痛哭失声。钰涵翻身下马，跪在大门前，失声痛哭道："钰涵和嘉树平平安安回来了！爹娘九泉之下有知，也请安心！我发誓，定要让乔家光大门楣，将祖业发扬光大！列祖列宗在天有灵，请保佑嘉树，保佑我姐弟二人！"说罢，流泪，重重磕头。乔嘉树跪在长姐身旁，泪流满面。

此时此刻，大门从里面推开，走出一个满头银发的汉子，见钰涵和嘉树泪流满面跪在门前，顿时又喜又惊，一个箭步冲上前，一手一个抱住二人，三人一起放声痛哭。这汉子正是乔伯，乔家忠心耿耿的老管家。灾荒之前，因去川蜀女儿家探亲，便躲过了一劫。当他跋山涉水返回老家时，已经人去楼空，只留一座空荡荡、孤零零的大宅。他打听到，乔家姐弟去外乡逃荒，便决计在此等候二人归来，这一等便是整整两年。乔伯会一些捕鱼打猎的本事，勉强活了下来。每晚，他会提着灯笼，拿着棍棒，各院巡夜，将乔家大宅护得严密，偌大的宅院未有一物丢失。今日，经过两载翘首等待，终于看见乔家姐弟平安回归，一时悲喜交加。他扶起二人，上下打量他们的衣着穿戴，又见身后两匹高头大马，想来过得不错，抹掉眼泪笑了。乔伯万万没料到，钰涵小姐如今已嫁为人妇。就叹息，两个孩子转眼之间长大成人了。他还记得，两年前，嘉树还只是一个半大孩子，钰涵还只是一个丫头；转眼，嘉树已长得人高马大，钰涵也出落成美貌妇人。

三人携手进了乔宅，一夜畅谈，将两年间发生的一切仔细诉说。得知此次返乡的另一层用意后，乔伯说："乔家这一方远亲，虽说和咱们这一支脉的走动不多，毕竟也多少沾一丁点亲，你若去求他，让他助你在辽南开设钱庄，也未尝不可。只是，他未必肯答应。眼下，他们的钱庄虽然运作不错，但赶上这样的时代和年景，难呐！乔伯陪你去走一遭。"

那远亲的大院子在当地首屈一指，又迎娶了山西富商之女孙玉菡，巧的是与乔钰涵名字谐音。那远亲叫乔文义，年富力强，正是励精图治的年纪，对这个远亲乔钰涵倒也有所耳闻，见她名字与夫人名字谐音，便心生好感，见了三人。得悉了钰涵的用意后，乔文义笑道："开钱庄，需要的不仅是资金，还要有时运和机变，更要有政商关系，才能做得下去。眼下，我的钱庄虽说不错，可还未到扩张之时，恐怕不能助你一臂之力。不过，倒是可以让你见识如何经营钱庄。"乔钰涵也不失望，既如此，不如学些经营之道，再做其他打算。乔文义命人备好车轿，载着三人，来到一条偏僻小巷，正是银库院所在之处。

乔钰涵随众人下了轿，放眼望去，见整条街道并无人家，高墙大院唯有两道门：一个圆拱门，一个方形门。乔文义解释道："这圆拱门是用来走银车的，方形门是用来走人力的。自家能日进斗金，就是通过这两道门。"三人又向里面走去，只见高大厚实的院墙护卫之下，有一座甚为厚实的建筑。乔钰涵见那建筑大门是用厚铁皮包裹着的，墙上只有几扇狭窄窗户，箍着铁柱铁链。乔文义说道："做钱庄生意，安全防卫是头等要事，马虎不得。之所以如此设计，是想让盗贼望而兴叹。""那做钱庄生意第二等要事又是什么？"乔钰涵好奇地追问。乔文义闻言一笑，道："识人善用，诚信无亏。"乔钰涵点头，暗暗称是。她也听闻，乔文义任人唯贤，颇有识人之能。她又想起，方才看到的几处匾额——"诚信为本""积善之家必有余庆""俭以养德"。这让乔钰涵为之一振，不觉心生敬佩。乔文义见她陷入沉思，知这姑娘心中必有深谋远虑，惺惺相惜道："咱们之所以能发扬光大，无非是家族和睦，子孙贤能之故。我听说过这样一句话：'兄弟睦家之肥，子孙贤族将大。'"闻听此言，乔钰涵眼里隐约闪现泪光，重重地点了点头，心头涌起勇气和力量。

从远亲家返回，乔伯又带着姐弟俩去双亲墓前，祭拜了一番。第二日，乔钰涵便骑上马，准备返回辽南。家园凋敝冷落，乔嘉树心头纵有万般不舍，也被前所未有的责任感淹没，他言辞恳切："请家姐放心，嘉树定不辱使命，重振家门荣光。"说罢，深深一拜。钰涵眼含热泪，这个弟弟她一手带大，眼下分别，不知何日再会，这重担就落在他肩头，想来愈发不忍，却又无可奈何。便叮嘱道："勿忘日日加餐，天冷添衣。大事小情，均可捎信给我。"便扬鞭催马，头也不回地离去。风，从耳畔呼啸而过，冷冰冰吹打在脸上心头——生于乱世荒烟，有多少悲欢离乱，亦有几多辛酸无奈。

第八章　贵人

星驰夜奔，万里迢迢。远望去，只见御景星的拴马石上拴着几匹高头大马，旁边停放着几顶软轿。她下了马，田佑和远远看见了，兴冲冲地跑出缎庄，接过缰绳，说："少奶奶，咱们庄子来贵客了。"乔钰涵疲劳不堪，听这话，精神一振，便问："何人？"佑和小声嘀咕了一阵，她神色一喜，就要进屋拜见，被佑和拦住，说："少奶奶，东家吩咐，让你到庄子后堂好生歇息，莫要操心庄子里的事，要好生休养几日。"她虽不乐意，还是进到庄子后堂歇息去了。日将西斜，孙秋山兴致盎然，一路小跑进了后堂卧室，见睡榻上的媳妇便过去抱起来，将她紧紧搂在怀中，诉说思念之苦。乔钰涵羞红了脸，将他推开，嗔怪道："怎么来了贵客，也不许我拜见？偏让我到后堂歇息做甚？"孙秋山露齿一笑，安慰道："怕你一路劳累，这是心疼你。况且，这贵客与我畅谈甚欢，又携了家眷到此做客，一切已经安排妥当，不劳夫人操心，一切有我就是了。"钰涵问："听说这贵客是盛京将军手下的内务府总管纳兰吉恩，可当真？"秋山点了点头，答道："正是了。纳兰大人这次前来，有两件大事要办。一是为了查看桥东滚桥紫碱蓬地，要将咱们的腌野鸭蛋作为贡品，进贡给皇家；盛京将军府每年也预订了大量腌野鸭蛋。这其二嘛，就是为了咱御景星的缎庄，那御景天胡炳振老东家与纳兰吉恩大人是世交，纳兰大人听胡老东家说起咱们缎庄销量神速，无人能比，便有意联手将缎庄做大，要在关外三省开遍分号。"秋山激动地抱住钰涵，兴奋地说道："媳妇，咱们的日子会越过越好，等攒足了资本，就夺回那玉。"钰涵明白纳兰大人此行意义非凡，正所谓：山重水复疑无路，柳暗花明又一村。这趟山西之行，虽未说服远亲乔文义调拨资金到辽南开设钱庄，但也学到了些经营钱庄的门道和路数，也算不虚此行了。

次日正午，聚仙楼设宴，为纳兰大人及其家眷饯行。这聚仙楼内设包房，器物摆件用心考究，巨大的画案之上摆放着文房四宝，墙上尽是名家字画，临窗放一把古筝和一架黄花梨木博古架。兰草芬芳，暗香入沁，好一个清静雅致的房间。纳兰大人是盛京将军手下一等一能干的内务总管，和朝廷显宦纳兰明珠祖辈亦是远亲，颇通诗词歌赋、书法绘画，听说随行女眷也多是丹青妙手。乔钰涵听说这一层后，便提议让孙秋山在聚仙楼这间包房里面设宴款待，为纳兰大人一家送行。纳兰吉恩面如冠玉，身形颀长，留一把长须美髯，看上去老成持重，神采飞扬。他领着一行女眷，进了包房，一眼便见孙秋山身旁立着一位灿若云霞的美人儿，心中暗叹："这小小复县，竟有这等绝色美人，这秋山老弟真是艳福不浅。"夫妇俩早就等候多时，见纳兰大人进来，便施礼相迎。乔钰涵与众女眷见礼，神态大方自若，赢得不少好感。

这女眷中，年龄最小的名唤纳兰慧珍，和乔钰涵格外投缘，宛若多年挚友分别重逢，彼此欢喜得无以言表。慧珍生母是纳兰大人最宠爱的三姨太白氏，因身体缘故并未随行。若非对紫碱蓬地和辽南风物好奇，纳兰慧珍断不会撇下母亲一人，随纳兰大人造访辽南。三姨太出身低贱，却俊美非凡，最受老爷宠爱，反而招致府内女眷嫉恨。素来，但凡纳兰大人不在府上，女眷们便合伙欺负慧珍母女；大人回府后，她们又佯装一团和气，骗过纳兰吉恩的眼。白氏生性柔弱，不喜纷争，只将委屈苦楚默默咽下，也告诫女儿慧珍，万不可将真相告诉父亲，恐怕家宅不宁惹人笑话。慧珍虽年少，却十分顺从，从未对父亲提起半个字的委屈。天长日久，纳兰府上的女眷们更加有恃无恐，任意欺辱二人，将白氏气病在床。一路上，慧珍受了不少暗地排挤，心中委屈却无人倾诉。此时，与钰涵一见如故，自然开心。纳兰吉恩宠爱白氏，爱屋及乌，也最疼爱这个小女儿。见小女与钰涵投缘，心中也欢喜，对孙秋山夫妇更多了好感。他看向钰涵，问道："听贤弟说起，弟妹是山西人氏，刚从山西探亲返回，不知山西光景如何？"钰涵笑答："有劳大人挂心了！山西灾荒已过，逃荒者陆续返乡，重整家业。我也是送家弟回乡，重振基业；又承蒙远亲教诲，学了些经营钱庄的商道。"满座女眷听闻都窃窃私语，议论说，女人怎可经商？钰涵听了，便觉尴尬。未等纳兰大人说话，慧珍说："女人为何不可经商？古有木兰替父出征，梁红玉领兵抗金，穆桂英挂帅退敌，樊梨花沙场挥戈，可见女中豪杰自古便有。钰涵姐姐就是一等一的女中豪杰！"说完，拉过钰涵的手，又敬又爱地看着她。那些议论纷纷的女眷闭上了嘴，不再评论。纳兰大人朗声大笑道："说得好！我这小女慧珍，向来最得我心！"钰涵倒不好意思起来，说："让大人见笑了！我家世代经商，因此小女才对商道略有涉猎，也是生计所迫，不得已而为之。"纳兰大人捋着美髯胡须，呵呵笑道："山西乔家是望族，绝不是什么小门小户。那乔致庸是一代奇才。"乔钰涵笑答："我们和乔致庸不是亲族，只是凑巧都姓乔，但并无亲缘关系。"纳兰大人点头说："原来如此，我还以为你和乔致庸是同宗同族。"乔钰涵连忙摇头说："并不是，我们并非同宗同族，甚至都从未见过，只因他也姓乔，多少听说过他，但并无血缘关系。"纳兰大人笑着继续说道："1874年，李鸿章大人组建北洋海军，乔致庸就捐了三万两白银呐。早年左宗棠大人征讨新疆叛乱，多亏了乔致庸捐军饷，才打了胜仗。听说乔家有一副对联：具大神通皆济世，是真发力总回春。可对啊？"乔钰涵笑道："正是！想不到，纳兰大人也听说了山西乔家的事。"纳兰吉恩一摆手，笑道："我还听说，乔家大院有一个百寿图照壁，还有左宗棠大人曾送给乔家的一副对联，一时半会儿想不起这对联是什么。弟妹可记得？"乔钰涵明媚一笑，接过话道："自然记得！当年，左宗棠大人相赠的对联是'损人欲以复天理蓄道德而能文章'。"乔钰涵吐字发音铿锵有力，说出那对联后，周遭女眷无不啧啧赞叹，这女子落落大方着实让人佩服。纳兰大人抚掌叫好："不愧是左宗棠大人亲笔的对联，自有一番气魄！"孙秋山见此情此景，提议说："臣弟可否斗胆，向您讨一幅墨宝？也好挂在御景星正堂，供人观瞻大人的书法宝鉴，也让御景星蓬荜生辉。"慧珍欢喜得手舞足蹈，说："父亲的墨宝最佳！您就写一幅送给钰涵姐姐家吧！"纳兰吉恩宠溺地瞥了一眼女儿，也来了兴致，附议说："听说弟妹雅好丹青，不如也画上几笔，让老夫见识丹青妙笔，可好？"

宾主起身，来到画案旁，纳兰吉恩提笔略微思考，便龙飞凤舞地写道："春露秋霜，正蕴藻流芳，苹蘩焕彩；左昭右穆，喜世代蕃昌，诗书传家。横批：家大业大。"一手行云流水的草书，与王右军形神俱似，众人拍掌叫好。孙秋山笑语："大人这字写得出神入化，定当挂在御景星大堂正中，供八方来客观瞻。"说完，小心翼翼地将墨宝收在旁边横几上。"大人既然写了这般精妙墨宝，钰涵也只能献丑了。"说着，她铺开宣纸，调好颜料，略一沉思便挥笔作画。几个女眷围了上来，见她落笔无声，运笔有力，位置经营得当，皴擦点染浓淡相宜，便齐声赞叹。那几个女眷也是丹青高手，自然看得出这乔钰涵书画功底极深，绝不是花拳绣腿。纳兰慧珍更是丹青圣手，即便如此，对乔钰涵的画功也颇为惊异，叹为观止。慧珍由衷赞叹道："想不到姐姐竟是比我们几个更厉害的丹青圣手，这画功也是难得一见了，姐姐真是巾帼不让须眉的奇女子！"纳兰大人也连连称赞："不错！这等画功，若是生在宋代，必是皇家画院的画师无疑了。"

孙秋山听众人如此夸奖自家媳妇，高兴得心花怒放，打心底里感恩上天，让自己娶到宝贝似的才女为妻。

乔钰涵笑意盈盈，边画边谢众人赞扬，不一会儿，一幅半工半写的鹤舞苹芬、芝兰牡丹便画成了。纳兰大人将着美髯，看着那画，心想："此女果然如胡炳振所言，是太阳星下凡。这等姿色容貌，又有这般才情，真是我等凡夫俗子少见。这孙秋山也绝非等闲之辈，才能有此福分，娶到太阳星为妻。这人若与我联手，定然满赚不赔，是一员福星天将。"于是，与众人欢声笑语，重新入座开宴。慧珍央求道："姐姐这画送我，可好？我喜欢得很呢！"钰涵宠爱她，便说："尽管拿去！我高兴还来不及呢！"于是，一道道精美佳肴摆上桌后，宾主交谈甚欢，那几个对乔钰涵颇不以为意的太太和小姐，此时对她也刮目相看。这一顿饯行宴，客主尽欢而散。席间，孙秋山与纳兰吉恩敲定，每年向皇室内院和盛京将军府进贡腌野鸭蛋，又商定在关外三省联手开设缎庄分号。送走了纳兰一家，孙秋山便将那幅墨宝交给佑和，装裱好，挂在御景星正堂。有了这墨宝镇店，御景星无人敢惹，背靠纳兰大人这棵大树，甚好乘凉。

夫妻俩骑上马，飞奔回桥东村，叫来几位族长，将进贡腌野鸭蛋的事讲了一遍。桥东村祖祖辈辈都和朝廷沾不上边儿，眼前有这等好事，几个老者双手合十，喃喃谢恩。村民们额手称庆，都说："咱桥东滚桥鸭蛋成了皇家贡品，就要扬名立万了，以后不愁没有买卖！"自此后，桥东滚桥鸭蛋果真名扬天下，天南海北的客商，络绎不绝来此采购。孙秋山建起了桥东滚桥鸭蛋商号，钰涵取名为：兴源号。一两年间，以迅雷不及掩耳之势，兴源号在东三省和京师遍地开花，孙秋山做了大东家，将几个追随他的青年派往各地兴源号，担任分舵掌柜。

乔钰涵琢磨出一个晋商爱用的好点子，说："咱们也来一个'东家出资设号、掌柜全权经营'，怎么样？但凡用人断事，分舵展柜可自行做主，不必向东家说明。只要经营得当，不但年底有开账分红，还可入股兴源号。各店伙计，但凡卖得好，回头率高，也可入股为赏。"孙秋山对这一主意颇为认可，在各地兴源号均推广施行。果然立竿见影，不到半年光景，兴源号越做越大，十里八村的乡邻也纷纷入伙。自此，桥东各家赚得盆满钵满，纷纷盖起了新房瓦舍。半年来，御景天和御景星在东三省也陆续开设了上百家分号，一律命名为御景天星绸缎庄。孙秋山慧眼识人，派了几个得力伙计，到各地缎庄做掌柜，统筹打理日常琐事，依旧采用入股分红机制。一年下来，孙家已经今非昔比，成了日进斗金、富甲一方的望族高门，远在当初鼎泰钱庄王家之上。

第九章 智斗

入了秋，秋风飒飒，卷起梧桐叶落，万物更显凋敝寂寥。乘着浩荡秋风，踏着秋雨，孙秋山一行人再次来到鼎泰钱庄。一路行来，街道旁，目之所及之处，虽仍是旧时风物，但此时此刻孙秋山和乔钰涵早已今非昔比，眼界和心气也比起初高了许多。半年之间，这复县城内纷纷流传他们二人是紫微星和太阳星下凡的传闻。虽是无根基的传闻，却也并无恶意，只说他们是来造福一方百姓之人。奇幻传闻不胫而走，也进了王世襄的耳里。他肆无忌惮地朗声大笑，说道："笑话！这世上哪来的什么神仙道士？简直一派胡言！他们若真是紫微星、太阳星下凡，何不用法术拿回那玉？又何必狼狈不堪被我赶出鼎泰钱庄？"一旁仆人们也纷纷附和，说得更加难听。

嘴上虽不饶人，心里却发怵，实则王世襄对孙秋山越发忌惮。起初以为，他只是小打小闹而已，渐渐发觉他生意越做越大，竟将兴源号和御景天星开遍了整个东三省，甚至开到京师天子脚下，王世襄便有些慌了神。尤其听说盛京将军府总管纳兰吉恩对孙秋山和乔钰涵格外赏识，甚至还亲赐墨宝，高悬于御景星正堂，王世襄便日夜坐卧不宁。他想起自己不但撕毁了契约字据，还巧取豪夺，抢了孙秋山五百两定金。他自知理亏，生怕这夫妻俩借盛京将军的威势打压鼎泰钱庄，更怕他们来夺回那玉。尽管他心中明了，这玉本就是孙秋山的，可一想到这玉是无价之宝，又狠下心来继续霸占着，不肯轻易放手。心神烦乱之际，忽听门外有人高喊："王世襄，言而无信，还我玉来！"那声音越喊越响，汇入了众人的嘈杂声，振聋发聩传进鼎泰钱庄。乔钰涵冷冰冰站在鼎泰钱庄大门前，严阵以待，眉眼间气势凛然，令人胆寒。路过的行人纷纷围拢上来，周围酒楼茶肆的客人，闻声从窗户探出头来，鼎泰钱庄门前顿时热闹起来。王世襄摸索着那块玉，爱不释手，怎舍得交出？便使了个眼色，管家心领神会，气势汹汹带着几个高大强壮的家丁，随王世襄一同来到钱庄门外。

王世襄背着手，望向钱庄门前，已围了许多看客，四周酒楼、茶肆窗户上也挤满了人。他有些心慌，面子上却不露半点怯意，大声问道："何人在此胡闹？胆敢在我门前撒野，不怕棍棒不长眼睛吗？"这话里的威胁，任谁都听得出，几个胆小看客见状，立刻转身逃跑，生怕搅进麻烦里。

"王兄，半年之前，我曾与你立下契约，付五百两银子的定金，要赎回我在宁远典当铺当掉的那块玉。契约上写着：两个月后，我若能拿一千九百两银子，加上定金五百两，一共两千四百两银子，就可赎回那玉。我和伙计抬着一千九百两银子，在契约规定之日前来赎玉时，你却反悔，吞掉了那张契约，又将我们几人赶出鼎泰钱庄。我孙秋山不信，苍天厚土，天理昭昭，就没一个讲理之处？这次我还是来赎那玉，若王东家肯归还那玉，我愿出高价赎回。咱们也不必大动干戈，我是带着诚意赎玉，不是来挑衅滋事。"孙秋山说完一抱拳，仰头看着站在高高台阶之上的王世襄。四周，围观百姓听闻，交头接耳地议论起来。王世襄向人群扫视，见许多鄙夷神色，有些恼羞成怒，大声驳斥道："一派胡言！简直岂有此理！我王世襄是什么人，竟会贪你一块破玉不成？我家金山银山，什么宝贝没有？你说我吞了你的契约，拿出证据来呀，可别红口白牙血口喷人！"乔钰涵闻言冷笑，她早料到王世襄会耍赖，便从人群中站出来，大声说道："就知道你会抵赖！证人我自然有，当日随我夫君一道去的伙计可出来作证！他们可以证明，你亲口吞下了那张契约！"几个当日跟随孙秋山的伙计，立刻应声喊道："我们能作证！"于是，围观人群发出更加嘈杂的议论声和指责声，纷纷指向王世襄。那王世襄心虽慌乱，却强装镇定，嗤笑道："你的伙计自然听你的摆布，我也可以让我的伙计作证，那日绝无此事！"随后回头，对身后的伙计高喊："谁看见我反悔了？谁看见我亲口吞下契约了？"众伙计异口同声地答道："没看见！"人群顿时炸开了锅，有人哄笑，有人谴责，有人幸灾乐祸，所有人都望向乔钰涵和孙秋山，想看他们如何接招。"哼！王世襄大人，光天化日之下，你敢不敢当众发毒誓，说，你没有反悔赖账？要知道'头上三尺有神明'！你若敢当众发下毒誓，我们便不再向你要回我家的玉。不过，若你不敢发毒誓，就请归还那玉。银子一分钱不会少给，还会多加五百两银子，怎样？"乔钰涵仰头傲视王世襄，见他苍白惊悚的一张脸，心知赢了心理战。

关外之地笃信萨满教，对毒誓和鬼怪之说深信不疑。平日里，老百姓是无论如何不敢轻易发毒誓的，据说毒誓非常灵验。因此，这复县百姓祖祖辈辈对待毒誓极为敬畏、谨慎。乔钰涵也是和贴身侍女聊天时，不经意听说到，便生出这条计策。这一次，随孙秋山来鼎泰钱庄赎玉之前，她早想好了应对策略，和孙秋山商量之后，就按计划行事，便有了今日这出好戏。

王世襄果然吓得面无血色，一时竟被噎住。他记得自家一个堂兄就是因为发毒誓，便在一个雨天被雷当空劈死。王家有太多不干不净的勾当，若是自己当真发毒誓，恐怕要遭天谴，不知哪天就遭雷劈了。这样想着，便不敢接话。

围观百姓一看，顿时明白几分，纷纷起哄怂恿王世襄发毒誓。人群中不乏与王家有过冲突的，眼见王世襄语塞，便猜出这乔钰涵所言不虚，那王世襄定然是反悔赖账无疑了。人群中此起彼伏爆发出调侃和嘲笑声，几个素来与王家有矛盾的人，也趁机怂恿其发毒誓。

孙秋山是厚道之人，他本意并非想让王世襄难堪，只想逼他履行契约，归还那玉。这时，见王世襄骑虎难下，尴尬异常，就替他解围，说："各位父老乡亲，请静一静！"人群的喧嚷声渐渐平息下去，人们好奇孙秋山要说什么，便逐一闭上嘴看向他。他向父老乡亲作揖，说道："我孙秋山想请各位父老乡亲做个见证，我诚心诚意带着银子来赎回自家的玉，若是王家肯履行当初的契约，我便格外再奉送五百两银子表示谢意。我言出必行，绝不反悔！"说罢，他回身看向早已面无血色的王世襄，说："世襄兄，你我本无深仇大恨，只为了一块玉就交恶，实在不值！契约的事，你我心知肚明，苍天在上，我实在不忍让你发毒誓祸害自身。我诚意满满而来，带着只多不少的银子，只为赎回我的传家之宝，希望仁兄高抬贵手，将玉归还于我。我愿与世襄兄化干戈为玉帛，从此不提这事！"说完，孙秋山静静地等着王世襄回答，在场百姓也齐齐望向王世襄。

时间仿佛凝固、静止了一般，王世襄如同僵化的石雕，一动不动，只有眼皮在不住眨巴，他在脑子里飞快地盘算着一笔账：一千九百两加上格外的五百两，就是两千四百两，加上先前扣下的定金五百两，这玉一共是两千九百两银子。这玉才几百两银子从当铺买来，不亏不亏。且慢，鉴宝人说，这玉是无价之宝，无价之宝啊！这区区两千九百两银子就想抢走我的无价之宝？岂不亏了！不行，怎能做亏本买卖？！不卖，不卖！不过，如若不卖，我必当众发毒誓不可。明知自己撒谎还发毒誓，万一像堂兄一般被雷劈死可如何是好？！不行，还是命重要，卖给他算了，两千九百两白花花的银子就进了我王世襄的口袋，这数额鼎泰钱庄需接多少笔买卖才能赚得到！卖了吧！不过，这可是无价之宝，不能卖！卖还是不卖？！卖？不卖？他在心里飞快地计较着，盘算着。时间一分一秒地溜走，足足有一刻钟的光景。见他依然僵立，不发一言，人群开始躁动起来，围观的百姓失去了耐心，开始大声指责嘲笑起王世襄。终于，王世襄恼羞成怒，大声骂道："你们他妈的一群王八龟孙子，全给我闭嘴！老子卖那玉还不成吗?！"说完命管家去取玉。乔钰涵悬着的心终于放下，自己的计策终于得偿所愿了，一股疲乏袭上心头，她竟觉得有些恶心眩晕。

几人拿着那玉返回缎庄时，整个复县城内早就传开了这桩奇事。有好事的说书先生，还当场编了故事，在茶馆、酒楼内唱曲说书，听得各位食客笑声不断、叫好连连。于是，这乔钰涵便得了一个"铁娘子"的绰号，而那孙秋山也得了一个"厚道人"的好名声，至于那王世襄便被讥笑成"吞约王"。这些异闻传进王世襄耳朵里，把他恨得咬牙切齿，发誓一定要狠狠报复孙秋山和乔钰涵，一定要给御景星一点颜色看看。管家看出王世襄的恨意，提醒道："东家，那孙秋山如今可是复县首屈一指的富豪，又有盛京将军和纳兰吉恩大人做靠山，咱们如今不能在明面上动手了。"王世襄点了点头，眯起眼睛，目露凶光说道："那咱们就暗地里给他们兴源号、御景星下刀子，整死他们，也好替我出了这口恶气。"

"少奶奶有喜了！少奶奶有喜了！"贴身丫鬟听郎中说，主母已有三个多月身孕，便在御景星到处报喜。众人面有喜色，干起活来也格外有精气神儿。这乔钰涵虽然铁面无私，平日里对待自家伙计和仆人却极为和气，谁家有大事小情总会帮忙，还亲自包上红包送给那户人家。久而久之，乔钰涵的威望水涨船高，背地里，众人都喊他"玉观音娘娘"。

孙秋山喜得手舞足蹈，坐在钰涵床头，握着她的手，一个劲儿盯着自家俊美媳妇发笑，不时发出"嘿嘿"的傻笑声。"傻笑什么？还不想想，咱们孩子名字怎么起。"乔钰涵嗔怪说道，在孙秋山头上柔柔地敲了一指头。伸手又从枕头底下摸出那块千辛万苦赎回来的玉，轻轻柔柔地说道："咱们拿回了玉，我怀了孕，这玉真是神仙宝物，咱们可要好生珍惜，把这玉传给子孙后代，保佑他们世代兴旺昌盛，平安多福。""钰儿，我在想，其实这玉不在咱们手中那段日子，也在保佑着咱家，那段时日兴源号和御景天星开遍东三省，那玉一直惦记保佑着咱家呢！如今玉回来了，咱家今后的好事会更多。""孩子的名字该怎么起，你倒是想一想。"乔钰涵温柔地说道。"如果是男孩，就让他读文章、知礼仪、明道义，取名孙绍章，字怀玉。如果是女孩，就让她学丹青、通商务、有见识，像你一样聪慧能干，取名孙氿晗，可好？"孙秋山抱住爱妻，轻轻说道。"不错，都是好名字，响亮大气。"乔钰涵娇媚地一笑。

"少奶奶，嘉树来信了！"这时，管家佑和手里挥着一封家书，兴高采烈地跑了进来。自从上次山西老家一别，已过了大半年，嘉树还是头一遭寄来家书，钰涵闻言立刻下床，接过信，迫不及待地打开，一目十行地读了起来。"快告诉我，嘉树信上写了什么？山西老家一切可好？"孙秋山急切地问道，想知道嘉树近况，一别大半年，时常想念，想起两人之间的默契，真有些不舍得他一人在山西打拼。"嘉树要娶亲了，女方是商贾世家的姑娘，早些年和我家有娃娃亲，眼下两个孩子都成年了，这门婚事就由乔伯上门提亲，两家人商定好了婚期，就在下个月农历二十八，是个黄道吉日。嘉树还说，他和乔伯已经把我们这一支乔姓的家业重新振作起来，这半年，原先的布料庄子、酒庄和豆腐坊都重新开张，只是资金周转有些困难。"钰涵看完信，欣喜地说道。"既然如此，咱们也得快些预备着，赶在嘉树成亲前回到山西。再多带些银两，一份是给嘉树成亲的礼钱，另一份是帮嘉树周转的资金。"孙秋山立刻吩咐田佑和去准备，佑和欢欣，点头出去预备了。"多谢夫君，不等我开口就帮嘉树。"乔钰涵感激地说道。"咱们是夫妻，我和嘉树是一家人，自然要多分担，多支援一些。"孙秋山憨厚地笑道。

转眼半月过后，算着日子，夫妇二人坐上马车，带着几个伙计，满载一车银两，动身启程了。桥东村民从田婶处得知嘉树娶亲的消息，也托夫妇二人给嘉树带去几篮子土产作为贺礼，其中就有名震四方的滚桥鸭蛋。临走之前半月，乔钰涵将兴源号和御景星以及各地御景天星的事务，统统托付给田佑和照管。佑和也是极有慧根之人，一点就通。

"东家，我听说那孙秋山和乔钰涵已经带着巨额银两和几个伙计上路回山西祁县了，听说是去参加胞弟的婚礼，咱们是不是该找机会下手了？"王世襄的管家柳二打探到消息后，飞快禀告给主子。"无毒不丈夫！你安排人，半路下手，务必做得干净利索，一切由你负责！事成之后，我重重有赏，少不了你的好处！快去，蠢货！"王世襄厉声喝道。那柳二名叫柳玉琴，长着一张地包天的脸，眼睛又贼又亮，下巴尖尖，一脸小人得志的奴才相，急忙点头哈腰弓着身子去替主子效力，要人性命去了。不需主子亲自动手，奴才自会揣摩圣意，动起手来比主子还狠毒。柳二原得过乔钰涵的救命之恩，谁料此人竟恩将仇报，全忘了当初被人威胁打断他一条狗腿之时，乔钰涵恰好路过，救了他一命。事后还给了他二十两银子，让他回家休养。当时乔钰涵并不知晓，她一时心善救下的，竟然是条心狠手辣的毒蛇。如今暗地里正要狠咬她一口，更要置她于死地。正应了那句老话：升米恩，斗米仇。柳二纠集了平日里臭味相投的两个地痞一起动手，三人幸灾乐祸地埋伏在乔钰涵途经的西山树林中，准备拦路打劫。三人蒙着面，伪装成劫匪，手拿火枪，拦在山脚处。孙龅牙孙琳妖里妖气地说道："此路是我开，此树是我栽，若要从此过，留下买路钱。"吴忠英拧着一双横眉，一脸横肉朝孙龅牙屁股踢了一脚，骂道："蠢货！这么几句都说不好，还想打劫！趁早滚一边去！看我的！"说罢，歪着嘴，丑相毕露，话里带刺喊道："乔老板，孙老板，我们仨看你们威风太久了！还不快把车里的银子都拿下来！"那柳玉琴虽说是王世襄的管家，却是个色厉内荏的尿货，平日被吴忠英背地里笑话，却像狗一样跟在他身后，听凭使唤，沆瀣一气，恩将仇报对付自己的救命恩人。柳玉琴装作好心，假惺惺说道："乔钰涵，我什么也没说，就算报了你的救命之恩。"说完又后悔，这不是此地无银三百两吗？乔钰涵和孙秋山坐在车上，冷冷看着这三个蠢货落井下石、趁火打劫的丑态，心里鄙夷万分。"柳玉琴，听声音是你吧！我真想不到，自己当初救了一条毒蛇！早知如此，当初就不该救你。"乔钰涵冷笑着说道。"我没说，我什么都没说！"柳玉琴慌忙辩解道。"你没说什么？你知道我说你没说什么？"乔钰涵冷冷发问道。柳玉琴自知理亏，就闭上了嘴。乔钰涵向伙计使了一个眼色，各自从兜里掏出一把小型手枪，这是盛京将军从俄罗斯商队那里买来的武器，特意送给御景天和御景星几把，留作运送绸缎布匹时防身所用，没想到今日派上了用场。"给你们三个一条活路，现在滚还来得及，晚了可别怪子弹不长眼睛，要了你们三条狗命！"乔钰涵冷冷地呵斥道。"咱们走！"吴忠英是个外强中干的莽汉，平日佯作老大，领着两个狗腿夹着尾巴逃了。"咱们继续走咱们的！"乔钰涵放下车帘，命人继续赶路。平安走了半月，终于抵达山西老家。

第十章 发家

这些日子乔伯忙得脚不点地，整个老宅张灯结彩，欢天喜地。乔钰涵几人进入老宅，就见嘉树和乔伯正指挥一群仆人，在布置拜堂成亲的大屋。她笑意盈盈，看着长高了一大截的嘉树，心中的宽慰、喜悦溢于言表。"嘉树！看谁来了？"乔伯带着欣喜，最先发现了他们。"姐，姐夫！"嘉树惊喜地喊道，见乔钰涵和孙秋山几人站在院子里，满面笑容地看着他。一路欢喜喊叫着，跑出了堂屋，一把抱住长姐。"嘉树，轻一些抱你姐，她有身孕了。"秋山带着笑音提醒。"长姐！真是双喜临门！"嘉树喜不自禁，"快，进堂屋坐下说话，我有好多事要跟你们讲。"

嘉树迫不及待将几人让进大屋，吩咐佣人去拿茶水和点心。钰涵见家中多了这许多佣人，便知嘉树持家有方，将家中产业打理得蒸蒸日上，恍如回到昔日双亲还在时的昌盛光景，不禁潸然泪下。"嘉树，一别快有一年，你真是越来越有出息了。想不到这么能干，我还一直担心你。"孙秋山感慨。"姐夫，我在山西都听说了，山西人尽皆知，关外有一个桥东孙家，在关外开遍了御景天星绸缎庄和兴源号，孙家的货物可是皇室贡品，就连盛京将军都和他沾亲带故。"嘉树笑道。"这可是胡说了！咱家和盛京将军哪有什么沾亲带故！"乔钰涵笑道。"这我自然是知道的，不过话说回来，我实在佩服得不得了。虽说姐上次来，想说服乔文义，将钱庄开到关外未能如愿，但依我看，孙家现在的家业丝毫不逊色，甚至远在咱们远亲乔文义之上。"嘉树说道。"嘉树，这钱庄票号我和你姐夫还是准备开的，如今我们的资金也足够支撑开钱庄。我们还打算把御景天星和兴源号也开到咱们山西，到时就由你来打理，一家人拧成一股绳，会越来越兴旺。"乔钰涵笑意盈盈。孙秋山见姐弟二人聊得正欢，便道："这次也带来许多银子，留给你做生意周转之用，快让人把银子从马车上搬下来收好。生意上的事咱们以后再谈。嘉树，我这位未来的弟媳，你可要好生待人家，不要让人家受了委屈。""我待她极好！况且这姑娘也极好！"嘉树说完后甜蜜地一笑。

原来这王家姑娘自幼与乔家定下娃娃亲后，便随兄长四处做生意。小小年纪，就走遍大江南北，是个十里八乡有名的奇女子。王家在关外三省也开了豆腐坊、酒庄、钱庄和米铺，后来王家长房长子把买卖开到了海外，成了富甲一方的大户。这王姑娘是个极守信的女子，王家嫌弃乔家业小，远不及往日风光，便有意悔婚另择高婿。岂知，这王姑娘宁死不从，说，君子要守信守义不能悔婚，于是便令人来乔家报信，要嘉树提亲。乔嘉树听闻王姑娘的一番言行，对她心生爱慕，便与乔伯一道去提亲。王家只得看在两家早年的情分上，应允了下来。嘉树倒也是一条汉子，为了给王姑娘一个好名声，愣是生生送了一份贵重彩礼，抬送彩礼的队伍绵延了半个县城，给足了王姑娘面子。两人虽未见面，一来二去，神交已久，彼此倾心相爱。"看来，我与你姐夫多带些银子是对的，想必这彩礼也破费不少，不过姐赞成你的做法，这才像我们乔家的男人，有情有义。"乔钰涵笑道。

乔家的婚事办得喜气洋洋，乔钰涵与孙秋山高坐堂前，代替过世的双亲接受新人跪拜。婚礼次日，王姑娘与乔家人见面，举止大方，惹人喜爱。见弟弟成家立业，娶了贤惠的妻，钰涵一颗心总算放了下来。王氏粉面含春，与嘉树一起递上茶，按习俗给长辈敬茶。"这是红包，祝你们夫妻恩爱，白头到老。"乔钰涵递上红包。"请长姐和姐夫放心，我与嘉树必然举案齐眉，相敬如宾。"说完嫣然一笑，看得出二人颇为投缘。"以后该怎么称呼你，叫弟媳不如叫你闺名来得亲切，我就叫你咏莲，如何？"乔钰涵笑问。"我也称您钰涵姐，不知是否唐突？"咏莲笑道。"正合我意！"钰涵欢喜，拉过她的手，二人姐妹相称，一家人和乐融融。

咏莲早听嘉树提到过，长姐要在辽南开设钱庄，心里佩服她的胆识。这些年她在关外三省，协助兄长打理豆腐坊、酒庄、钱庄和米铺，对关外情形了如指掌。关外乃是大清龙兴之地，白山黑水，土壤肥沃，人丁兴盛。和关内相比，有更多商机和机遇，尤其是钱庄，在关外还没有形成体系，而在山西太谷城内，光是小型钱庄就有一百家之多，远远超过整个关外三省的钱庄数量总和。

咏莲早有一番布局打算，听长姐也有此意，两人一拍即合，便说："我替兄长打理关外生意，也经手过许多钱庄生意。这钱庄在关外可是个好营生，咱们若能经营出像大德恒这样的钱庄，在关外便是独一家的买卖。"钰涵颔首，深以为意，也说："开钱庄需要资本，孙家虽说家大业大，还不能在关外开办一间像大德恒这般规模的钱庄；押运银两的镖局，储存银两的银库，都需一点点建立，绝非一日之功。"咏莲一笑说："众人拾柴火焰高，光靠孙家不行，但如果加上我们王家，还有我和嘉树入股，就算不得难事；至于押运银两的镖局，我倒是有几班镖头常年合作，倒也熟络可信，由他们推荐可信的镖局合作，倒也不是什么难事；至于那银库，修起来虽费些周折，却也用不了多久，一两年的光景必定修得好。"咏莲信心满满。众人待她，就像对待镇守一方的边关大将。

孙秋山亦道："既如此，就要想好，这其中的步骤如何安排，然后分头行事，精心布局。"嘉树雄心勃勃，道："正是如此！乔家商号重振，今明两年定有余利可收；加上姐夫相助，我在山西多开三家御景天星绸缎庄和兴源号，定然还有更多盈利，到时入股关外钱庄，咱们乔家孙家王家就是三家合体，齐心合力，何愁干不出一番事业？既然大家心齐，就没有办不成的事！"乔钰涵拍板，定下这桩大事。随后两年，一切按预想，一帆风顺。嘉树在山西境内成了有名的商家，王家和乔家在山西及东三省生意越做越大；单是连锁钱庄恒仁票号，在两年内就开遍了关东繁华地，仅盛京一处就有三家之多。在复县，恒仁票号成了首屈一指的大钱庄，把王世襄的鼎泰钱庄压了下去。孙、乔、王三家是一荣俱荣、一损俱损，打断骨头连着筋的。

一日，钰涵抱着儿子，来到秋山书房，怀中男孩看见正奋笔疾书的父亲，就童声童气唤"爹爹"。秋山见他指向一个罩着玻璃罩的西洋钟，左瞧右看，便笑说："这是西洋钟。"钰涵边哄着怀里的男孩，边站在丈夫身旁，看那纸笺上的信，一脸惊讶："怎么？你打算聘请王世襄做恒仁票号主管？为何？"孙秋山幽幽开口道："那王世襄的鼎泰钱庄快要倒闭了，这些天他一直在出售鼎泰钱庄和王家大宅，开价太高，无人接盘；眼看就要难以为继了，我不能见死不救。"钰涵面色一沉，道："你如何信得过这个王世襄？况且咱们两家也无甚交情，为何要将咱们的恒仁票号交给他打理？你就不怕他暗中使绊子？"秋山见媳妇不喜，便将心中所思和盘托出，解释道："你说的都在理。可是，冤家宜解不宜结。咱们两家本就因那玉结下了梁子，如今咱们恒仁票号又挤垮了他的鼎泰钱庄，这梁子怕是越结越深。我当初一无所有，逃荒至此，若不是桥东乡亲出手相助，怎有我孙秋山的今天？这王世襄眼看就要家业败落，我受这方水土之恩，不可因私怨而乘人之危，做那不仁不义之事。王世襄是有才干之人，虽说为人不厚道，但若能知错就改，也是不可多得的主管之才。我孙秋山用人不疑，疑人不用。若他放下恩怨，打理恒仁票号，我便得了一员能征善战的猛将。若他放不下私怨，暗中使绊，大不了复县恒仁票号关闭，孙家家大业大，一处票号关闭又有何妨？"

听罢，乔钰涵凝神细思了一会儿，觉得这话也有理，于是也点头默许。此时，怀中四岁男孩孙绍章痴痴笑了起来，说："疑人不用，用人不疑！"边说边拍着小手。孙秋山放下手中的笔，从妻子怀中抱过儿子，放在大腿上，逗弄着，一脸喜色，抬眼望向妻子，伸手轻轻抚摸她隆起的小腹，说："钰儿，你这一胎若是女儿，咱们就儿女双全了。"妻低垂粉颈，抬手轻轻抚在隆起的腰身上，笑道："看样子像个闺女，取名就叫孙氿晗，如何？"夫妻二人说笑一番。孙秋山把那写好的信装进信封，派伙计送去鼎泰钱庄。果不其然，王世襄犹豫几日后，还是接受了。此后几年间，恒仁票号飞速扩张，王世襄深受器重，亦成了孙秋山的左膀右臂。

第十一章 盐场

1900 年，庚子之变，突如其来。八国联军攻入京师，洗劫圆明园，老佛爷携光绪帝逃往西安，东三省的局势也摇摇欲坠。乱世之秋，民生动荡不安。孙秋山派田佑和与王世襄去各地商号巡视，而今已过数月，音信全无。孙秋山正踌躇间，却见一名伙计飞奔进来，喊道："东家，少奶奶山西老家来信了。"手里挥舞着一封家书。孙秋山伸手接过，打开信封，信笺字迹工整，写着满满一页信纸。

此时已是正午，乔钰涵正哄着一双儿女入睡，微风拂过，窗帘轻舞，一派岁月静好的旧时模样。孙秋山恍惚间觉得，这不是乱世，而是太平盛世。钰涵回过头，见他站在门口发愣，便笑道："怎么了？也不进来说话？"瞥见他手里捏着的信，便问："可是嘉树和咏莲的信？"秋山拿着信，走了进来，递给她说："嘉树信上说，咏莲又生了一女，家里一切安好。不久前，山西乔致庸刚为逃难的老佛爷和皇上献了一大笔银子，深得老佛爷器重，赏赐了乌木九龙灯，老佛爷发了话，要朝廷特意照应乔家生意。"乔钰涵边听边看家书，道："虽然咱们和乔致庸并无血缘关系，也没有一星半点瓜葛，更不是什么亲戚，但是人家也姓乔，我很敬佩，更想效仿。咱们孙家也该为朝廷效力才是，生逢乱世，该尽一份绵力！"孙秋山点头，然而眼下，各地分号尚且不明内情，也不知是否还如往年一般盈利。他想起韩半仙的话：定要为官！每每想起，便觉这话大有深意。为何定要为官？难道要我造福一方百姓不成？孙秋山暗忖，仍不全然明了韩半仙话中深意。正说话，一个小伙计气喘吁吁地跑进来禀报："田掌柜和王掌柜回来了。"秋山和钰涵对视一眼，同时起身向外间正堂走去。一别数月，杳无音信，家里家外已然忐忑不安，两人加快了脚步，迈进正堂。田佑和与王世襄正在喝茶，两人风尘仆仆的模样，想必一到复县便赶了过来，连自家都未曾回过，就赶来相见。孙秋山颇为感动，竟有动容。那二人见东家赶来，连忙放下茶杯，起身行礼，却被孙秋山一把按住，示意两人坐下说话。四人坐在堂中八仙椅上，聊起时局境况。

佑和先开口道："禀告东家、少奶奶！这数月我在各地巡视，四处战乱，局势不稳，负责送信的差役不是难寻，就是逃遁，因而一直无法顺利传递消息。一路之上，流民无数，各地兴源号和御景天星只能自求多福，好歹勉强撑持下来，光景大不如往年。虽说盛京将军和胡老东家都疏通了关系，生意还有，营收却不如意。"王世襄说道："的确如此！我在各处所见，恒仁票号分号大抵如此。因为银库铁门铁窗牢固敦实，又看在盛京将军面上，各地衙门均派了重兵把守，不曾被盗贼流寇洗劫，倒是相安无妨。我在归途上发现，关外三省似乎皆缺食盐，一两盐和黄金等价。"孙秋山不解："这是为何？"田佑和说道："囤积居奇！"

王世襄点头，扫视众人，继续说道："关外三省的盐皆由咱们复州湾盐场供应，盐场总管回京述职正赶上庚子国难，便随老佛爷和光绪帝逃去西安，朝廷自顾不暇，这复州湾盐场群龙无首，多人做起监守自盗的勾当，将公家的盐贩到黑市卖钱，才导致盐价暴涨。"孙秋山难以置信，问道："竟有此事？"乔钰涵面露忧色，说道："老佛爷和皇上正在避难当中，这朝廷何时才能复归正位？一时半会儿也不可知。难不成这复州湾盐场竟要一直这么荒下去？老百姓没有盐，日子断然过不下去。"王世襄见状，便道："回禀少奶奶，我听说外国匪徒马帮也盯上了这处盐场，非要趁乱据为己有。"

孙秋山一惊："此事当真？"王世襄神色凝重，点头道："千真万确！我有一远亲在复州湾盐场销盐，今日回程恰好遇见，见他匆匆赶往城外，就寒暄打听了几句。听说，这匪徒马帮首领已和知府大人签了约，要租借盐场半年。"乔钰涵追问："知府大人怎么说？"王世襄鄙夷愤慨，答道："知府大人没敢拒绝！听说老毛子拿着枪，逼着知府大人签下了合约。还说，只租半年！你们老佛爷和皇上都在逃难，也不会知晓此事。半年后，若他们夹着尾巴返回京城，双方合约也到期了，是个神不知鬼不觉的好买卖。"乔钰涵气得拍案而起："一派混账话！简直岂有此理！难不成，大清要他们外国人来当家不成？"

孙秋山忧心忡忡地说："合约虽说只半年，可马帮匪徒带着洋枪队和骑兵团，这盐场恐怕是肉包子打狗有去无回了。即便老佛爷和皇上返京，乱世之秋，未必有精力来管这等小事。"田佑和愤慨道："天下兴亡，匹夫有责！岂能由他们猖狂？"孙秋山抬眼望向佑和，点头道："不错！天下兴亡，匹夫有责！咱们也该为国为家做一点事。出头管一管这事，把盐场夺回来。"佑和琢磨道："咱们没兵没马，如何与那匪徒抗衡？何况那半年租期的合约已经签好，咱们又能如何？"

王世襄倒是自有主张，说道："合约本就是强迫的，不是双方自愿，怎能算数？匪帮虽说有兵有马，到底是离家万里；咱们虽没枪没兵，但胜在地利与人和，算上我们王家仆役和你们孙家家丁，好歹有些人手。"孙秋山也道："有理！桥东父老乡亲也是有不少会一点儿棍棒拳脚的。"钰涵补充道："别忘了，还有盛京将军和他的兵马！前年，盛京将军买来许多火器，咱们可以求助于他。我这就写信，派人去见纳兰吉恩大人，让他转告盛京将军。"于是，几人分头行事。佑和负责纠集家丁和镖局镖师，王世襄集合王家仆从，孙秋山召集桥东村民，乔钰涵去信纳兰大人。

几日后，盛京将军回信，说："没有朝廷公文不敢擅自与外国人结怨，但暗地里可支援些火器，莫要泄露出去，怕招大祸。"孙秋山无可奈何地摇了摇头，眼下只能靠自家和王家家丁，以及桥东村民了。幸好还有火器支援，也算有了武器。于是，众人商定了计划，准备次日夜间动手。此举可谓胆大包天，一旦走漏了风声，别说两家人性命难保，就连桥东村民也将大祸临头。

孙秋山额上渗出了冷汗，他倒是不惧死；但一想到这许多人性命都捏在他一人手里，若不谨慎行事，必将万劫不复，他便觉肩头压着泰山重担。他对妻说："钰涵，若外国匪徒马帮将消息传回本国，成千上万的洋枪洋炮来此复仇，咱们如何抵挡得了？朝廷眼下尚且自顾不暇，又怎会保护咱们平民百姓？"乔钰涵这几日也在思考，即便将这群匪徒收拾掉，消息保不准会传回他们那里，那时若是他们调遣军队血洗复州和桥东，恐怕整个辽南都会刮过腥风血雨。连日忧心忡忡，却已是骑虎难下，可是一想到那盐场落入外国人之手，今后东三省百姓怕是连盐都吃不起，怎还有力量反抗？她甘愿冒此风险，便说道："秋山，咱们何不来一个请君入瓮？把那马帮群匪都请到桥东，以你的名义宴请，若他们肯销毁合约，就放他们走；若不肯，咱们就只好狠下心来，不留活口，绝不走漏半点风声。"孙秋山大喜，赞道："妙计！可好是好，这外国人未必上当！"钰涵悄声说："那些匪徒做毛皮生意。咱们就以买皮毛为由，请他们来；再派几十个弟兄把他们老窝围住，不放一人逃走报信！"王世襄突然大笑："依我看，这个计策不错！"他已来了多时，见二人谈得入神，便没作声，在一旁偷听。孙秋山赶忙招呼他坐下，问道："一切可布置妥了？"王世襄成竹在胸，点头道："一切妥当。只待请君入瓮！"三人又仔细推敲计策，推演每一步走势，随后派人送请帖给匪徒马帮住处。

次日中午时分，五十多名匪徒拿着洋枪，载着皮草，浩浩荡荡来到御景星门外。他们派人打探得悉，孙秋山是富甲一方的大商人，便决计不去桥东赴宴，而是拿上全部皮草来御景星门前逼宫，逼孙秋山买下所有皮草。之后，他们再倒卖官盐，高价贩到东北各地，大赚一笔后，回国快活。打着如意算盘，五十几个金发碧眼的匪徒，载着如山如海的皮草拥向御景星门前。霎时，整条街被堵得水泄不通，街市两旁商家敢怒而不敢言，纷纷关门谢客。那带队的叫作伊万，见状颇为得意、张狂。此人正是带枪逼迫知府大人签下盐厂租约的头目，也是商队的蛇头。他得意扬扬地摘下枪，朝天鸣放三响，站在御景星门前大喊："孙秋山，我们带货来了，快拿钱来！"五十几个随行的匪徒也纷纷掏出手枪，向天空各自鸣放三枪助威。整条街顿时枪声震天，男女老幼吓得捂住耳朵，纷纷躲进店铺不敢露头，还有几户店家吓破了胆，晕厥了过去。一时间，原本熙攘、热闹的复县城内，顿时变得惶惶不安，街市上不见一丝人影。

孙秋山和乔钰涵听到动静，两人心照不宣对望一眼，携手一同走出御景星，站在门前，直面一众半商半匪的强盗。那伊万一见乔钰涵，顿时两眼放光。此人本是好色之徒，见到有些姿色的女人就垂涎三尺，见乔钰涵美貌，一时竟看得两眼发直，忘了挑衅。乔钰涵见状，便有了几分主意。此时，孙秋山开口道："各位远道而来的朋友，昨日下帖是请各位到桥东做客，顺便商议购买皮草之事，各位是否搞错了时间、地点？"说完，笑了笑，丝毫看不出畏惧之色。伊万回过神来，傲慢地应答："桥东村我们不去，宴席也没兴趣，我们的皮草是来自北方森林最上等的皮毛，能抵御最寒冷的雨雪风暴，这些皮草比你们大清所有的皮草加起来还要珍贵！孙秋山，快拿钱来，少说废话！"孙秋山闻听，冷笑道："伊万大人，我们御景星也有一个规矩，先看样品再买货。你这样把货运来让我买，连样品都不给我看，是不是不合规矩？"伊万仰天大笑："规矩？那是你们的规矩，不是我们的规矩！我们为什么要遵守你们的规矩？你们复县知府还要让我三分，何况你一个区区商人！"随行一众匪徒也得意猖狂地放声大笑。孙秋山紧握拳头，面上却并未动怒，而是轻笑道："伊万大人，既然你非要我打破自己的规矩，买你的皮草，也未尝不可，不过……"说到此处，便停顿了下来。伊万心知肚明，这是在胁迫，没想到这孙秋山如此容易对付，便在心里看轻他，越发得意。见他欲言又止，便不耐烦地问道："不过什么？快说！吞吞吐吐像个娘儿们！"孙秋山笑道："我御景星大笔的现银都存放在桥东老宅，御景星只有少量现银，不够买下这所有货物！所以，请伊万大人随我去桥东老宅取银子，如何？"说完，静观伊万的反应。

伊万听了，眼珠子转了几转，便和身后一众匪徒叽里呱啦说了一气话。孙秋山趁机回身进了御景星正堂，向田佑和耳语了几句。佑和点头，悄悄从后门跑出。伊万一伙人议论着，打量孙秋山等人身单力薄，而自己人马众多，手里又有枪支弹药，无所顾忌，也无须谨慎。一伙人决计跟随孙秋山，去桥东老宅取银子。伊万心下打算，待钱一到手，就一枪干掉孙秋山，再把那漂亮小媳妇据为己有。一伙人牵着马，驮着上千件皮草，跟在孙秋山夫妇二人身后上了路，浩浩荡荡向桥东进发。

田佑和从御景星后门离去，骑上马找到王世襄，两人带着武装好的家丁，拿着火器抄近道，提前赶到桥东，埋伏在孙家老宅四周。桥东的男人们也提前做好了准备，各家各户拿着铁锨、斧头和砍柴刀，埋伏在桥东村几处大道旁，老人和孩子躲进地窖不敢出声。孙秋山和乔钰涵领着伊万一行人赶到村口时，已是午后，顶着日头行了大半天路，伊万等人口干舌燥、饥肠辘辘。平日里，他们一路烧杀劫掠，拿着刀枪横行无忌，就连官府也奈何不得他们，这些人早已胆大包天。此时，来到小村，便又起了杀人放火、奸淫掳掠的贼心。伊万不耐烦地看向孙秋山："你的老宅在哪里？不是要招待我们吃宴席吗？我们都饿了，快拿酒饭来给我们吃，否则就毙了你！"伊万一边恐吓，一边咒骂。孙秋山暗笑：一会儿你们就知道要做饿死鬼了。

乔钰涵此时开口，倩笑道："伊万大人，你看！前面就是我们的老宅，银子就在里头。"说完顺手一指。伊万顺着她手指的方向看去，便见几间土屋瓦舍在村头一棵大柏树后若隐若现。他回头对身后的两三人说了几句俄语，便回身色眯眯地看向乔钰涵，说道："小美人儿，你领我进屋去看看银子吧。"乔钰涵见他那模样，心知肚明，便一个倩笑，说："可以！不过屋舍不大，进不去这许多人。你可随身带两三个人同行，一起与我进去查看。"伊万见乔钰涵倩笑，按捺不住欲火，也未多想，就答应了。与身后两三个人下了马，手里拿着枪，跟在乔钰涵和孙秋山身后，向那大柏树后面的屋舍走去；其余人纷纷下马，随便找了个阴凉地儿，坐下喝水休息，等候伊万等人查完银子后大开杀戒。

几人来到老宅门前，孙秋山掏出钥匙，打开门锁，推开门，转身看向伊万，做了一个邀请的姿势，说道："伊万大人，请进！"伊万鼻子里轻哼一声，大摇大摆领着随从走进老屋，就在最后一人迈进老屋的刹那，孙秋山立刻关上门，按上门锁，拉着乔钰涵迅速向老屋后的林子跑去。那伊万见状不妙，刚想喊叫，房梁上突然密密麻麻飞下钢镖，纷纷击落伊万等人手中的枪。几人被飞镖击中要害，连喊叫都来不及，就倒地一命呜呼了。

随即，梁上跳下几个黑衣人，他们是孙家钱庄负责押运银两的镖师，练得一身飞镖点穴的好本事，飞檐走壁不在话下。为首的镖师是一壮汉，名叫耿钟，全家均遭外国人毒手，对他们恨之入骨。这一次，身先士卒，加入行动。他朝几位镖师递了个眼神，几人快速捡起地上的手枪，揣入怀中。悄无声息地将尸体拖入里屋，又将几箱银子从里屋搬至正门口，朝屋后的林子里学了几声布谷鸟叫。孙秋山和乔钰涵闻声返回老屋门前，打开门锁，和几位镖师交换眼神，心照不宣地转身，朝那坐在不远处阴凉地休息的马帮匪徒喊道："伊万要你们来搬银子喽！"

七八个人正在休息，闻声便一同起身，向老屋跑来。这几人平日里是伊万的随从，身强力壮，人高马大。孙秋山见他们健壮魁梧，有些担心几位镖师对付不了了，便朝屋内人摇了摇手，示意他们躲起来，不要轻易出手。几位镖师会意，便飞身跃上房梁，躲了起来。那几人跑进老屋，瞧见几个装满银子敞开盖子的箱子，便顾不得询问伊万到哪儿去了，兴奋得满脸通红，大呼小叫。他们两人抬一箱，大喊大叫向屋外走去。远处，还在乘凉休息的同伙听到叫声也兴奋起来，纷纷向老屋跑来。那七八个人此时已经把几箱银子搬到老屋门外，在太阳底下放出灿灿银光。

五十几个匪商拥入孙家院子，满满几大箱的银子让他们心花怒放，开始七手八脚地争抢银子，没人关心伊万的去向。他们反倒暗自兴庆，伊万没有出面阻止，心想伊万可能和那个漂亮女人快活去了。一群人失去首领，如同乌合之众，开始扭打争抢起银子。厮打中，碰翻了几箱银子，洒落了一院，银光闪闪的。他们骂着脏话，互相殴打，院子里乱作一团。几个机灵的没有加入，反倒趁乱将怀中塞满了散落的银子，偷偷向远处的马匹跑去。他们哪知，此时整个桥东村如同铜墙铁壁，没有任何机会逃脱。刚跑到大柏树背后，就被几个埋伏在树上的镖师飞镖击中，倒地身亡了。

一个眼尖的匪徒瞥见此景，便大声警告同伴有埋伏。那群正在互殴的匪徒住了手，满脸血迹，惊慌失措地望向四周。此刻，孙秋山和乔钰涵大喊："动手！"

顷刻间，老屋院子周围飞出数十柄钢镖，埋伏在老屋梁上的几位镖师也飞身落地，躲在门窗后，用火枪射向院子里一众老毛子，顿时惨叫声连连。五十几个人，片刻工夫只剩下七八个侥幸存活，他们用同伴的尸体做掩护，向院外逃窜。镖师耿钟喊道："弟兄们，快追！不能留活口，不能让他们跑回去报信！"镖师们飞身直追，那七八个老毛子如同丧家之犬，奔向各自的马匹。耿钟又是几枪连射，又有四个应声倒地。仅剩下的另四人飞身上马，慌乱中也不知该向何处逃窜。四个人向四个不同方向疾驰而去。镖师们分头追捕，紧紧跟了去。乔钰涵焦急万分，说道："秋山，他们会不会跑了？能逃得出去吗？"孙秋山异常镇定，说："放心！桥东父老乡亲在各个路口埋伏着呢！"

躲在地窖里的老人妇人和孩童听到枪声，吓得不住地哆嗦，蜷缩成一团。路口埋伏着的男人们严阵以待，侧起耳朵细听路上传来的嗒嗒马蹄声。一个年轻男子对身边埋伏着的男人说："来了！"那男人点头："好！动手！"说时迟那时快，只见一把箭嗖地射出，那个离村口越来越近的匪徒中箭落马，几个村民一起从村口的大石头背后跑出，向那落马之人一顿棍棒齐下。另一处村口，村民们埋伏在大道左右两侧，待马匹跑近，就拉起埋在土里的绳子，横在村口大路上，将那飞奔的马绊倒在地。马上的人摔落在地，被一拥而上的村民用斧头和砍刀击杀毙命。其余两处，也是类似情形，所有逃跑的无一幸免，全部命归西天。桥东村大获全胜，男人们欢呼起来，几个年纪轻一些的男子敲着锣满村跑，大声喊："安全了！安全了！出来吧！"躲在地窖里的老人妇人和孩童闻言，泪流满面地从地窖里爬出，向孙家老屋方向拥了去。

这时，洒落满院的几大箱银子都被镖师们重新捡起装箱，搬到屋内藏好。孙秋山特意留下两大箱银子，一箱分赏给各位镖师，另一箱分赏给桥东各家各户。给村子带来惊吓，孙秋山深感过意不去，便对父老乡亲深鞠一躬，说道："没有各位父老乡亲鼎力相助，就没有我孙秋山的今天，我无以为报，这些银子就当对大家出手相助之情的一点谢意，我与各位乡亲荣辱与共！"村民们仍在激动亢奋中，从未有过的团结和兴奋让众人神采奕奕。王世襄与田佑和不约而同地问道："东家，这些皮草和马匹该如何处理？"孙秋山一挥手，说："都分给桥东乡亲们吧！"王世襄立刻制止："万万不可！"见孙秋山不悦，便说道："这事要提防被人传出，若把皮草分给村民，以后朝廷畏惧，要找人谢罪，这些皮草就是罪证。"孙秋山闻言一惊，立刻向王世襄道谢，谢他思虑周全，行事严谨。

于是命人将皮草运往盛京御景天胡炳振处，由胡炳振代为处理。至于马帮匪徒们留下的枪支和马匹，孙秋山就命人收归恒仁钱庄镖局，分发给各位镖师。一切收拾妥当后，众人各归各位散去了。

　　大功告成，复州湾盐场终于保住了。当晚，乔钰涵向纳兰吉恩大人写信回禀，将白日之事详述了一番，就派人连夜去盛京送信。盛京将军戎马一生，本是个赤胆忠心想要精忠报国的汉子，怎奈大清风雨飘摇，朝廷力不从心，为了保全自己和家人，他也只能忍气吞声，退守奉天府。纳兰吉恩本就对孙秋山夫妇格外器重，加之最心爱的小女儿慧珍与乔钰涵交好，便待孙秋山更不同常人。这封信送达之时，纳兰大人正在将军府里与将军一同下棋，读完信大呼过瘾，击掌喝彩！复县知府不见伊万去接管复州湾盐场，左等右等均不见人影，过了几个月便将合约焚烧，此事不了了之。

　　自从伊万带人围堵御景星之后，再也未曾出现在复县城中，百姓都在疯传孙秋山有一个玻璃宝瓶，将那些外国马帮匪徒都收进宝瓶化掉了，谣言传得神乎其神。当日，与御景星一条街上的人，目睹过群匪鸣枪示威，却都不知后事如何。有人想从田佑和嘴里套出一些消息，他只笑不语，不知内情之人对孙秋山愈发又敬又畏。

第十二章　命数

大奎与美贤是田佑和的一双龙凤胎儿女，比小少爷孙绍章小四岁，却比小姐孙沈晗大一岁。平日里，四个孩子常在一处玩耍。大奎生龙活虎，美贤乖巧温柔，沈晗聪慧稳重，相较之下，绍章倒有几分孩子王的气概。一日，孩子们正在孙宅玩耍，田佑和从外面气喘吁吁地跑进来，一脸悲愤地站在后堂门口。钰涵上前问道："出什么事儿了？"佑和抬袖抹汗，急急喝了一口茶，说道："我刚听说，八国联军进了紫禁城和圆明园，把咱大清的宝贝都抢了去。还放火烧了圆明园，在京城烧杀抢掠好几日。刘掌柜带着家眷，九死一生逃出京城，京城兴源号的伙计也不知是生是死，兴源号也不知在不在了！"说完，抹了一把泪，悲不自胜。

乔钰涵又怒又悲，沉默良久，一言不发。生逢乱世，国家风雨飘摇之际，即便是八旗子弟、王公将相又能如何？仍是自顾不暇，何况布衣百姓、寻常之家？孩子们见父母面色凝重，屋子里仿佛结了一层愁雾，便悄悄退了出去。孙秋山语气悲伤，转问："刘掌柜在何处？快叫进来！"佑和应声退出传唤。乔钰涵此刻已泪流满面，望着秋山，说道："咱们不能袖手旁观，得为京城兴源号的掌柜和伙计们做点儿什么，也为大清的百姓尽一份绵力。"孙秋山含泪颔首。须臾，刘掌柜已来到门外，带着哭腔，跟跄着走了进来，田佑和连忙扶他坐到八仙椅上。孙秋山起身施礼，急切说道："刘掌柜，受惊了！家人有无大碍？此时都在何处？"刘掌柜揩了一把泪，回禀道："回东家的话，家人均无大碍，只是我那小儿受惊不小，一路上又害了热病，高烧呓语不断。此刻在正堂歇息，我们一进复县就马不停蹄地赶了过来，还未来得及回桥东老家。"孙秋山听了，便吩咐人立刻去请大夫医治，坐下病根怕是不好。又派伙计去药房抓药，再命人在御景星后院收拾出几间屋子，让刘掌柜一家好生休息几天，等调养好了再派人送他们回桥东老家。乔钰涵又吩咐了一些琐碎细事，把刘掌柜一家安顿妥帖。

见东家如此关怀备至，刘掌柜十分动容，起身谢恩，被乔钰涵拦住坐下。孙秋山开口说："刘掌柜，都是自己人，不必见外。快说说京城的情形，兴源号伙计们可都安全？"刘掌柜闻言，又止不住流泪，一拳砸在八仙桌上，狠狠地说道："东家，洋人烧杀抢掠，京城尸横遍野，城里百姓不是死就是逃。我们本来还在兴源号里清点库存，本是要按时进贡到宫里去，城里亲王贝勒府也有不少订了货。谁想祸从天降！"说完又哭了起来，想到那库存的上千斤鸭蛋不知在与不在，刘掌柜就心如刀绞。秋山安慰道："不打紧，刘掌柜，钱财乃身外之物，那些野鸭蛋折了损了又有何妨？只要人还在，就有东山再起之日。"刘掌柜涕泪交加，点头道："东家说的是！当时我和店里伙计还在清点鸭蛋数目，核对账本里各家王府预订的单子，谁想京城里突然炮响连天，周围的商家都怕了，赶紧关门歇业。我便命伙计们将鸭蛋藏到地窖里，每人发了几十两银子，让他们赶紧回家照看家人。我和内人也收拾了细软，带着孩子们藏到地窖中。不到半日工夫，就听外面叽里呱啦说着洋文，兴源号好像进了一大帮洋人，我听见他们在翻箱倒柜找东西，还有砸门砸窗、摔桌摔椅的声响，就哆嗦着捂住小儿的嘴，不让他哭出声来。过了好一阵，没了动静，我小心翼翼从地窖里爬出，兴源号一片狼藉，柜上的瓷器被砸碎了，稍微值钱的东西被拿走了。我就轻手轻脚来到窗口，向外偷偷张望，这一望呀，可把我吓死了。"刘掌柜说着又流下泪来。

乔钰涵立刻递上手帕，又递上一杯茶。刘掌柜感激地接过茶，喝了一口放下，继续说道："就见街上到处是尸首，不是被刀砍就是被枪杀，都是我平常认识交好的左邻右舍。那些人的店铺也都和兴源号一样遭了洗劫打砸。我听见远处又有一队洋人过来，就赶紧潜回地窖躲了起来。这样反复折腾了一天，到了半夜三更，孩子们又累又饿又渴，我也顾不上这些，就趁着天黑，那些洋人回去睡觉的工夫，带着老婆孩子东躲西藏，总算在天亮前逃出京城。也幸亏兴源号开在京郊不远处，否则怕是逃也逃不出来。一路所见，不是死人就是流血。小儿受了惊吓，内人一路抱着他，一家人逃到京郊，在一户农家花钱买了一辆马车，一路不停地往复县赶。苍天保佑！总算平安无事返回。可京城里的伙计就不知是死是活了，是我这个掌柜无能！"说完刘掌柜又掉下泪来。乔钰涵在一旁，边听边落泪，孙秋山神色悲愤，眼底一片血红。国破家亡的滋味，让人肝肠寸断，心忧惊惧。

三人相对无言，屋子里一片死寂。良久，孙秋山开口："刘掌柜，生死由命，也怪不得你！更何况八旗将士都奈何不得洋人，又怎怨得了你！等一切平定下来，你再回京寻访，看看可否还有活着的伙计。若有，每人送一百两银子安置家眷、重置家当；若遭了毒手的，每家发二百两银子，抚恤家人。"刘掌柜扑通跪倒在地，眼含热泪，谢道："东家，您真是活菩萨呀，为您这样仁义的东家卖命，我刘德全就是死也心甘情愿！"

乔钰涵柔声道："刘掌柜，快请起！这些日子，你们就先在后院住下，等小儿病好，我再派人去桥东刘家替你家打扫布置一番，亲自护送你们全家回桥东老家。有什么缺的，尽管和我讲，我亲自安排，你只管好生调养，不用操心。"刘掌柜感激涕零，听说郎中正给小儿看病，便退了出去，随田佑和到后院去了。随后多日，乔钰涵亲自下厨，安排可口饭菜，又亲自送到后院刘掌柜房中，聊天安抚，仔细照料。又亲自煎药，端到那受惊小儿床前，亲眼看他喝药睡下。内人张氏感激涕零，对刘掌柜说："德全，东家待咱这般好，可要记在心里，不能忘恩负义啊！"刘掌柜笑道："今后咱刘家世世代代都会记着孙家的好！滴水之恩当涌泉相报！"在御景星休养了半个多月，刘掌柜一家人返乡。次年三月，刘掌柜携家眷返京。依照东家吩咐，所有在世的和遭难的伙计及家人均分得了一大笔抚恤金。经此一事，兴源号元气大伤，却得了人心，立了口碑，生意反倒更胜往昔。

转眼到了辛丑年农历九月，清廷与十一国签署《辛丑条约》，承诺从海关银两等税收中拿出四亿五千万两白银赔偿各国，并以各国货币汇率结算，按照百分之零点四年息，分三十九年还清，史称"庚子赔款"。这一日，纳兰吉恩大人来信，言明朝廷正四处筹措庚子赔款的银两，朝廷一时半会儿也掏不出这笔巨款，只得向各省巡抚道台分派任务，向各地征收税款来弥补空缺。孙秋山读罢，放下信，对在座的几位得力掌柜说："纳兰大人的意思是，作为辽南大户，咱们应该多分担一些，尽快帮朝廷把第一批赔款凑齐。"

马明德掌柜向来在京城御景天星打理缎庄生意，与宫里的达官贵人多有往来，见多识广、手眼通天，便把所闻之事对众人讲来："听说山西汇通天下的乔致庸为朝廷捐了不少银子。先前儿，庚子年老佛爷和皇上逃难到山西，那乔致庸不但把自家院子献了出来，供老佛爷和皇上落脚歇息，还捐了二十万两白银给老佛爷花销。你说有没有点意思，这乔致庸既不要黄袍马褂，也不要高官厚禄，只要了老佛爷御笔亲题的四个字作为赏赐。"在座几位掌柜纷纷议论起来，好奇地追问："为何不要老佛爷赏他个一官半职，只要那御笔亲题的字呢？"马掌柜见众人不解，甚是得意，解释道："这就是乔致庸的高明之处！若是做了官，怕这生意往后就不好做了，万一卷进朝廷内部势力纷争，怕是连乔家都要大祸临头。倒不如只要御笔亲题的四个字来得高明！"一位年纪稍长的李掌柜摇头困惑道："这做了官不是更好经商吗？常言道，朝中有人好做官呐！"李掌柜亦是常年在京城打理恒仁钱庄，是个经验老到的老江湖。马掌柜却不以为意，不屑一顾道："话虽如此，可也应了树大招风、登高跌重的老话，想那红顶商人胡雪岩当初何等风光，后来不也落得个凄惨结局？此乃前车之鉴也！"众人交头接耳，都在议论胡雪岩。

孙秋山对胡雪岩也略有所闻，据说是富甲天下的红顶商人，与官家有了交集后，飞黄腾达，又因左宗棠与李鸿章二人权斗，最终在李鸿章、盛宣怀与外国资本联合夹击下惨败，被朝廷抄没财产，胡雪岩在贫病交加中郁郁而终。孙秋山明白，从商之人若有了官位，便会作茧自缚。虽可兴旺发达一时，却束手缚脚，终被卷进政治旋涡。马明德意味深长地点着头，继续道："所以乔致庸此举甚为明智，我听说老佛爷下旨，准许乔致庸名下大德通和大德恒票号管理逃难期间山西所有财税，庚子赔款连本带利约十亿两银子，也由他的票号经手，送交外国银行。老佛爷还把江淮漕运银两陆续存进大德恒。乔致庸风光无量啊！"马掌柜说到此处，异常羡慕钦佩。田佑和听了半晌，突然发话："这样说来，咱们也要和朝廷搞好关系！这笔分派到盛京的钱款，咱们定要掏出一些！但，亦不可与官府往来甚密，免得步了胡雪岩后尘。"孙秋山说道："这笔银子就是朝廷不向咱们要，盛京将军有难处，咱们也是要帮一把的。"众人的议论他都听进心里，自有一番决断，于是继续道："不过，这盛京将军跟纳兰大人也说，为了嘉奖为朝廷捐款之人，会赏赐一个地方官职，作为回报。"说罢，扫视众人，在马掌柜脸上停住，想听听他的看法。马掌柜会意道："东家，若咱们捐得多，官职就越大，对否？"孙秋山浅笑："这个信上倒未提起，不过我对做官并无兴趣，倒是生意越做越大，我反觉游刃有余。"佑和言道："东家，咱不如多捐，同时也回禀纳兰大人和盛京将军，就说你无意为官，只想专心经营商号。"于是众人商定，御景天星缎庄、恒仁钱庄和兴源号各捐十万两银子，共三十万两，给盛京将军救济，帮朝廷还款。

一月如钩，高悬天际。闪闪烁烁的星子和薄如稀雾的流云，孱弱覆盖着黑如乌木的天宇。一线月光穿堂入户，照进御景星后堂。秋山和钰涵正看着熟睡中的儿女。乔钰涵摸出藏在柜子暗格中的那块苍玉，不停地摸索着，打量着。

她将玉交在孙秋山手中，那玉在灯烛下泛着苍蓝的幽光。

　　两人相对无言，盯着那玉，迟迟无语。半晌，她从他手中拿过那玉，问道："白衣老者为何救你？为何赠玉与你？你可琢磨过缘由？"孙秋山无奈摇头道："不知。"乔钰涵只得提醒："还记得韩半仙对你说过的话吗？"孙秋山点头道："自然记得，何曾忘过？"妻子的深意他似乎悟到了，便说："火在天上，普照万物，万民归顺，顺天依时，大有所成。发达后，要散财积福；若非如此，财就会消亡。"乔钰涵见他悟透，遂一笑，握住他的手说道："正是！那韩半仙要你牢记并坚守信念，止恶扬善，坚守中止，戒惧谨慎，兢兢业业。如此这般，才会'大而不盈，满而不溢，兴隆昌盛'。然而，顺天依时，止恶扬善，若是一介布衣，如何做到？！天命让你担一方官印，你岂可为了私念推脱拒绝？天命，谁人逃得掉！"孙秋山抬手止住妻的言语，说道："钰儿，不用再说了！我这就给纳兰大人和盛京将军回信，表明赤诚之心，愿造福一方黎民！若是天命，我责无旁贷，不敢推脱！"又凝视那苍玉，烛火之下，似有苍穹华光幽暗闪过。他起身，往里间书房走去，铺开信纸，洋洋洒洒写起信来。不久后，朝廷文书下发到各州府，孙秋山从此做了复县知府。

　　1901 年，千疮百孔的大清帝国任免了众多道台、知府，继任者多是庚子赔款援捐的商贾。孙秋山虽是其中之一，初衷却与其余捐赠者不同；韩半仙的忠告，言犹在耳。他自主政一方之日起，如履薄冰，如临深渊。领了命中注定的官职——复县知府，为官一方，十年如一日，散财行义，民心归拢。孙秋山一生共创办二十多个民族企业，一百多所学校私塾，与妻子乔钰涵一道，奉行"实业救国"与"知行合一"信念，在辽南德化四方，造福地方百姓。火天大有卦的威力愈发强大，在孙秋山的人生之路上，冥冥之中暗合命数。

第二卷

【爱】钟情怕到相思路。盼长堤，草尽红心。动愁吟，碧落黄泉，两处难寻。

第一章　造宅

　　宣统三年十二月戊午，公元 1912 年 2 月 12 日，隆裕皇太后临朝称制，以太后名义颁布《退位诏书》，末代皇帝溥仪退位。至此，从皇太极改国号为清起，国祚绵延 276 年的大清帝国正式落幕，黯然隐入历史的漫漫烟尘之中。

　　此时的辽南大地冰封雪冻，正值春寒料峭之际。冰雪覆盖着辽阔天地，刺骨的寒风不时吹响屋檐下的铜铃，让人听了备感萧索凄凉。此时此刻，孙家正沉浸在国破家亡的巨大伤痛之中。孙秋山因积劳成疾，最终撒手人寰。生前，他常年一边勤于政务，一边掌舵庞大的商业帝国。乱世飘摇，心忧似炭。他为官兢兢业业，为人仗义散财，数十年如一日。

　　出殡当日，复县和桥东百姓扶老携幼，沿街送行，哭声响彻街巷。送葬队伍浩浩荡荡，缓缓行进在复县去往桥东老屋的乡土路上。烟尘唢呐，呜咽声声，不时传进送殡队伍前头一顶披挂着白色花圈的素轿中。乔钰涵静坐其中，低头拭泪。她抬手，掀开一角轿帘，向外望去。只见，夹道百姓腰束白绫，头缠白布，面目悲痛，如丧考妣。她不觉眼圈一红，潸然泪下。乔钰涵心中默念：秋山，你若在天有灵，目睹此情此景，也该瞑目了。她追忆起昔日夫妻恩爱之情，仿佛依稀就在昨日，而今却已天人永隔，永不能相见。想到此处，一阵锥心蚀骨的伤痛袭来，痛到窒息。复县和桥东百姓送了一程又一程，沿途哭声此起彼伏，随风飘入刺骨寒冬。

　　大清国亡了，可是孙家偌大的家业依旧还在。乔钰涵已入暮年，鬓发灰白，这一生与孙秋山一同胼手胝足打拼天下，热气腾腾的旧日时光还在记忆中徘徊不去，一饮一啄宛如心尖上一滴鲜血。国破家亡，时局动荡，极目茫茫，不知路在何方。

　　几日前，她收到挚友纳兰慧珍的私信，信上说，纳兰吉恩大人自溥仪退位后，便忧愤成疾，不久驾鹤归西，纳兰府邸为了争夺家产闹得人仰马翻。原本不争不抢的纳兰慧珍与母亲白氏势单力薄，非但没有分得任何财产，反而被大房和二房子女合伙赶出了纳兰府邸。母女二人无路可走，便想到来辽南投奔至交好友。纳兰慧珍虽然姿容清雅，却因担心出阁后，母亲独自一人留在纳兰府中会更受排挤，便拒不见络绎不绝上门求亲的人，哪怕是豪门望族提亲，她也不曾动心半分。一来二去，便成了人到中年的老姑娘。虽说纳兰大人生前视她为掌上明珠，无比疼爱怜惜，怎奈纳兰府中只有纳兰大人一人护着她们母女俩；一旦撒手人寰，便再无旁人为慧珍母女遮风挡雨。平素里对慧珍又嫉又恨的大房二房子女，乘机落井下石，合力将母女二人扫地出门，更将母女俩半生积攒的细软珠宝都吞入私囊。可怜她们母女举目无亲，走投无路，只能无奈投靠非亲非故却相交甚好的乔钰涵。俗话说：锦上添花易，雪中送炭难。乔钰涵便是那雪中送炭之人，慧珍母女万幸，用平生的运气结交了她这位知己。

自从孙秋山仙逝之后，偌大的家业便由儿子孙绍章接管，此时已能独当一面。孙绍章是孝悌之人，见母亲悲思过度，就想方设法为她排除忧伤。恰好，慧珍母女前来投靠，这是一个好契机，母亲从此就有了能够倾诉和陪伴的人。孙绍章欣然应允，乔钰涵深感欣慰，便遣人即日动身去接慧珍母女二人来住下。

然而，孙家老宅略显局促了些，孙绍章和亲妹子商议，要修建一座新宅。造宅并非为了享乐，而是着眼大局。现今时局动荡，民生维艰，恐怕将来会有更多亲朋好友前来投奔。如此一来，旧宅的规模显然小了，若是造一座新宅，大而宽敞，纵使再多人来住，也绰绰有余。孙绍章的亲妹子稳重多才，大名孙氿晗，字玉玲，自幼兄妹二人就形影不离，凡事都以兄长的意愿为先。孙玉玲闻听，也觉其妙，家里人多自然热闹，母亲的心情就会好转起来。

玉玲说道："这宅子咱们若修，定然要好生物色一位行家才是。听说苏州香山帮的老师傅们手艺甚佳，又多有修园造林的经验，咱们何不聘请香山帮的老师傅前来承办修造事宜？"玉玲做事向来最有章法，平素里又博览群书，是远近闻名的才女。她所说的香山帮是江南太湖之滨、姑苏流域的匠人，自古以来能工巧匠辈出，尤其擅长复杂精细的中式园林建筑，史书上曾记载"江南木工巧匠皆出于香山"。听妹子所言，孙绍章感觉甚合心意，便想派大奎去姑苏邀请香山帮的匠人来造园。大奎与美贤是佑和叔的一双儿女，与绍章和玉玲一同长大，情同手足。近来佑和叔卧病不起，若大奎独自南下苏州，恐怕美贤一人照顾不及，只得让大奎留在家中帮忙伺候。田佑和而今年迈，自从东家归西之后，他也迅速衰老，身子骨一日不如一日。这一年光景，病势愈发严重。病榻之上，田佑和手把手教大奎如何接管御景星绸缎庄大小事务，颇费了心神，更加病入膏肓。正值春寒料峭，天冷异常，他便耗尽心血地煎熬着。孙绍章和玉玲自小亲见佑和叔陪伴父亲孙秋山左右，亲眼目睹他鞍前马后忠心效力，协助家父创建了这座商业帝国。孙家兄妹心中，对佑和叔有无限敬重和感恩之情，不是亲人胜似亲人。

田佑和这一病，不但本县的缎庄需要大奎亲自打理，就连遍布东三省和山西各地的御景天星绸缎庄分号，都需大奎亲自上阵监管，肯定去不了姑苏。想到此处，孙绍章又有了一个人选：玉玲。玉玲怎么也想不到，这个去姑苏城寻访香山帮匠人的重任，最后竟会落到自己头上，玉玲万般推辞。绍章笑说："这事须得交托一个信得过的人才放心，况且你的眼力和品位在这方圆几百里、几千里，也是无人能及的，就是放眼整个关外，恐怕也无人能与你相提并论。我本该亲自去一趟姑苏，可是当务之急整个孙家需要我坐镇，才不致乱了分寸，恐怕轻易离不得身，只能有劳妹子你了。"孙绍章手里抚弄着一对紫玉太极球，在房中边说边踱着步子。玉玲听罢，不再言语，家中情形她心知肚明，大家族外面看起来轰轰烈烈，内里却是千丝万缕的琐碎繁杂。家大业大，终须一位当家人坐镇，运筹帷幄，主持大局。她懂得其中的厉害和轻重，便应承了差事。这来去姑苏，水陆并行，加上香山帮师傅们打图稿、运料、筹建、验工的时间，粗略估计，这宅子须得一年半载方能建成。玉玲说道："咱们暂且把慧珍母女安置在御景星后院的客房，等大宅竣工再搬入新居。"玉玲素来思量周全、体贴细致，孙绍章也觉得当下也只能如此安顿了。

四月末的江南，春和景明，草长莺飞的晴明气象，在恬淡的烟雨气韵中活色生香。一艘清雅的雕花航船，静静驶入阊门，从京杭大运河的涵澹波光中，渐入小桥流水、人家尽枕河的旖旎婉约。玉玲端坐在船窗前，眺望两岸人家和商贾门楼，情不自禁赞叹："姑苏果真是名不虚传的人间天堂。"丫鬟冰灵也好奇地打量着窗外，随着自家小姐的赞叹，也兴奋激动起来。主仆二人谈笑间，雕花航船已经靠岸，在山塘街一带的码头随意停泊了下来。冰灵扶着玉玲上了岸，又吩咐随行的仆人，将行李搬进附近的客栈。

蔷薇花开得正盛，春和客栈的别院里花香袭人，玉玲边走边赏花。她暗自思忖：想不到，这人间天堂处处都是景致，放眼处，竟然无一不美，曲曲折折的别院也这般赏心悦目，想来若是能请得动香山帮的师傅们来设计自家庭院，更不知是怎样一番怡人造化了。

须臾间，主仆二人进了别院最里间的清静院落。一架嫩粉色蔷薇花开得蓬勃茂密，墙角处是一方飞檐画壁的玲珑小亭，亭下有一小小的别致荷塘，漂浮着几朵嫩绿的浮萍；连接小亭和院子的是一弯秀气的飞虹拱桥，短而窄，只两三步便可走完这小飞虹桥。冰灵看得直拍手叫好，还不待玉玲发话，便猴急一般跑上那小桥，三两步便跨过那桥，跑进了那玲珑小亭，站在里面转圈，仰头看亭上的彩画。玉玲释然一笑，调侃说："你这猴急的性子总是改不掉，这般沉不住气。"

主仆说笑时，打听香山帮所在的伙计进来回禀，说是打听到匠人们就在太湖香山附近一带。玉玲一听，暗自盘算，立刻吩咐人去送拜会帖和礼物。仆人前脚走后，冰灵后脚便端着一杯刚沏好的太平猴魁走了进来。玉玲接过茶，呷了一口，又细闻了茶香，抬头看向冰灵问道："这茶似乎味道有些不同，像是有一股蔷薇香，又好像有梅花的气息。这是咱们带来的太平猴魁？"冰灵笑道："小姐的鼻子嘴巴真灵！这的确是咱们带来的太平猴魁，这煎茶的水是客栈老板去岁收集的雪水，埋在客栈的梅花树下，今儿特意挖出来款待小姐，我又从蔷薇花瓣上收集了一些新鲜露水，一同煎水泡茶，所以这茶既有梅之香又有蔷薇的甘醇！"冰灵说完，歪着头看玉玲品茶。玉玲边品边评："亏你心思灵巧，这样的水也是难得，我看倒可以取名为：馨香三缕。"冰灵追问："何为'三缕'？"这第一缕是梅香，第二缕是蔷薇香，这第三缕嘛，自然是茶叶本身的香喽？玉玲忍不住掩口而笑，不住地点头。忽而，她似想到了什么要紧之事，便吩咐冰灵去多买一些虞山绿茶、茉莉花茶、碧螺春和虎丘茶。这些都是苏州当地的名茶，玉玲想着，要多买一些上乘货，带回去给老家人尝鲜。冰灵憨憨应答着，一溜烟跑出去买茶了。当初，冰灵四五岁时和父母逃荒流落街头，恰巧被坐在轿子里路过的玉玲一眼瞥见，她见这小姑娘长得灵秀机敏，便心生爱怜。于是，就好心收留了冰灵一家，让他们进孙家店铺当差。冰灵被玉玲特意留做贴身丫头，几年调教下来，这姑娘越发聪颖可爱，却仍旧脱不掉孩子气，做事毛手毛脚。玉玲反而觉得，她一派天然纯真，更拿她当亲妹看待，主仆二人情深义厚。

次日，玉玲拜会了一众香山帮的老师傅，并说明来意。一番交谈，付了定金，事就算谈成了。返回客栈的路上，几人在松鹤楼品尝了松鼠鳜鱼、太湖莼菜羹和响油鳝丝。正吃得开心，忽听得一阵古朴悠扬的琴声飘入酒楼窗棂。冰灵从窗户向外望去，见一个俊朗青衣人正在路边抚琴。冰灵不由得回头，对众人招手说："快看！好俊俏！好看得像个姑娘！"众人来到窗前，向外望去，果然看见那青衣人风神秀逸。玉玲闭目聆听，只觉那琴声像泉水清冽甘美，汩汩注入她的心田。她睁开星眸，抬眼望去，看着青衣人白净秀美的面孔、玉树临风的身姿，不觉微微有些脸红。仆人们听得入神，一曲之后见那人收摊，便都坐回了座位。饭罢，众人懒散地返回客栈休息。玉玲一人独坐堂屋，晶亮的凤眸，目不转睛盯着那随风摇曳的满墙蔷薇，禁不住春心荡漾，想得入了神。不知何时，冰灵走了进来，看见自家小姐一动不动坐在那里出神，便扑哧一笑。玉玲不觉脸红，慌忙吩咐冰灵去沏一杯新买的虎丘茶。

一个月后，香山帮的工匠们随着玉玲返回了关外，开始营造孙家大宅。星移斗转，又是一年春末夏初之际，园子终于营造告成。孙家选了一个黄道吉日，迁入新宅。复县上空，燃起烟花爆竹，城内城外的父老乡亲、街坊商贾和乡绅名士，纷纷前来道贺。席开百宴，人声鼎沸，一派喜气洋洋的热闹景象。

年迈老朽的王世襄，在儿子搀扶下参观了孙宅几处园林，禁不住啧啧称赞，心内暗叹：果真名不虚传！常言道："江南木工巧匠皆出于香山。"这座宅子放在复县是首屈一指的，即便和往昔繁华的盛京将军府相比，也是有过之而无不及。众人信步在园中畅游，人群中，纳兰慧珍与母亲听见有人提到自家昔日的府邸，不觉红了眼眶，心头一时百味杂陈。乔老夫人见了，便怜惜地拍了拍慧珍的手。三人一时哑言，纳兰慧珍随即擦干眼泪，勉强挤出一丝笑容，朝乔老夫人摇头示意无妨。

这座大宅，经香山帮工匠师傅们巧夺天工的设计，规模令人叹为观止：由上院、下院和客屋院三部分组成，每座大院套小院，共有大小房屋一百余间。院内遍植奇花异草嘉树，设有祠堂、大厅、花厅、鸳鸯楼、后花园、厢房等。院中有院，回环相通，亭台楼榭处处可见。大宅正中央是一处开阔的会客厅堂，掩映在牡丹、芍药之中，名为"乐善堂"，采用的是香山帮特色工艺：砖木结构，屋顶雕刻"五脊六兽"和"插花云燕"。堂内更是光彩夺目，有雀替、花板、驼峰、月梁、匾额、对联等装饰，令人眼花缭乱。院内移步异景，有慢坡草坪缀满花蕾，也有云纹水钵蓄满锦鲤，各处布景意石行云、曲缓有度，方寸之间辽阔无边，洞天福地，沁染流年光阴滂沱。众人看得迷醉不已，又是一番称赞。

一行人中，有一位正是孙绍章近日聘请的绍兴师爷周缙云。他在院中一路看来，不禁暗赞：谁能想到，这北地苦寒，也能有如此这般壮丽秀雅的园林宅邸，即便与扬州苏杭流域的大户私宅相比，也毫不逊色！孙绍章在一片恭维奉承声中，说道："这都要归功于贤妹玉玲！"众人转向孙玉玲，作揖称赞。玉玲便也落落大方与众人谈笑。师爷周缙云见这位小姐面容娇美、身量匀称、谈吐有节，举止大方文雅，不觉心生爱慕，便对孙绍章耳语："东家，令妹如此出众，可曾寻得好夫婿？"孙绍章会心一笑，也与他耳语道："贤妹暂时不愿出阁，想陪在寡母身边，也帮我打理家中琐事。等几年再说，不急不急！"周缙云面有诧色，问道："敢问，玉玲姑娘芳龄几何？若是耽搁下去，怕是会错过好姻缘。"孙绍章叹息摇头道："你有所不知，小妹心气颇高，很少有人能入得了她的法眼。之前，去姑苏偶遇了一位青衣人，便心心念念只想着那人，对其余之人更加看不入眼了。我也不知苦口婆心劝过多少回，她却总是搪塞推诿，说是再遇到青衣男子一般的俊美之人才会嫁。"周缙云听罢摇头，笑而不语，心内却小鹿乱撞。

　　搬入新宅这一夜，纳兰慧珍母女对坐而泣。乔老夫人特意挑选了布置最为精美雅致的一处庭院，名为"芭蕉听雨"，赏给纳兰母女居住，又分派了几个忠厚可靠的仆人负责照顾母女俩的饮食起居。慧珍母女自然感恩不已，也颇为感动乔钰涵的善心慈举。然而，两人想起旧日纳兰府中一起共享天伦之乐的动情时光，如今显得这般遥远，不觉悲从中来。而今虽锦衣玉食，到底是寄人篱下。母女二人均不知，若乔老夫人撒手归西，她们母女二人在孙家可还有容身之处吗？

　　乔钰涵则静静坐在妆台前，一寸寸抚摸亡夫送给她的那身衣服，泪水从布满皱纹的脸上滴落。而今，天人永隔，能做的也只是凭吊旧日的寸寸时光。虽然家大业大、荣耀兴旺，终究是孤零零一人，相知不再，纵然富甲天下又有何意趣？

　　这一夜，孙宅月明如水。幽深回廊的寂静院落中，人们却都失眠了。

第二章　成婚

这一年风调雨顺，稻翻麦浪，眼看是丰收的光景。复县城内，商铺店面皆是好买卖相互往来。乱世之中，仿若回光返照的喜庆光景。迁入新宅后，孙家又紧锣密鼓筹备起绍章与美贤的婚事。大奎自从父亲过世以后，就接替了御景天星绸缎庄总管一职，负责掌管各地连锁分号和总舵的生意。

那一年，田佑和作古归西，临终前将大奎和美贤交托给少东家孙绍章照应。他两颊深陷，目光却犹如寒星，睿智深邃。那样单薄的一副身板，却挺得又直又硬。他目光灼灼，盯着孙绍章说道："我这辈子追随老东家南征北战，一起流血打拼，老东家先我而去，留我在此守候乔老夫人一程，如今大奎已能独当一面，我亦安心，无牵无挂，可以放心走了。绍章东家，唯独一事我放心不下，我这女儿美贤自小与你情投意合，我想厚着脸皮做个媒，将美贤许配给少东家，由你护她一生一世，可好？"说着，拉起病床前女儿的手，又拉过少东家的手，将二人的手轻轻叠放在一起。美贤哽咽不止，再看父亲时，见已含笑合上了双眼。美贤与大奎泣不成声，孙绍章幡然起身，跪在床前重重磕了三个响头，含泪发誓道："佑和叔，您安心去吧。我定会善待美贤，疼她爱她，敬她护她，今生今世不离不弃，携手白头到老！"乔老夫人亲眼见绍章和美贤一同长大，两家又是世交，便对这桩婚事十分满意。她喜爱美贤乖巧温柔，又见她出落得俊美非凡，与绍章年龄相仿，称得上是知根知底的一对佳偶天成。全家迁入新宅，又要喜上加喜，这件婚事便顺理成章地提上了日程。

孙绍章自幼勤勉读书，四岁起即会背诵《千字文》，五岁入私塾，师从复州名士邱泽瑞先生读书。至十岁，已读完了《三字经》《百家姓》《大学》《中庸》《论语》等蒙学书籍。十二岁时，父亲又为他聘请了大学士鲁文玉先生授课。谁知天不遂人愿，晚清时局波诡云谲，朝堂动荡不安，大清轰然倒台，科举之路彻底破灭。孙绍章倒也并不惊慌失措，反而一心一意学做生意，打算着手接管家业。如此一来，歪打正着，就像专为经商而降世一般，孙绍章头脑灵活机变，独具慧眼。他天资聪颖，一点就通，又能见微知著、触类旁通，常有他人想不到的点子，做事面面俱到，说话滴水不漏，因而不到几年光景，就把庞大的家业稳稳操控起来，在祖业之上又扩展了数十倍财富。一切运行如常，蒸蒸日上。他闲来无事，时常与美贤一同吟诗作画，听美贤弹奏琵琶古筝。两人心有所属，早就盼着大婚之日。

　　这一日，孙宅欢声笑语，喜气洋洋。各门各院张灯结彩、披红挂绿，煞是好看。玉玲随着母亲乔老夫人亲手撒帐，在新人喜床上撒满大枣、桂圆和花生，寓意"早生贵子"；又在被子中间放一柄如意和一个苹果，寓意"平安如意"；又命小厨房备好新人半夜要喝的儿女汤，汤里有大枣、花生和麻籽，复又备下食盒，放满大枣、石榴。丫鬟冰灵领着一众鼓乐手，进入喜房奏乐，这是所谓"响房"。之后又领几个得力灵巧的仆人，一起用大红绸缎和金纸将轿子布置得光华夺目，停放在孙宅堂屋院落中央，等候起轿迎亲，此曰"亮轿"。孙宅陆陆续续迎来了当地乡绅望族和商贾同仁，以及桥东父老乡亲。一时间，偌大的孙宅，宾客盈门，好不热闹。

　　吉时已到，孙绍章骑上高头大马，身上披挂红色锦缎，率领一众鼓乐手和仆从，浩浩荡荡、吹吹打打向田家进发。大奎骑一匹黑骏马，跟在迎亲队伍中，随东家向自家方向行去。一路上唢呐喧天，美贤和母亲在田宅远远听见了鼓乐齐鸣声，母女俩依依不舍。绍章进了田家，向佑和叔灵牌叩头跪拜，又转身拜向田夫人，按照规矩迎娶美贤返家拜堂。美贤独坐轿中，暗自垂泪。这一嫁，今后便不能在母亲膝下尽孝了，想到此处，便又流下泪来。轿外，依旧鼓乐喧天，一路吹吹打打，直到把喜轿抬进孙宅。玉玲特意为美贤挑选了一个憨厚可靠的贴身丫鬟芮珏，她掀开轿帘，小心翼翼地扶美贤下轿，缓缓行至火盆跟前。芮珏小声在美贤耳畔说："火盆在前，少奶奶要一步稳稳迈过去，今后红红火火过日子。"美贤笑了笑，抬高了步子，稳稳迈过火盆。一个笑眯眯的小丫鬟将一个红绸扎口递给芮珏，芮珏在美贤耳边轻声说："少奶奶，这里装着五谷杂粮，您接好，今后丰衣足食过日子。"美贤遂接过红绸扎口。另一个小丫鬟立即在新人洞房门槛上放好马鞍，芮珏又贴在美贤耳畔说："少奶奶，请您迈过马鞍，今后快马鞍鞭过日子。少奶奶，您是有福之人，好日子还在后头哩。"美贤听了，心花怒放，被芮珏扶着坐稳喜床，孙绍章便执一柄雕花挑杆，挑去她头上的大红盖头。一对新人，相视而笑。绍章坐在美贤身旁，轻轻握起她的手，两人开始坐帐仪式。乔老夫人亲自把绍章的右衣襟压在美贤的左衣襟上，玉玲笑眯眯地递上交杯酒。两人伸手接过，喝了交杯酒。丫鬟芮珏立刻端上一碗半生不熟的饺子，新人各吃了一口，寓意"生子"。坐帐仪式已过，一对新人各执一条红绸大花，被丫鬟、仆从簇拥着，来到孙宅堂屋拜堂成亲。

因孙家祖上本是山东人，原非复县土生土长之人，便也没有族人在此主持拜堂，玉玲便自告奋勇担任主香者，主持拜堂仪式。师爷周缙云本就对孙小姐爱慕有加，此刻又见她主事能力非凡，更生爱慕之情。目不转睛，看着她一举一动、一颦一笑。玉玲声音琅琅，掷地有声，赞礼喊道："行庙见礼，奏乐！主祝者，香案前跪，皆跪！上香，二上香，三上香！叩首，再叩首，三叩首！"赞礼声中，一对新人依法而行，恭敬庄重，宾客频频点头。如此这般，行完"三跪，九叩首，六升拜"的礼数后，玉玲唱赞道："礼毕，送入洞房！"美贤娴雅，神色庄重，与绍章拜过天地、祖先和父母，在场之人翘首观望，惊叹这女子的容颜和气度。乔老夫人含泪看一对新人拜堂，心中暗自祝祷："但愿夫妻和顺，白头到老。"少顷，丫鬟芮珏扶着新娘，返回洞房休息等候，孙绍章在孙宅各院应酬宾客，好不热闹忙碌。

酒席也讲究颇多，东北婚宴必有满族八大碗，各色冷盘热菜，鱼虾肉蟹，烹炒煎炸，孙家婚宴酒席规格堪称一绝。酒是状元红，菜多鸳鸯名，乐奏百鸟朝凤、龙凤呈祥。席间，周缙云悄悄来到玉玲身旁，柔声询问可有需要他来分担的事，神色关切。玉玲心中一动，已知周缙云心意。她莞尔一笑，倒也未曾说破。乔老夫人暗暗观察二人微妙神情，心里思量着女儿的终身大事。纳兰慧珍母女对望一眼，早已猜透了老夫人的心事，便安慰起她。这顿酒席一直吃到戌时三刻方才散去，孙宅里依旧鼓乐喧天，整座宅邸的仆人、杂役忙得不亦乐乎。

一片欢声笑语当中，孙绍章略带几分醉意，返回洞房。见美贤早已换上一身娇艳玫红色晚装，静坐喜床，在一派烛火通明的洞房中，宛如一朵娇艳的美人花。两人眸子晶亮，久久对望，不发一言，便心领神会。绍章坐到美贤身边，轻轻拥起她的香肩，握住她的纤手。美贤靠在绍章肩头，脸上掩饰不住的喜悦。这一夜，孙绍章搂着娇妻沉沉睡去。梦中，恍惚之间，看到父亲孙秋山手执一块苍玉匆匆赶来，郑重叮嘱："莫忘将玉传之后世，子子孙孙无穷无尽，此玉不能离家，玉在家在，玉去家亡。"说罢，将玉交至孙绍章手中，隐遁消失在一片茫茫白雾之中。

绍章和美贤醒来，已是辰时三刻。仆从、丫鬟早已守候在外多时，生怕搅扰了一对新人的美梦。孙绍章忆起昨夜之梦，似真似幻，亦真亦假。他四下里看了看，并未见梦中父亲交给他的那块苍玉，便想起自家确有这样一块玉，应是在母亲处收藏着的，便想今日问问母亲关于这玉的来历。一对新人被一番精心伺候，洗漱完毕，换上新装，赶来正堂拜见乔老夫人。新媳美贤在丫鬟芮珏的搀扶下，按照老规矩走进厨房，亲手煮粥下面。虽说孙宅自有厨师，可俗话说："三日入厨下，洗手做羹汤。"这规矩美贤定要恪守，即使孙家并未特意要她如此，可美贤谨记母亲的叮嘱，要做个三从四德的贤良妇人。孙绍章与母亲乔老夫人说起昨夜的梦境，特意问起那玉。听罢，乔老夫人若有所思，心想："老爷果真魂魄未散，惦记着孙家子孙后世。我就依他所愿，将那稀世苍玉传给儿子儿媳。"于是，领着孙绍章绕过几处宅院，来到孙宅一处夹壁密室，打开机关，从一个小巧锦匣中小心翼翼地取出那块光泽幽深莹润的苍玉，转身交到儿子手中。

孙绍章仔细打量那玉，只见玉身通透油亮，泛着难以言说的奇异之光，似有一层流动的荧光在玉中萦绕，他不知不觉看得入了迷。乔老夫人见儿子的神情，便幽幽道出这玉的来历和一波三折的过往。从白衣老神仙在破庙中三次托梦相救，到梦中现身赠玉，再到韩半仙的预言，把孙绍章听得目瞪口呆。想不到，这世上真有这等奇事，怪不得父亲在梦中百般叮嘱："切莫丢失这玉，定要传给子孙后世。"他对韩半仙卜卦之事，尤为稀奇，牢牢记下："火天大有卦。"他暗自思忖：这一卦和苍玉似乎冥冥之中有一种神秘瓜葛，正所谓：君子如玉，家大业大。

第三章　开仓

转年入春时分，孙绍章在书房之中，聚精会神地临摹王羲之《十七帖》，美贤香腮凝露，在一旁静静研墨。书房内，暖意融融。墙角一株水仙开得正盛，屋子里若有若无飘散着水仙的馨香之气。墙上的大钟敲响了十下，已近晌午时分。孙绍章停住笔，抬头望向美贤，伸手温柔抚摸她隆起的小腹，心中快活，想着孩子出生后的模样。美贤羞得脸色绯红，抬手在丈夫手背轻轻拍打了两下，嗔怪他不该在书房亲昵。孙绍章咧嘴坏笑道："夫人还是小女儿娇羞模样，这里只你和我，又无旁人！怕什么？"美贤嗔怪道："即便无人在侧，可这里是书香和花香满堂的书房，古圣先贤书册在旁，更该放尊重些，否则怎对得起那些锦心绣口的文章？更何况，古人曾说，在无人处更要'慎独'。"美贤说这话时，面色娇美端庄，透着一股浓浓书卷之气。孙绍章笑意盈盈，听夫人一番高论，点头赞许说："夫人果真是女先生，为夫又爱又敬。娶了你，是我几辈子修来的福气。"美贤倒有些不好意思起来，面色绯红，说道："夫君如此说，倒叫我无地自容了。女人家三从四德、相夫教子是头等大事，自古如此。岂能因读了一点书，就在夫君面前耀武扬威起来？这不过是咱们这个大家族该有的礼数，你我如今当家，更要以身作则给旁人和下人看，若是有半分举止轻佻，万一落人口实，往后就不好行事了。何况，你我就要为人父母了，更要小心隔墙有耳。"

美贤说完，放下正细研的寿山石砚台和那方云头艳老墨，正襟危坐到绍章对面的黄花梨太师椅上，看着夫君，满心爱意，莞尔一笑说："可想好了名字？"绍章叹气："这几日我查遍《诗经》和《楚辞》，总是拿不定主意选什么名字好，看这个也好，那个也妙，让人为难得紧。"他从书架上翻出一本《楚辞》，在屋子里面踱步翻看，边走边揣摩书中辞句的典故和释义，面色一忽儿喜悦，一忽儿失望。美贤见夫君的模样，不觉笑出了声，柔声问道："我看，如果是男孩，就叫'瑾瑜'如何？"孙绍章立刻停住脚步，自言自语道："孙瑾瑜？夫人是说'怀瑾握瑜兮，穷不知所示'？"美贤答道："正是！就是《楚辞·九章》里的句子！夫君觉得，可算妥当？"孙绍章立即追问："为何取这名字？"美贤笑道："瑾、瑜都是美玉，公婆将传家苍玉视为至宝，那美玉又关系孙家后代运数。若用瑾瑜起名，也暗合了家传美玉之意，故而为妙。"孙绍章一拍额头："夫人言之有理！此名甚好！"

午饭时辰将近，乔老夫人和女儿玉玲，还有纳兰母女二人，在后院花厅里准备用饭。丫鬟芮珏来到书房门外，恭敬传话请饭。孙宅每日午饭，都会在不同景致前设桌摆宴，一边赏景一边用饭。随四季和天气，摆在不同院落、不同厅堂，一家人边吃边赏景，甚是新鲜别致。

这一日，天气暖融，后院花厅外，蔷薇花开正浓，午饭便摆在此处。传菜的仆人络绎不绝，一会儿工夫便摆满了一桌子山珍海味。孙绍章与美贤赶到花厅之时，其余女眷早已落座，等候一家之主孙绍章入席，举箸开饭。满桌皆是景德镇的掐丝珐琅彩瓷盘，盛放着丰美佳肴，有水晶肚丝、红烧蹄膀、酸菜炖肉、熘肉段、炸虾球、清蒸鲳鱼、韭黄响螺、八宝葫芦鸭、醋熘白菜、凉拌海带丝、蘑菇海鲜汤，每日饭食皆按节气时令和家人口味安排，由玉玲主事，修订每日菜单。乔老夫人特意嘱咐，厨房每日必要做纳兰母女爱吃的八宝葫芦鸭和清蒸鲳鱼。自美贤有喜，每日必有酸味菜式，女眷们纷纷猜测，这一胎定是男孩。

这一年，春季格外干旱。立春、雨水、惊蛰和谷雨时分，都不见一滴雨水，旱魃的阴影再次笼罩辽南大地。乔老夫人看着满桌佳肴，回想起几十年前和弟弟乔嘉树从晋中逃荒至辽南的经历，不觉恍如隔世，转头提醒儿子绍章和周师爷多预备着些粮食，应对灾荒。入秋之后，更要多设粥厂，救济灾民。果然，不出所料，这一年夏季，土地龟裂，稻谷全部枯萎，成排枯倒在田地当中，像一堆堆枯槁无声的干尸。目之所及处，一片凄惨荒芜景象。万幸，夏季时分，河水尚未枯竭，流经复县的流沙河水量一如往昔。孙家不时派出仆人，乘船捕捞鱼虾，分发给桥东村民和复县断粮的人家。桥东村，背靠渤海湾，有村民转而出海捕鱼为生，暂且挨过了几月。到了秋末冬初，天寒地冻，休了海，便再也无法出海捕鱼充饥。

这年冬，冷得比往年都要早，刚入秋夜便满地冰霜，土地冻结，如同千年古石。直至深秋，严寒更甚，船不能出海，流沙河也结了冰。复县百姓的日子也如这天气，结了一层厚冰，有人冻死饿死的消息不时传出，闻之者皆悲伤叹息。

孙宅里，美贤临盆的日子迫近。一家人紧张兮兮，准备接生事宜，又不得不为生平罕见的严冬多做准备。孙宅内外，一团忙碌。仆人们私下议论："年景这般不好，少夫人此时临产，怕不是有福之人。"纳兰夫人偶尔听见风言风语刮过，便有心提醒乔老夫人。听说这些不祥之言后，乔老夫人甚为忧心，想起过往之事，便命女儿玉玲严整家规，不许仆人背后嚼舌。孙家主母一向宽仁待下，从不苛责仆人、杂役，多数人虽心存感激，却总有人背后妄议。玉玲和大奎对着一众家仆、杂役宣布家规，众人窃窃私语，都不敢大声言语。玉玲缓缓上前，站到大奎身旁，扫视一眼众人，开口朗声说道："按理，这个家不该我出面说话。上有母亲掌家，下有哥嫂打理，奈何嫂子临盆在即，不能出面，我便代劳几日。这几日间，我会命人把写好的家规手册拿到各处传看，要人人谨记，若有违反家规者，孙宅便不再顾念往日情分，将他请出宅门，永不雇用。"说罢，玉玲特意挑了一个平素爱传舌的女仆，问道："柳婶，我说的话，可听清楚了没有？"那身子肥胖的女人，吓得连连应承："是，大小姐，奴婢听清楚了。绝不敢再犯！再犯就是畜生！"大奎见状，暗自佩服玉玲的魄力和胆识，便也挑拣了两个平素爱挑事传舌的仆人孙嫂和吴嫂，特地问她们是否听清了，那两人唯唯诺诺点头。众仆人暗笑，各自心想："田总管和玉玲小姐管得好！"众人也不喜这三人，她们平素里最爱搬弄是非。众人料想，主家会将这三人一同赶出孙宅，却见主家仁厚慈悲，依旧继续收留这三人。经此一事，挑头的三个仆人收敛了许多，再也不敢兴风作浪。

隔日黄昏，孙宅里一片人声嘈杂，美贤临盆之日到了。院里院外，仆人进进出出递送东西。随着一声婴儿啼哭，守在堂屋的孙家人顿时喜笑颜开。过不多时，产婆便抱来一个粉红色的健壮男婴，美贤母子平安，绍章一颗心终于落了地。乔老夫人嗔怪又好笑地喊过儿子，瞧一眼怀里的婴儿，胖嘟嘟、圆乎乎，煞是讨人喜爱。一家人正欢天喜地，周师爷突然慌里慌张跑进来禀告说："这几日孙宅一直在施粥，附近州县的灾民都纷纷拥了来，也分不清是哪里的流民，此刻都挤到孙宅门口等候施粥，不知何人挑事，流民正欲闯入宅中。"乔老夫人怀抱孙儿，看着儿子，不发一言。她想："这是考验一家之主决断力和魄力的好时机，我且看他如何应对。若是应对得当，也免去我诸多烦忧；若是应对失策，我便要为他预备可依仗之人，辅佐家业。"如此心想，更是绝不言语。

　　孙绍章沉思片刻，便吩咐道："去岁大丰收，我谨记'居安思危'的教诲，在米仓里多备下了许多粮食，足够咱们一大家子吃上三五年不愁，想不到今天真就派上了用场。周师爷，请立刻领家丁到孙宅门前，通知灾民，明日巳时起，孙家开仓赈粮，每人可领十斗米，孕妇可多领三斗。今后每月十五、三十，孙宅都会开仓赈粮，直到明春为止。"周师爷暗暗佩服，东家虽然年少，做事却沉稳大气，料理得这般果决迅速。他领命而去，在孙宅门前稳住灾民，按照东家所言广而告之。另一边，孙绍章吩咐护院家仆，多带工具守在孙宅各门入口处，防止饥民暴动。又差遣大奎，领众女仆、杂役从仓库中搬运粮食到前院正门内，留作巳时开仓赈粮之用。一切嘱咐停当，孙宅仆从各就各位，悄无声息，各司其职。

　　孙绍章此时松了一口气，抱着儿子来到美贤房内。美贤面色苍白，心里欢喜，侧头看着夫君和儿子，心满意足。她呢喃道："瑾瑜，你来到这人世，正是孙家开仓赈粮前夕，长大了，你要悲天悯人，广行善事。"边说，边用手轻抚婴儿脸颊。孙绍章将脸紧贴在婴儿面上，喜忧参半，喃喃说道："虽生于乱世，却家大业大，这孩子未来的命又会如何？"

　　次日，巳时刚到，孙宅门前就排起长队，孙家仆从、杂役打开大门，布好了阵势。"开仓赈粮！"随着一声嘹亮喊声，众人纷纷兴奋起来。只见领米的灾民队伍长长地甩开几十里，一眼望不到尽头。几个仆人在米仓前，不停地舀米、称米、倒米，从巳时直到酉时，一刻不曾歇息。其间，有妇人怀揣大猫，佯装怀孕，想多领三斗米，被大奎发觉，回禀给东家。孙绍章摆手说道："算了，不要计较真假，那妇人也是为了多领一些米给家人充饥，就装作不知，多给她三斗便是了。"听东家如此吩咐，大奎便也不再多说，返回前门，叮嘱仆人："若是再有妇人怀揣大猫装作怀孕，莫要计较；照东家所言，多给她三斗便是了！"这事一传十、十传百，复县人尽皆知。孙绍章骑着毛驴在县城里闲逛时，百姓私底下都称他为"大善人"。开仓赈粮，每月十五、三十两日，果然按时进行。整个冬季，辽南所在州县，无人因饥荒饿死。这事传遍关外三省，孙家乐善好施、仁义厚道的名声不胫而走。

　　一日，美贤正抱着瑾瑜喂奶，芮珏领着乳母进来，让她过目。妇人面容和蔼，身材清瘦，美贤看了一眼妇人的眼睛，便点头同意了。芮珏领女人退去，又返回卧房，看着主母发黑的眼圈，说道："少奶奶，您何苦非要自己起夜带小少爷，交给我吧。白天您还要打理家务，实在太过操劳。"美贤将喂饱的孩子抱在怀里，在屋里走来走去哄他睡觉，不以为意，答道："你帮我好生安顿乳母，瑜儿今晚就送到她房里去吧。"芮珏听罢，嘴角勾起一丝笑意，心想："少奶奶总是这样，嘴上一直要强，终归是熬不住了才放手，也真是太要强了。"玉玲从外面走了进来，手捧一大把蔷薇交给芮珏插花，便轻手轻脚抱过孩子，在怀里轻轻摇晃。褪褓里的婴儿嘴角流着一丝乳汁，睡梦中偶尔弯嘴发笑。玉玲见了，伸出手指，在婴儿脸上抚摸着，转头对美贤说："嫂子，这孩子真逗，怎么睡觉了还发笑？莫不是梦见了什么好事不成？"美贤一笑，说道："老人说，孩子梦里发笑，是见着了前世喜欢的人，说不定是你这个姑姑来了，孩子见了你欢喜得很，才会梦里发笑。"见美贤拿自己打趣，玉玲便也开玩笑道："可惜我这个姑姑长他二十多岁，这一世怕是续不了前世的缘了。"美贤正色道："你也该找一门好人家嫁了。"玉玲闻言摇头："我想在大宅多留几年，照顾母亲，替兄长和嫂嫂打理家务和生意。"美贤听了一时无话，她知玉玲眼界高、心气高，那些大户人家子弟，无一能入她的法眼。

荒年一过，转年春季，雨顺风调，是个好年景。经过一冬的开仓赈粮，孙宅的粮库几乎告罄。入春后，绍章与大奎便忙碌着督促手下田庄管事，广种粮、多囤积，预备再有荒年袭来。此时，姑苏恒仁票号分号来信，提到所处窘境，外国洋行入驻，挤兑了传统票号，使得姑苏分号日渐凋敝。刚应付完饥荒，又要对付票号危机，一波未平一波又起，孙绍章见信后忧心如焚。想要亲自去一趟姑苏，无奈关外三省的御景天星缎庄销量也在下滑，几处分舵掌柜一致恳请东家亲去，也好主持大局。孙绍章一时焦头烂额。他想：孙家发迹就是靠着与盛京御景天联手，做成了辽南的御景星，之后才有关外各处的御景天星连锁缎庄。眼下还是以缎庄为主，至于恒仁票号，需请舅公嘉树帮忙解困，暂时就派亲妹玉玲去一趟姑苏，看形势再做打算。

自满清倒台，孙家虽然闯过了一道道关卡，可是生逢乱世、军阀割据，加之外国资本冲击，孙家面临的局面更加棘手。暮春时节，玉玲临危受命，带着丫鬟冰灵，匆匆赶赴姑苏恒仁票号。

第四章　姑苏

　　暮春江南，芭蕉翠绿，松鸢柏棠，丝竹管弦不绝于耳，从亭台楼阁中飘飞而出，弥漫在烟雨朦胧之中。空气，隐隐泛着荇草湿漉漉的气息。周围的景色与行人，在乳白色的雾练中若隐若现，仿若仙境。玉玲一路心情舒畅，虽想到恒仁票号就会忧虑，倒也更享受沿途风景。冰灵时不时从外面买来时新的江南小吃，玉玲的忧虑便烟消云散。她最爱吃玉兰饼和梅花糕，尤其是酒酿圆子。江南一带，盛产鱼虾，船家时常捕捞太湖三白，完全不加佐料，只需一小撮盐提味，便异常美味。不出半月，船已行至姑苏地界，入了阊门。冰灵撺掇说："小姐，这苏州繁华，咱们住上一年，岂不好？"一路上，冰灵多的是稀奇古怪的点子，让玉玲颇为头痛。可是，这苏杭偏偏是玉玲心头所爱，对此提议也多了几分认同，想到身兼重任，便有几分心动。船行至码头，船家挑着行李下了船，冰灵扶着玉玲上了岸。

　　正值梅雨季黄昏时分，空气里散发着潮湿的烟火气。主仆二人随船家拐进巷子，很快就到了恒仁票号分号门前。冰灵刚想通报，却被玉玲一个眼色制止。她们吩咐船家在门前守候，便悄无声息步入分号大堂。

　　此时，分号内寂静无声，烫金的匾额悬挂在正堂上方，八仙桌椅蒙着一层淡淡的灰尘。玉玲皱眉，上下仔细打量，心早已凉了半截。这哪里像做生意的地方？冷清、寂寥、门可罗雀！大堂许久没有打扫，客人登门，竟无伙计招呼。她越想越气越伤心，索性不声张，用手帕拂掉椅子上的灰，坐了下来。冰灵沉不住气，想抬高嗓子喊出伙计，被玉玲立即抬手制止。她倒要看看，要静坐多久，才能等出一个伙计。天色一点点暗淡下去，阴雨连绵，又下了起来。这江南的梅雨真是愁煞人，凉透脊背，玉玲忍不住打了几个喷嚏。冰灵听到小姐的喷嚏声，就打趣说，定是老夫人想她了。沉闷的空气被冰灵的俏皮打破，玉玲看了她一眼，笑了笑。她极喜爱这个小丫鬟，有她在身旁从不寂寞，反倒常会整出些古里古怪的幺蛾子逗她开心。这时，后堂传来一串脚步声，几个伙计懒洋洋地走进大堂，准备上灯打烊，上门板关店铺。他们几个七手八脚地忙碌着，竟没有注意两个大活人就在大堂深处的八仙桌旁注视着他们。

玉玲一言不发，盯着几个伙计上门板。冰灵实在忍不住，轻咳了几声。几个伙计听见后，猛地转身，才看见二人，顿时愣住了。一个伙计面有怒意，质问道："你们是谁？为何不打招呼就进恒仁票号？你们神神秘秘、鬼鬼祟祟想要做甚？""你这人怎么说话呢？我和我家小姐已经等候多时了，竟连一个伙计都没来招呼，现在你们又连店铺都不检查，就冒冒失失上门板关店，也不怕这大堂里藏着贼，将票号里的银子偷个干干净净！"冰灵鼓起腮帮子，越说声越大。一个伙计怒斥："毛丫头也敢在我们这里撒野，快都滚出去！"冰灵双手叉腰，护住玉玲，厉声喝道："好大胆子！恒仁票号东家小姐孙玉玲在此，你们这群伙计竟敢出言不逊冒犯主子！"几个小伙计闻言面面相觑，半信半疑地望向静坐在八仙桌旁的孙玉玲。她一直静观几人争吵，并未作声。伙计们摸不清底细，又见她气度不似常人，自有一股说不出的威严，便交头接耳嘀咕起来。

玉玲见状，压低声音，吩咐道："让王掌柜出来见我！"几个伙计互相捅了捅对方，便一路小跑退回了后堂。片刻，一个身材瘦削高大的男人进了大堂。那男人穿一身灰长马褂，四方脸，一双精明干练的眼。他盯着玉玲主仆，稍一打量，便施礼道："听闻东家小姐到此，敢问尊下可是玉玲小姐？"孙玉玲冷冷一笑，扶着桌子缓缓站了起来，慢慢向这男子走了过来，说道："如果我没猜错，眼前这位七尺男儿就是苏州分号的王掌柜，可对否？不错，我正是孙玉玲，奉家母和兄长之命，特来此巡视。看看我们恒仁票号苏州分号，是否真到了存亡之际！这一看，我心下已有了主意。"玉玲说罢，静静看着王掌柜。只见他眼睛一直眨巴，听完便立刻恭敬道："孙东家一个月前来信，告知我小姐即将来巡视，想不到这么快就见到东家小姐，实是荣幸！伙计们多有冒犯，请孙小姐大人大量！"几个伙计见掌柜发话，便诚惶诚恐，拱手赔罪。玉玲冷笑，说道："冒犯我倒也不打紧！不知者不怪！我倒是好奇，这偌大的店铺竟无一人照看，我和丫鬟在此，已等候了一个时辰，都无人招呼。伙计们上灯打烊，竟不知巡店，角角落落也不仔细查看，就稀里糊涂上门板。万一有贼埋伏在店中，半夜偷盗银两，可如何是好？"王掌柜头上渗出一层亮晶晶的汗珠，忙不迭拱手作揖，不知如何作答。玉玲见状也不追究，说道："王掌柜，这次我刚来就见这般光景，不知是今日疏忽，还是惯常如此。我给你三日时间，重振店铺规矩。伙计们要各司其职，分摊任务，哪里出了岔子，就问责谁，如此才能运转如常。虽说这洋行入驻苏州对咱们票号有冲击，但是打铁还需自身硬，若自暴自弃，即便没有对手也会垮掉。"王掌柜连连作揖。玉玲换作柔和语气，言道："王掌柜，我初来乍到，许多情况不甚了解，若是言语上有得罪之处，请您海涵。今后重振苏州分号的担子可都落在你我肩头了。咱们需合力应对才是。苏州的情形，这几日你多讲给我听，咱们从长计议。"王掌柜听闻，颇有愧色，吩咐伙计收拾后院暖阁给玉玲小姐休息。天色已晚，玉玲倦乏，便让王掌柜预备了一点果品小菜送去暖阁，随冰灵回房休息了。

几日间，主仆在苏州城内暗探了几家老式钱庄，情形皆是惨淡，稍好一些的也无非苟延残喘而已。几日所见，令玉玲甚为震惊，即便已设想了几种糟糕情形，都远不及所见来的惨烈。苏杭乃商贾繁华之地，此时的几大钱庄竟连最鼎盛时期的三分之一都不及。玉玲的心一点点沉了下去，她暗想："难怪初到之日王掌柜和伙计们都万般懈怠，看来是形势使然。"与传统票号截然相反的是，这两年才入驻的外国洋行却门庭若市。玉玲观察，不但有商贾出入办理存储，就连寻常百姓也来储蓄。她暗自称奇，她所记忆的钱庄，出入者多是走南闯北的商贾，存储大额银钱，布衣百姓绝不会踏足，而这种定势似乎被洋行打破。

"这情形绝不是经营不善那么简单，世道似乎变了。"玉玲暗想。她对王掌柜说道："这几日我亲见了这些，自觉初到之时错怪了你们。眼看这苏州城内各家老票号都是风雨飘摇，真是难为你和伙计们了。"王掌柜隐隐有一丝感动，恭敬答道："东家小姐，您这是哪里的话。东家巡视各地分号，哪有不训斥掌柜的，历来都是这个规矩，唯有您玉玲小姐这般和气，又能体恤我们的难处，我心里已是万分感激。"玉玲听罢，心头酸楚，都只是吃一口饭而已，何必难为他们！便闷闷不乐，让王掌柜先回钱庄，自己随冰灵上了一家茶楼歇息。

这家茶肆人声鼎沸，毗邻苏州河，小舟欸乃声不绝于耳。玉玲择了一处靠窗的位置坐下，冰灵点了几个果盘和西湖龙井，便坐到玉玲对面，顺着她的目光看向窗外。窗外烟雨迷蒙，乳白色的柔雾在苏州河上轻轻飘浮。隔河的几户人家，正在河边洗洗涮涮。乌黑色的楼舍，开着几扇窗子。一切都是寂静而清幽的闲适。"小姐，这苏州真好！"冰灵忍不住说道。一方水土养一方人，这也在情理之中，各有各的好处。只是眼下该想个法子，让恒仁票号活下去才行，或者就此退出苏州地界也未可知，玉玲面有忧色。

隔岸突然响起一阵幽幽的古琴声。玉玲顿觉，一切烦忧都被这不绝于耳的悠扬乐声驱散，怔怔入神倾听，乐声铿锵有韵，饱含无限思念和遐想，分明是一曲《阳关三叠》。她的目光顺着乐音寻去，却见一扇半遮半掩的窗户后，似乎有一青衣男子正在弹奏古琴。她一愣，暗自惊呼："莫非真是那人不成？"想起几年前初来苏州邀请香山帮老师傅造园子时，那日不期而遇、惊鸿一瞥的青衣人，那般风姿俊逸、倜傥风流！竟再也挥之不去，印在心头。玉玲怅然若失。此时，那扇窗子背后可真是他？她笑着摇了摇头，暗想："是他又如何？我与他素昧平生，不知底细，不过是一场春梦罢了。"冰灵收回目光，见小姐神色恍惚，便故意搞怪逗她一笑。玉玲回过神，嗔怪笑道："小丫头，又要活宝了。这里是茶楼，不是自家，多稳重些。方才来的路上，我见有卖酒酿圆子的，你去买一碗来尝尝。"玉玲吩咐道。冰灵笑着应承去了，留下玉玲一人，回头再向那扇半遮半掩的窗子望去，却只见窗里早已人影空空。她顿时有些失落，魂不守舍，独坐在窗前喝茶。

"客官，这边请！"店小二的声音响起。一个风神飘逸的青衣男子抱着一把古琴走上二楼，被店小二引着坐到玉玲对面的桌子旁。她顿时脸色一片绯红：竟是几年前那青衣人！她的心怦怦颤抖，竟有一丝眩晕。她羞赧闭上眼，抬手轻揉太阳穴，努力抑制住心底的波澜，竭力装作若无其事一般。

"这位小姐可是病了不成？"一个温柔的男声在玉玲耳畔响起，声音中充满磁性。玉玲心跳加快，她不敢睁眼。这声音竟让她毫不怀疑正是那青衣人。那个让她芳心大乱的俊逸男子，莫非就在眼前？"这位小姐可是病了？"男子再次柔声问。玉玲忍不住慢慢睁开眼，缓缓抬头，朝桌旁看去。两人四目相接的刹那，仿若电光石火一般，击中彼此心房。玉玲一张桃花面，嫣红的娇晕飞上面颊，更衬得她楚楚动人。那青衣人不觉看得痴了，竟也忘了说话，两人就这样默默无语，四目相对。心里早已翻江倒海，春潮涌动。

"小姐，酒酿圆子来了！"冰灵捧着一个乌瓷碗，跑上二楼。见桌旁站着一个青衣公子，痴痴盯着自家小姐。冰灵顿时恼火，快步上前，将酒酿圆子重重放在桌上，轻咳了几声。那青衣人这才羞红了脸，不住地道歉："小生失态了。""不妨，不妨。敢问公子尊姓大名？"玉玲也敛去羞涩，语气悠悠地问道。两人眉目之间的几分情，彼此早已看在眼中。冰灵不觉抿嘴偷笑，心想："小姐怕不是看上这青衣男子了吧？这人倒也生得俊俏。咦，莫不是几年前小姐见后念念不忘的那一位？"冰灵心里顿时一喜。

自打那年小姐造访姑苏，匆匆见了那青衣男子一面，便相思难忘。原想，此生也就只是一面之缘，何曾料想竟在这茶楼再次相逢，莫非是缘分？"小生姓林，名之谦，姑苏人士。"他彬彬有礼地追问："敢问小姐芳名？"他定定地看着玉玲，柔声发问。玉玲柔声作答。两人言谈间，皆是柔声细语，眉眼传情。冰灵悄悄退到小姐身后，不再言语。两人聊得投缘。原来，林之谦本是大户人家之后，祖上是清末苏造织局督办，清亡之后林家慢慢衰败，到了他这一辈早已不及往昔，连家宅园子都抵押了出去，他不得已寄宿在亲友家中。他本是富家子，平日所学经史子集全派不上用场，又不肯低头屈尊谋生，只靠字画弹琴换些家用。一年前，亲友赴杭州一带经商，一去便没了音信。他便一人在此度日等候。玉玲边听边惋惜，不知不觉已是日暮时分。冰灵站了这几个时辰，腿脚已经酸麻，便催促小姐回去，玉玲这才恋恋不舍地和林之谦告别。"敢问小姐住在何处？是否有缘再会？"玉玲转身之际，林之谦突然问道。"我们住在恒仁票号，要找我家小姐就到恒仁票号来！"冰灵没好气地答道，心想："你也敢惦记我家小姐这般的金枝玉叶，何苦来撩拨！"玉玲垂下眼帘，转身离去，暮色中粉色衣衫随风飞舞。她淡淡回头一望，见林之谦还在茶楼门前望着自己，脸色一红赶快转过头，与冰灵快步离开。

此后的日子，玉玲与王掌柜从白日到深夜苦苦思考，讨论恒仁票号起死回生的法子。窗外的梅雨一直缠绵不停。虽是头痛忙碌，每到歇息间隙，看窗外潺潺雨雾，玉玲时常出神。冰灵看在眼里，猜到小姐必是思念那林之谦。转眼到了农历六月十九观世音菩萨得道日，姑苏城里的百姓成群结队到寒山寺和虎丘烧香祭拜。这许多日子的劳累，让玉玲消瘦了不少，冰灵便撺掇小姐去寒山寺一带散心，顺便去庙里上香祈福。玉玲便也同意了。给店铺的伙计们放了一天假，各自回家陪亲眷上香敬拜。支走了轿夫，冰灵举着一把油纸伞，扶着小姐走上了寒山寺旁的枫桥。

农历六月，暑气正热。枫桥两岸的枕河人家，在雨中湿漉漉地安详静立着。浑浊碧绿的苏州河静静流淌，河面泛起点点雨丝涟漪，笼罩着一层轻纱状的淡淡水雾。桥墩上结了一层油绿厚重的青苔，几艘乌篷船吱呀吱呀从桥下穿过。络绎不绝的香客从桥上经过，红男绿女熙熙攘攘，一派热闹繁华。玉玲着一身淡黄色衣衫，站在枫桥之上，环眺蜿蜒的苏州河，不禁轻叹一声。一别故里，已有月余，心内不禁漾起乡愁几许。几日前，她便去信家中，汇报这一月余在姑苏票号和洋行的见闻，寻求兄长和母亲的指点和提议。料想此时书信也该到了复州，不知家人可都安好无恙。

寒山寺在雨雾中肃穆而立，绕过鹅黄色的照壁，寺内烟火缭绕。香客们摩肩接踵，阴雨中一股股浓烈的香火气扑面而来。这座建于南朝萧梁年间的古寺，因张继那首《枫桥夜泊》而名声大噪。寺内分布着巍峨精巧的大雄宝殿、藏经楼、钟楼、碑廊、枫江楼、霜钟阁等。玉玲和冰灵主仆二人撑着油纸伞，信步走过山门旁两棵遒劲盘旋的古樟树，步入寺内。冰灵悄悄对小姐说道："听说这两棵古樟树颇有灵性，若是对着樟树许愿，定然灵验。"她将手里的一个红色布条塞进小姐手中，推着她来到樟树前许愿。玉玲对着这粗壮巍峨的古樟树，默默许了一个心愿，将那红布条系在樟树垂挂的枝丫上。随后，主仆二人继续往寺中走去。

这寒山寺真不愧为千古名寺，虽说沾着枫桥的光，可是寺里的确宝相庄严。极目处，但见飞檐翘角，右手的枫江楼和左手的霜钟楼典雅古朴，自带一股肃杀之气。几声黄钟大吕从藏经楼南侧传来，玉玲循声而去，只见一座六角形重檐阁楼矗立眼前，一口千年古铜钟悬挂其上。她定定站在那里，仰望天下第一佛钟，心里不禁想起诸般往事。林之谦的模样不知怎地突然出现在心头。她暗暗自嘲："在佛寺清净地竟然还惦记儿女情长，真是罪过！"主仆在寺内焚过香，就在水池边喂鱼散心。雨丝蒙蒙，香客慢慢散去了不少。"你看！那人可是茶楼偶遇的那位青衣公子？"突然冰灵摇了摇玉玲，指向右侧的一个殿宇。玉玲闻言望去，正瞧见那青衣公子在执香而拜，面容清瘦了许多。冰灵笑道："难不成是相思成疾才瘦成这样？"说罢调皮地看向小姐，见玉玲面有喜色，正痴痴盯着那公子的身影凝望。那青衣公子似乎感觉到了二人的凝视，回身望向殿外，恰好与玉玲的目光撞个满怀，二人又喜又惊，不约而同地叫出了对方的名字。

雨丝细细抽打在青石板上，冰灵紧随二人在寺内缓缓漫步。林之谦万万没想到，自己日思夜想的佳人也会来此上香祝祷。方才在佛前祈求，再见佳人一面，竟登时应验了。他满腹诗书，便给玉玲讲起这寺内的种种典故。四目相接的刹那，两人便心照不宣。冰灵知趣地跟在身后不言语。林之谦指着一排石碑林说道："这《寒山寺志》中说'唐钟冶炼超精，云霞奇古，波磔飞动，扣之有凌。'不光是这口铜钟，小姐可曾留意这些石刻碑文？"说着，手便落在一块黑色粗粝的古朴石碑上，抚摸那些篆刻。玉玲闻言，也伸手轻轻抚摸那石刻，被石刻上苍劲的书法篆刻迷住了。两人手指无意间碰到了一起，像过电般。冰灵见状偷笑，问道："林公子，这些石刻碑文都是出自何人之手？"林之谦道："都是历代名家的真迹，眼前这块便是张继，那边还有寒山、拾得、文徵明和唐伯虎的碑文。"玉玲闻言便问道："那寒山、拾得二位和尚，可就是那传说中的和合二仙？还有那句'世间有人谤我、欺我、辱我、笑我、轻我、贱我、恶我、骗我，如何处置乎？'"不待玉玲继续说，林之谦点头笑道："不错，正是了。""只是忍他、让他、由他、避他、耐他、敬他、不要理他，再待几年，你且看他。"说罢，两人不觉相视一笑。

　　已近晌午，几人都有些饥肠辘辘，便一同出了寒山寺。在街边寻得一处酒楼进了去。三人落座，点了酒菜就用起午饭。这街头一角，正是通往法国洋行的必经之路，时常有金发碧眼的洋人坐着黄包车路过。洋人女子脚踩高跟鞋，头戴时髦流苏羽帽，身穿花纹烦琐的蓬蓬裙，手举着一柄小巧玲珑的丝绸阳伞。每当如此装扮的洋人女子路过时，总会引起周围人的注目。玉玲看在眼里，心中升起一个妙计，不知可否用在恒仁票号的起死回生之术上。林之谦一直留心这位富家千金的神情，见她虽娇美，却流露出庄严、肃穆的气息，透着一股说不出的威严气度。此时此刻，见她凝目深思，有谋定而后动的神采，联想自己，他便自惭形秽，心内对她的热情已消退了几分。

第五章　爱欲

几日后，孙绍章与周师爷赶来姑苏。这段日子，两人处理御景天星绸缎庄的事后，就接到了玉玲的书信。听闻票号惨淡营生，便顾不得休息，连夜马不停蹄地赶往姑苏。一路上，周缙云留意到，江南一带老字号钱庄票号都不同程度地遭到了洋行冲击，有支撑不下去的早已倒闭。两人忧心如焚。世道不好，岂是人力能挽回的？但若不尽全力，就等于将父辈心血付之东流。孙绍章车马劳顿，身体渐有不适。乱世谋生，不管是王侯将相，还是布衣百姓，都比太平盛世多了几分无奈和辛酸。到了恒仁票号，几人稍作休整，就召集掌柜和伙计开会。大家七嘴八舌地说起，最近又有几家老票号倒闭了。众人心浮气躁，似乎都觉颓势难改。三位主事者并不插话，只若有所思地听各人的议论和担忧。大家一顿诉苦后，周师爷在东家耳边嘀咕了几句，众人见他二人耳语，一个眼里有光，一个不住地点头。

孙绍章站起，在屋子里踱着步子。良久，方才停住脚步，在众人脸上扫视一圈，说道："咱们不能顶风逞强，而要借力打力。老主顾多年合作的优势要稳住，也要借助洋行的力量共生，才能存活。我听说，上海洋行已经开始接受当地钱庄庄票作抵押，向钱庄进行信用贷款，称之为'拆款'。咱们也可尝试与苏州本地洋行建立拆款关系，将洋行与钱庄之间的结算关系转为与外国银行的结算。上海一代的钱庄老板，有人开始担任洋行买办，咱们也可依此行事。"众人议论纷纷，这话听起来有理，可是否行得通，还未可知。王掌柜却连连点头，说道："东家这主意可行，其实早前我也不是没想过这法子，可是洋行里的人很难说动，我也心存顾虑，便没有提起。咱们不妨铤而走险。若结局都是死，好歹咱们尝试过，即便死也无憾了。"

师爷周缙云见火候已到，便拍了拍王掌柜的肩膀，鼓励道："众人拾柴火焰高。如今我们几个一起行事，定然能找到一个突破口下手，这事没有不成的道理。我看，咱们还可以在兑换银钱的基础上增加一个存款的功能，多吸纳老百姓和商家的存款，付给他们利息，这样钱生钱、利滚利，还怕没有顾客上门？"玉玲见此，也赞同道："钱庄历来都不注重收受存款，只提供钱票兑换，咱们可向洋行学习。此外，前几日在洋行附近，看见那些洋太太们都喜欢丝绸制品，她们的衣裙阳伞都是丝绸质地，咱们何不用自家绸缎庄的绸缎吸引他们？与他们合作，成为洋行买办，既可挽救钱庄，还能为缎庄打开一条海外销路。"众人听闻，都纷纷点头。

几人连夜制订好计划，次日分头行事。王掌柜和伙计分别造访老主顾，说明钱庄新意愿；又分头在街巷邻里散播存款可吃息的消息。果然，这一招很灵验，几日下来钱庄的门槛几乎被踏破。来存款的人越来越多，王掌柜来者不拒，无论存款多少都一律吸纳。之前，钱庄门槛高，只有大户商贾才敢进入，而今平民百姓也敢堂而皇之走进来，生意陡然好转。孙绍章一行三人，分头带着自家缎庄的绸缎，逐一拜访城内几十家洋行总管，成功说服十来家洋行与恒仁票号合作。恒仁票号正式成为这十几家洋行的固定买办，联手经营存放款业务。如此行事月余，恒仁票号彻底摆脱了倒闭阴影。一番紧锣密鼓操作下来，终于大功告成，几人精疲力尽。这人间天堂姑苏就在脚下，几人松懈下来，便在城中游玩闲逛。

这一日，几人在姑苏城内乘船看景，不觉间船入山塘地界。梅雨季已过，难得出了淡淡的太阳，熏得人暖烘烘、麻酥酥。微风拂过时，空气中夹杂着一股股胭脂浓香。山塘两岸，花团锦簇，临街楼房里飘出一阵阵莺莺燕燕的娇笑声和琵琶丝竹声。这南国的香艳场面，不觉有些让人看得呆了。周缙云面露笑容，看向一旁正襟危坐的玉玲小姐，欲言又止，不好开口。丫鬟冰灵看破了这其中的巧妙，便提议小姐到岸边胭脂铺子里逛一逛，让老爷和师爷两人在岸边闲逛，尽兴之后各自返回票号。这提议正中两个男人心意，几人便离船登岸。冰灵陪着玉玲在熙春胭脂铺里采购胭脂水粉，又去点心铺子买了些时兴糕饼，留作宵夜，之后便朝苏帮菜酒楼方向而去了。

孙绍章和周师爷两个北地爷们，在这风流温柔乡中穿行，不时有打扮得花枝招展的青楼姑娘搭讪，两人忙手忙脚地躲开了。这情景真是头一次见，沿河的青楼一个挨着一个，这山塘街正是姑苏风月场。两人看得眼花缭乱，忽然远远飘来婉转软糯的苏州评弹，两人循声而去，进了一家青楼。周缙云和孙绍章在关外三省也去过几次青楼应酬客人，这家青楼显然风格雅致许多，丝毫没有庸脂俗粉气。里面的客人甚多，皆是坐在正堂台前，观看两个抱着琵琶的姑娘弹唱苏州小曲。二人在老鸨的引领下，上了二楼的一处包间，从这里可一览无余俯瞰楼下的表演和观众。孙绍章打量着这间包间，颇为宽敞僻静，临护栏处放着一张茶桌和几把椅子，留作客人观看表演、享用茶点之用。里面是重重叠叠的鹅黄色纱幔，掩映着一张宽敞的八仙床榻。

二人在茶桌旁坐下，片刻工夫，便有人端来茶水果品，还有一名穿青衫的小丫鬟伺候左右。孙绍章看向楼下的场子，方才那两个怀抱琵琶弹唱的女子已经离场。正上来一位身着淡紫色旗袍的妙龄女子，娉娉婷婷身段婀娜，怀里抱着一把古筝落座，安放好那筝，便行云流水般抬手演奏起来。曲子是孙绍章喜爱的《梅花三弄》，筝音铿锵有韵。轻盈处，泛音如水入幽潭，叮咚清脆；高昂处，如群鹤飞舞，对天而鸣。有急有缓、高低错落的音律，竟让孙绍章听得入神。一曲终了，他情不自禁地站了起来，举手鼓掌，连说："妙哉！妙哉！"楼下看客听见叫好声，都抬起头看了上来。那弹古筝的女子也悠悠抬头，向他看了一眼，随即起身，一个俏丽微笑，点头致谢。孙绍章看向那姑娘，只见她肤如凝脂、面若云霞，细长黛眉入鬓，一张粉嫩鹅蛋脸上目若朗星，鼻梁如玉雕般精美，一点朱漆樱唇娇艳欲滴。一头乌黑的秀发盘成发髻，稳稳垂在脑后，斜插一支古朴木簪，簪头飞翘而起，镶嵌一朵暗红色玉髓雕花。她重回古筝前，缓缓抬手，再次弹奏了起来，这次是古曲《高山流水》。千古一曲遇知音，子期伯牙心相印。昂然的山，奔流的水，在腕下指尖流淌而出。孙绍章听得入了神，恍惚间，竟似看见爱妻美贤娴雅的模样。

等回过神来，那姑娘已经演奏完，收拾古筝退场了。几个妖艳妩媚的姐儿正鱼贯上台起舞。孙绍章连忙急切扫视楼下场地，寻找那一袭淡紫色旗袍的窈窕身影，奈何早已经不见了芳踪。周缙云慢慢喝着茶、吃着果品，仿佛置身事外，看着楼下的男人们和女人们。他来此，无非是陪东家散心，对于烟花柳巷的窑姐们，他只觉得美，却没有邪念。他心里爱着玉玲小姐，这些庸脂俗粉在他眼里不及玉玲的十万分之一。见东家神色焦急，目光火热，周缙云便会意一笑。他招手，叫来旁边侍立的青衫小丫鬟，问道："那位弹古筝的姑娘是你们这里的姐儿吗？"那小丫鬟答道："正是呢，她叫金巧儿，客官们都叫她金小姐。她可是我们这里的头牌姑娘呢，只是性子孤傲，不大合群。接客也是挑三拣四，一般的客人她是不接的，能看得上眼的就陪着吃饭弹曲，想要近身得出高价银子。这金小姐有时性子古怪得很，上次一位腰缠万贯的大爷点名要她过夜，出了这个价！"说着，小丫鬟伸出五根指头比画着，啧啧叹道："可她说什么也不接客，被老鸨嬷嬷关了五天禁闭，粒米未沾，险些活活饿死。到最后，嬷嬷见她实在是倔，也就不了了之，放她出来，也不再强迫她伺候那位大爷过夜。"周缙云听完，觉得新鲜，也对金小姐有了敬意。这女子有个性，绝非凡俗之辈。孙绍章也听见了，对金小姐更加念念不忘。他从兜里掏出一沓票子，递给那小丫鬟，说道："请带话给老鸨，我想请金小姐到包房里来。"那丫鬟看过那叠票子，笑道："老爷，您是想让金小姐来陪聊，还是别的什么？我如何对老鸨说？"孙绍章与周缙云对望一眼，想这妓院真是稀奇，还要说得详细才行。他答道："只是聊天而已。"那小丫鬟点头，接过票子，下楼去了。

　　片刻工夫，老鸨领着金小姐上楼，来到包间，言词满是试探谄媚。孙绍章又从兜里掏出一沓票子递给老鸨，让她先下去，说："只是和金小姐聊天而已。"老鸨赔着笑脸下楼去了，青衫丫鬟依旧在一旁伺候。孙绍章和周缙云看见那金小姐静静站在那里，脸上神情淡然，全然没有表情，一张脸上无风无雨倒更显得清丽脱俗。孙绍章连忙招呼金小姐坐到茶桌旁，她走近时，可闻到一股淡淡香气，全然不似别的窑姐俗气的胭脂香。"不俗"，是孙绍章在她身上感受到的最强烈的特质。"这位先生想聊些什么？"金小姐淡淡问道。"方才，听姑娘两曲古筝，颇有昆山玉碎、芙蓉泣露之感，深为倾倒。敢问姑娘，可否再为我俩演奏一曲？"孙绍章彬彬有礼地问道。金小姐莞尔一笑，婉拒说："每日只弹两首曲子，多一曲绝不再弹。"两人从筝谈到古曲，再到各自身世，颇为投缘。孙绍章这才知晓，这金小姐原是良家女子，因家道中落，不得已流落风尘。而今，已在青楼两年之久，日夜以泪洗面，不知何日才能解脱。孙绍章对金小姐十分怜惜，便有意替她赎身，心知这金小姐心高气傲，也不知自己能否入得了她的眼。谁知，等孙绍章说完自家身世，那金小姐竟有几分惊喜，说道："想不到，阁下就是鼎鼎大名的兴源号东家！家父年轻时，曾在兴源号做事。记得当年八国联军攻占京城，当时兴源号老东家孙秋山，派人抚恤兴源号所有管事和伙计，我那时虽小，却清楚记得这事。当时，兄长在庚子国难中，被洋人杀死，父母亲悲痛不已，就举家搬迁到姑苏投奔亲戚。正是靠孙老爷的恩赐，我们家拿着那一大笔抚恤金在苏州做起了买卖，后来生意越做越大，我们也成了姑苏的大户人家。谁想，天有不测风云。后来，时局动荡，父亲的生意也在战火中焚毁。双亲过世后，只剩我一人孤苦伶仃。"金小姐说着，落下泪来，抬手用淡紫色丝帕拭泪。孙绍章抑制不住情绪，抬手顺势拉住金小姐的香腕，信誓旦旦地说道："我对姑娘一见倾心，愿为姑娘赎身。姑娘可愿随我一同回辽南复州，做我的侧室？"那金小姐闻言一愣，万万想不到，这人初次见面就想纳她为妾。转念一想，当年孙老东家何等仁义，他的后人也不会差！何况，再看这孙绍章，也是仪表堂堂的七尺男儿，风度翩翩，举止文雅，心里便有了几分喜欢。她转头，看向那青衫小丫鬟，示意她去请老鸨。周缙云起初闻言，也吃了一惊。可是，再看这金小姐，也确实是一个妙人。若是身为侧室，这等才情样貌，也当得起了。于是，也不阻拦，顺其自然。老鸨开出一千银元的天价，说金小姐是这里的头牌，没了她便失去了一块金字招牌。孙绍章毫不犹豫，当即掏出一张银票递给老鸨。一切办完，金小姐也收拾了首饰细软，从此摆脱苦海，两人执手走出了青楼。

晚间，玉玲发现，一天光景竟凭空多出一个小嫂子，既惊讶又震撼。想不到，哥哥是这等至情至性的人物，为了一见倾心的青楼女子，竟然一掷千金为她赎身。真是：问世间情为何物，直教人生死相许！玉玲与金小姐见过礼，便留下白天买的点心糕饼，给哥嫂二人享用。这一夜，孙绍章与金小姐温存缠绵了一夜，窸窸窣窣的雨声在恒仁票号后院的芭蕉树上敲打了一夜。

玉玲失眠了。她辗转反侧，想着和林之谦的交往。自觉，不及哥哥这般敢想敢做，她孙玉玲到底只是一介女流，这样有关终身幸福的事岂可草率？！恍恍惚惚，眼里反复出现和林之谦在一起的景象。她脑子昏昏沉沉，直到五更天方才睡去。

第六章　和鸣

苏州票号风波完全平息，孙绍章如今又纳了侧室金小姐，便提议早日启程，返回辽南孙宅。玉玲心中惦记着青衣公子林之谦，欲小住三五日再走。金小姐也难舍姑苏，爱吃的蒲冬瓜和莼菜羹在北地恐怕再也难尝到，也劝说夫君暂留三五日。如此，孙绍章便推迟了归期，只写了一封家书，寥寥几笔提及纳金氏为侧室的经过，命人火速送回老家报平安。冰灵最通人情，见小姐迟迟不愿离去，猜想定与林之谦有关，私下提议再去那家茶楼。正合玉玲心意，便一早和冰灵出了门。

这日，王掌柜端着一盘热乎乎的早点，来到东家屋外，敲了敲房门。里面隐约有女人的娇笑声，他脸一红，咳嗽了几声，喊道："东家，早点来了，一会儿就凉了。是给您和二奶奶准备的早点，有您爱吃的小笼包和二奶奶喜欢的酒酿珍珠圆子。"就听屋内，东家懒懒地说道："稍等！"不一会儿，门开了。二奶奶慵懒地站在那里，一头乌黑秀发斜披肩头，玫红色的丝绸睡袍肩上披一条淡粉色裹毯，雪白的肌肤隐隐透出娇艳的桃粉色。王掌柜看得眼都直了，竟忘记要做什么了。金小姐轻咳了一声，接过托盘，羞红了脸说："有劳了。"转身回屋，将托盘放在八仙桌上，又返身，咣当一声关上了房门。王掌柜这才回过神来，自嘲地摇了摇头，心想："东家真是艳福不浅，这女人实在标致水嫩。"正要离去，又听房内传来娇羞的欢好声，王掌柜顿时脸色通红，慌乱离开，悄悄吩咐伙计勿要近前，免得扰了东家兴致。

时辰尚早，玉玲和丫鬟来到茶楼，周遭甚是清静。二人上了楼，依旧坐在靠窗的位置。小二上了果品和西湖龙井，下楼去了。偌大的二楼，只两人凭窗而坐。对岸人家正热气腾腾忙碌着晨间早点。玉玲看向林之谦的那扇窗子，洞开的窗格后，并未见青衣踪影。她怅然若失，叹了口气，端起茶，饮了一小口。

见果品茶点甚是精巧，便夹起一个面做的桃子，送进口中，香甜软糯带着玫瑰香。"启程前，多买一些果品茶点，嘱咐店家放在冰匣里保鲜，带回去给母亲她们尝鲜。"玉玲边吃边叮嘱。冰灵说道："总想着别人，对自己的事却这般小心、犹豫，冰灵心痛。"玉玲怜爱地笑了，说道："小丫头，你哪里懂得'近情情更怯'的道理？"正要说下去，冰灵忽然惊喜地一抬手，指向窗外，喊道："是林公子！"玉玲回望，果然看见林之谦在窗口朝二人招手。须臾，林之谦一身细汗赶来，与玉玲在桌前说话。"林公子，我们就要启程回复州了，来与你辞行。"玉玲欲说还休，千言万语却不知如何开口，更羞于启齿。林之谦明白，小姐用心良苦，抑制不住心动，握住她的手说："你的心意，我懂。若来世有缘，定然不会辜负！"说罢，一滴泪滑落。玉玲到底不死心，说道："林公子，若是你对我有意，即便门不当户不对，我也愿与你相守一生。"这话，几乎耗尽了她所有的力气。她身子微颤，目不转睛地等林公子回话。林之谦绝非无情之人，见孙小姐这般坚定，十分动容，说道："我现暂住亲友家中，他们现在杭州做生意，不知何时返回。容我一年半载时间，等我交代了房屋各处钥匙和事宜，就赶去复州与小姐相见。"说罢，用力握紧两人的手，一切尽在不言中。临别时，林之谦从脖子上摘下一块家传的葫芦玉佩，作为信物小心翼翼地放进玉玲手心。玉玲也从发间拔下一枚玉簪，递到林之谦手里。二人依依不舍，告别离去。月余，一行人舟车劳顿赶回复州。时值夏末秋初，秋老虎格外酷热。进入复县地界，便见许多卖冰的货郎在路边守候。有将冰块凿碎，放入茶饮中兜卖的；有将冰坨斩成小块，捂在棉被里的；还有将冰块放入冰糕箱子叫卖的，贩卖声此起彼伏。孙绍章下了马，掀开轿帘，一脸宠溺地看向金小姐，问道："要不要尝尝辽南冰糕？"她妩媚一笑，点头。孙绍章命随行伙计买下了几大箱冰糕，随行每人发两三只冰糕解暑，余下的拿回孙宅享用。

渐近孙宅，孙绍章远远望见大宅门口站着一群人，绫罗钗环，丽人云集。大宅披红挂绿，轩昂气派。美贤抱着才过周岁的儿子瑾瑜，率一众仆役、丫鬟，恭候门外。玉玲掀开轿帘，远远望去，只见嫂子美贤神色喜悦彷徨，几月不见，明显消瘦憔悴了许多。玉玲放下轿帘，暗想："嫂子才生下瑾瑜一年，哥哥耐不住寂寞，又娶了姑苏名妓金小姐，想来，嫂子定然伤心难过，我该安慰才是。"孙绍章远远瞧见妻子美贤抱着怀里的幼儿，不觉心中有愧，想到轿子里的金小姐，便觉对不住正妻。金小姐也掀开轿帘一角，望见孙宅气派恢宏，暗自欢喜，嫁了一个体面的大户人家做妾，也算万幸了。想到与老爷鱼水和谐，孙绍章又是个情种，待她疼爱无比，心里愈发得意了。当她再次掀开轿帘，却正正瞧见，一群人前头一个亭亭玉立的女人，面容俊美，怀抱一个男孩，神色悲喜交加，正望着骑在马上的孙老爷。金小姐放下轿帘，隐约担忧，想到大户人家妻妾之间的钩心斗角，便有一种不祥的预感。"那妇人定然是大奶奶了，想不到这般年轻貌美。我原猜想，她必是一个样貌普通的大家闺秀，想不到竟与我同样美貌，甚至有过之而无不及。"金小姐暗自悲叹。

此时，轿外传来仆人们的齐声问安，金小姐想："必是到了孙宅门口。"她感觉，轿子被轻轻放落在地。一个女人的声音在轿外响起："绍章，总算回来了！快来看看咱们的儿子，他可想爹爹了。瑾瑜，快叫爹爹。"孙老爷与妻儿亲热的声音传进轿子。金小姐心头一沉。"嫂子，站多久了？外面这样热，仔细中暑，快些进屋，我给你带了时兴的姑苏胭脂和首饰，拿给你瞧瞧。"玉玲亲热地挽起嫂子的胳膊，老爷抱着儿子玩耍，闻言说道："美贤，还有一位，你也来见见。"说罢，向金小姐的轿子走去。她坐在轿中，心怦怦乱跳，莫名地紧张到手脚冰凉。孙绍章一把掀开轿帘，向她说："怎么躲在里头不出来，咱们到家了。快出来见见！"他瞥见她神色紧张，便安慰："莫慌，美贤性子和善，母亲也通情达理。"闻言，她的心稍稍放下，缓缓步出轿子。见美贤和一众人都在打量她，微微有些拘谨。美贤见金小姐和丈夫竟如此般配，心头升起一股醋意。怪不得，老爷会一见钟情，纳她为妾。美贤努力克制醋意，缓步上前，拉起金小姐的手，微微一笑道："果然是个标致的美人坯子！绍章眼力一向很好。今后，你就是我妹子了，有什么需要的，尽管开口。丫鬟、仆人有不好的，也尽管对我说好了，我来为你做主！妹妹，快随姐姐进家，见见老太太和其他太太去！"说罢，领着金小姐和众人走进宅子。

孙宅的气派和宏大，让金小姐惊叹不已。想她一个人间天堂姑苏城里的青楼花魁，什么高门大户没进过，什么气派阵势没见过，竟无一能及这孙宅的气韵堂皇。乔老太太这一阵子身体每况愈下，勉强支撑着和纳兰母女在晋仁轩里聊天，等候闺女儿媳妇们进来。听见外面脚步声，三人不约而同地看去，见美贤领着一个标致美人进屋来拜，就对望了一眼，彼此心照不宣。纳兰慧珍是在三妻四妾的大户人家长大的，妻妾之间的算计和争斗，她早已司空见惯。看来，孙宅也似乎免不了这个命运。"拜见母亲大人！儿子不孝，让母亲担忧了。"孙绍章一进屋，就跪地磕头。儿媳美贤领着妾室金小姐，也向老夫人跪地磕头。美贤笑道："母亲大人，您又多了一个媳妇。"金小姐闻言，低着头，小声说：

"姑苏金巧儿拜见老夫人！"玉玲已经坐到母亲身旁，撒娇抚摸着母亲的手，笑道："瞧瞧！母亲说不定又要添孙子了！哥哥给您带回一个天仙般的媳妇。"乔老夫人对巧儿和美贤说道："快起来吧，地上凉！美贤你快坐下，在外头等了一上午，娘心疼你。巧儿姑娘，以后你就是我们家二姨太了，不用见外。我们这里是北地，不比江南，你尽可随意。但必得尊重美贤这个正房太太，不得冒犯无礼！美贤为你预备了院子，就在她院子对面，以后你们俩也好互相串门，彼此照应着，尽量姐妹和睦相处。绍章，你也要一碗水端平，不要伤了妻妾们的心！"巧儿诚惶诚恐，美贤也从椅子上起身，向老夫人屈身称是。孙绍章命人将冰糕拿进母亲院子里，给在场之人都分了一支冰糕，又拿出在姑苏采办的时兴玩意，分给众人赏玩。美贤又得了玉玲送她的胭脂和首饰，心头阴霾一扫而空。唯有巧儿闷闷不乐，隐约嗅到一种令人窒息的威严和孤独。

是夜，孙宅大摆家宴，山珍海味，美酒佳酿。金巧儿没吃多少，散席后，随着丫鬟进了自己的院子。院子倒也宽敞阔气，屋子里摆设精巧雅致，看得出，美贤确实费了心思布置。巧儿心头感激愧疚，便坐在床边发愣。一个小丫鬟见状，就说："金姨太，你有什么心事可与我讲。我是大少奶奶派来专门伺候你的，你就叫我香环儿吧。"金小姐朝香环儿一笑道："以后有劳了。你家大奶奶可好相处？"金环儿笑答："再也没有比大奶奶更好相处的人了！她对下人们都和气极了，从不向我们发火，就连大声说话都没有。金姨太，你是个有福气的人！遇上我家老爷这样仁义的郎君，又有大奶奶这样和气的主母，今后就安心享福吧！"金小姐微露出一丝笑容，道："我累了，快伺候我洗漱更衣吧。"香环儿利落应承了，就用心服侍起来。

这一夜，孙绍章宿在爱妻美贤房中，搂着分别月余的妻子，温存有加。美贤持家有方，将一切打理得井井有条，他对她既爱又敬。两人肌肤相亲，共享鱼水之欢。一番温存缠绵，美贤娇声问："你是喜欢我多一些，还是喜欢她多一些？"绍章笑答："你和她，就如春花秋月，各有各的好，我心头究竟还是喜欢你更多一些。"美贤闻言，用力搂住丈夫，像搂住一块失而复得的至宝，心头阴霾也散去了许多。金小姐孤零零地躺在雕花床上，却无半分喜色。回想这段日子，与老爷恩爱欢好，一切仿佛就在昨天，事如春梦了无痕。而今，刚进孙宅，就独守空房，今后更不知是何光景。

次日清晨，金小姐精心打扮了一番，重新换上心爱的淡紫色旗袍，乌黑油亮的发髻上，重又插上那只镶嵌暗红玉髓的木簪子，随着丫鬟香环儿来到孙宅正堂用早饭。孙宅的规矩是：早晚两餐，全家坐到正堂用饭，午饭随四季景致变幻，在不同院落景致前摆桌用饭。金姨太出现时，乔老夫人和纳兰母女正在桌旁聊天，却不见孙老爷和大奶奶美贤在场。乔老夫人看见金姨太的装扮，眼前一亮，心想："怪不得我儿迷上她！这都是命啊！"纳兰母女深知妾室的苦楚，便热情招呼金姨太坐到身旁。与她聊家常，聊得投缘，相似的身世背景，让金姨太和纳兰慧珍格外合得来。聊得正欢，孙老爷与大奶奶进了正堂。美贤容光焕发，神清气爽，看见金姨太，便坐到她身旁，拉起她的手，询问昨晚睡得可好。金姨太见二人这般模样，控制不住猜想起昨晚两人的温柔缠绵，又见美贤春风拂面的好气色，心头顿时涌起了强烈的妒意。她竭力装作和气谦恭，笑着回答美贤的询问。乔老夫人看两个儿媳相敬如宾，就高兴起来，竟盼着金姨太能早日生下一男半女。一大家子开始用饭。孙宅的规矩是"食不语"，众人不言不语，用完早饭，各自回房做事去了。唯独不见玉玲，老夫人便打发人去问。丫鬟回报说："玉玲小姐病了。"怕婆婆担忧，美贤便去探望，金姨太也想同去，瞧一瞧玉玲的病。老夫人见二人如此，便让她们同往，到了再打发人来回禀。

美贤与巧儿一同出了老夫人的院子，往玉玲独居的阚月轩走去。一路无话，只偶尔相视一笑，两人很快便到了阚月轩。只见院子里倒也清静，蔷薇和蜀葵开了满眼。几个小丫鬟坐在屋外廊下缝补衣裳，见两位太太进来，就都起身行礼。美贤抬手，示意莫要做声，与巧儿一起轻手轻脚进了玉玲的闺房。房间右手，卧室内只玉玲一人在沉沉睡着，没有丫鬟在旁。

临窗的案几上，铺着一张敞开的宣纸，旁边放着一封书信。美贤坐到床前，摸了摸玉玲额头滚烫，高烧不断。再看脸色惨白，眼角挂着泪，断断续续不住地呓语呢喃。听得不真切，美贤俯下身子，将耳朵贴近她的嘴唇，才恍惚听见几个字，说什么"林公子"。"这林公子是谁？莫不是有了心上人？"金姨太与玉玲在姑苏相处了一段时日，与她有几分交情，见她病得不轻，有些焦虑，只是不知如何是好。"金姨太，咱们出去说话，别吵醒了姑娘。"美贤替玉玲盖好被子，轻声对金姨太说道。两人走了出来，关上卧房门，双双来到院子廊檐下。那几个做针线的丫鬟，此时都静默站立着，美贤走到冰灵旁边，低声问："谁是林公子？"冰灵诧异，大奶奶如何知晓？小姐千般叮嘱，莫要对家人提起林之谦！冰灵一向守口如瓶，这样的私密竟如何走漏了风声！"那林之谦是小姐在姑苏偶尔结缘的一位寻常人家的公子，弹得一手妙音，简直出神入化！人也俊朗！小姐与林公子彼此中意……"冰灵虽想隐瞒，可在大奶奶灼灼的目光逼视下，有些瑟缩慌乱，就只好道出实情。

"怪不得，在姑苏时，玉玲小姐总往外去，原来是去会那心上人林公子去了。"金姨太不觉叹气，也难怪小姐会相思成疾了。美贤很是意外，自家小姑样貌出众，多少钟鸣鼎食人家提亲，她都一口回绝。谁想，竟会看上一个姑苏破落户之子，真是造化弄人！她倒也没有深究，只让贴身丫鬟芮珏快去请大夫给其看病开药，自己要回去禀告老夫人。二人往回走的路上，金姨太忍不住开口问："大奶奶，玉玲小姐既然与那林公子有意，何不成全他们两个？"美贤瞧着金巧儿那张俏脸，说道："妹妹，你有所不知，咱们这位小姑可不是等闲人物！关外一带，她是一等一的绝色人物，多少大户公子被她拒之门外，怎想到她竟会……这传出去，可要成笑柄的！何况，老夫人还未表态，你我还是安分守己、不多言才好。"金姨太被这一通话说得尴尬，虽不见大奶奶拿出正房长妻的姿态，可话里话外流露出的优越感让她委实不舒服。便不再言语，悄悄跟在美贤后面行路。等回禀过后，乔老夫人心急如焚，让人扶着下床，去了阆月轩。

一妻一妾，各自回房，心思各异。巧儿此时褪去铅华，不再是端着身板的金姨太，而只是姑苏姑娘金巧儿。偌大的寂静院子，独她一人，静坐芙蓉树下。念起千里之外的姑苏，心里难受，眼泪簌簌滴落下来。一双健壮有力的臂膀，从背后搂住她的腰身，她泪眼婆娑，惊得回头。见是孙老爷，含情脉脉注视着她，心头越发酸楚，回身搂住他，呜呜咽咽哭了起来。"怎么哭了？谁欺负你了？快告诉我。"孙绍章心痛，替她拭泪，柔声问道。"你欺负我了，都怪你不好！"说着，巧儿就用小拳头砸在他厚实的胸膛之上。孙绍章顿生一股怜爱之情，一把将她拦腰抱起，进了内室，关上房门。丫鬟们见状，纷纷知趣地退了出来，在院里等候差遣。

孙老爷和金姨太在卧室内极尽欢好恩爱，缠缠绵绵融为一体，不知不觉竟到了晚饭时分，两人依旧难分难舍。丫鬟们在院子里，依旧听得见房里的声音，个个都羞红了脸，大气不敢喘。乔老夫人派来请去用晚饭的丫鬟见状，也羞得满面通红，悄悄退了出去。饭桌上，少了老爷和金姨太，美贤的脸色难看得很。她食不知味，数着碗里的米粒，一颗颗艰难下咽。乔老夫人和纳兰母女看在眼里，都替美贤难受，这顿饭吃得异常安静。从来只闻新人笑，谁人听得旧人哭。这话说得人心痛。纳兰母女饭后在花园里散步，如今的孙宅和当初的纳兰府简直如出一辙。有了貌美新人，老爷们都会如此不顾体统，宠爱新欢。"我看，这姑苏金小姐也是一个可怜人，不知她可有造化，生下一男半女。否则，过一阵子，老爷新鲜劲儿一过，还是会回到大奶奶身边，那时她的日子可就难过喽。"纳兰夫人感叹道。"女人难不成非要靠男人活着？"纳兰慧珍蹙眉问道。"傻话！自古以来，不都如此吗？谁又能改变？"纳兰夫人抬手，拍了拍女儿，安慰道。两人渐渐走得远了，恰在园里散心的大奎，无意中听到母女俩的对话，从此对纳兰慧珍上了心。

　　老爷与金姨太在床上缠绵了一整日，傍晚时分，两人都饥肠辘辘，就起床穿好衣服，命丫鬟们从厨房拿来晚饭，送到卧房享用。两人在红烛下用饭，时不时深情凝视彼此，伺候晚饭的丫鬟们窘迫得连头都不敢抬。这一夜，月朗星稀，高天流云淡如纱雾。孙绍章从背后搂过巧儿的细腰丰臀，站在窗前，两人都在抬头望月。他轻嗅她身上散发的兰花幽香，突然觉得，再也离不开她。他宠溺地在她的肩胛、脖颈和耳垂上亲吻着，喃喃地说着情话，两人如胶似漆，黏在了一起。一番温存后，孙绍章说道："初遇你那日，如见天人，你弹的那两首曲子也好听得很。后来，我再让你弹一曲助兴，你竟说，一天只弹两首，多了绝不再弹，我当时心想：这女子不同凡响！"孙绍章打趣："这事，你可还记得？"巧儿娇嗔答道："以后别说两首，就是每天二十首、二百首也是行的，只要你日日都来陪我！"巧儿依偎在老爷怀里，娇憨可爱。"我即使不能日日都来，也会时时在心里想着你、念着你的。如此良辰美景，何不为我弹奏一曲？"老爷柔情问道。巧儿一笑，披起一身淡紫色轻纱睡衣，抱着古筝，来到院子里的芙蓉树下，将筝摆好，抬手奏起《汉宫秋月》。孙老爷和丫鬟们坐在院子里，静静聆听。月光下，芙蓉荫中，丽人如玉。那筝音随着温柔的月色，飘进孙宅的角角落落。檐廊屋角下，纳兰母女无声无息侧耳倾听着。乔老夫人抱着亡夫遗像，亦在出神地听着。美贤呆呆地站在月色之中，抬头仰望皓空，一轮清冷满月，明晃晃，犹如一滴泪。

第七章　下嫁

秋后，又是一年五谷丰登。辽南地处渤海之滨，鱼虾蟹丰沛甘美，水果蔬菜堆满大街小巷、市集菜场。周缙云独自穿行在气味繁杂的摊铺之间，一心一意寻找一味稀罕中药：藤壶。此物寄生在沿海礁石之间，是一种极难发现的贝类，具有安神醒心的奇效。玉玲小姐自姑苏归来，便一病不起，换过几次不同的大夫看病开药，均不见好转。最近，新请一位大夫，号称"悬壶圣手"。听说，此人在盛京一带治过诸般疑难杂症。大夫新开一副药方，据说试过之人无不灵验，唯独还缺一味至关重要的药引子：藤壶。孙老爷派人四处探寻，均不见这味药引，极难寻得踪影。听说朝鲜国盛产藤壶，便托盛京御景天少东家胡耀庆派人去鸭绿江延边一带采买。师爷周缙云爱慕孙小姐已久，听说了藤壶之事，便每日都到集市上碰运气，盼望能遇见售卖藤壶之人。

他焦急地在集市中穿梭，目不转睛地找寻，不经意间耗去了几个时辰。他滴水未进，疲乏至极，蹒跚着挪到一户木匠铺前坐下休息。那木匠铺是复县城内的老字号，已故的孙老东家当年初到复县之时，这家木匠铺已经在此开了一百多年，而今传到第五代传人王震声手里。王震声为人厚道，又沉默寡言，街坊邻里就送他一个绰号"王善厚"；久而久之，王善厚便成了他的名号，左邻右舍和主顾们反倒忘记了他原本叫作王震声。他自己也喜欢"王善厚"这个名号，索性便也自称"王善厚"，极其喜爱这"善良厚道"之寓意。

这一日，王善厚正在铺子里聚精会神地做着木工。偶然间，他抬头，望见坐在门外木椅上休息的男人，便盛了一碗水，放了一些红糖进去，端出递给他。周缙云正在疲乏中，又累又渴，昏昏欲睡，突然看见眼前这碗红糖水，又惊又喜。他不可思议地抬头看去，见这男子正值青壮年，面相厚道，便谢过了，接过糖水一饮而尽。王善厚坐到对面木桩上，点燃了一柄烟袋，默默地抽起旱烟。

周缙云见他为人和气，便打听着，可曾留意有什么人售卖藤壶。小木匠摇头，又问找藤壶何用。周缙云答道："是为救人，要用这藤壶做药引子。"小木匠稍显吃惊，一语不发，进了铺子。不多时，拿着几个藤壶，走了出来，放在周缙云身旁的椅子上，让他全部拿去救人。周缙云吃了一惊，询问道："哪来这样多的藤壶？"小木匠憨憨一笑，说，他刚给朝鲜商团做了一套紫檀木堪舆匣，对方极满意，除付给丰厚酬劳之外，还赠送了许多朝鲜国特产，其中就有这藤壶。他觉得此物稀奇，便从渤海打来海水，将藤壶养在后院水缸里赏玩。周缙云心中大喜，这真是"踏破铁鞋无觅处，得来全不费工夫"。便要掏银子，买下这些藤壶，小木匠却执意不肯收钱，说道："既然这藤壶可以救命，就送你好了，要银子做什么？"几番推辞婉拒之后，周缙云见他心意坚决，便不再勉强，将银子收回口袋，告辞离去。

自从周师爷拿回那些藤壶之后，美贤便命人日日照着"悬壶圣手"的方子，以藤壶为药引熬药，给玉玲小姐服下。过了不到七八日，玉玲的病明显好转，已能下床稍作走动。小丫鬟冰灵一直陪伴左右，将自家小姐视作嫡亲的长姐。这段时日，见她病重，心中不免着急难过，一直尽心伺候。她想："也多亏了周师爷，否则不知这病能否治好。"冰灵扶着小姐，在花园徐行。玉玲道："我这病是心病，医得了病，医不了心。也不知，林公子现在何方，何时才能与我团聚。"她怅然若失，望向远方，却见周师爷正站在花园月拱门外，定定注视着她。"冰灵，你去问候周师爷。"玉玲吩咐道，冰灵应是。她走近周师爷，言语了几句，二人便一同走向这边。待到近前，周师爷站住施礼，说道："小姐，病可大好了？我刚进园子，找东家议事，却不见人，撞见小姐在此散心，也不敢打扰。"玉玲闻言，轻笑道："师爷费心了。这次还要多谢师爷，千辛万苦为我寻来藤壶，才保住这条命，玉玲记着你的大恩大德，永世不忘。"周缙云听了，欲言又止，终于还是忍住了。"玉玲小姐，如果没有别的事，在下就先告辞了，待会儿还要找孙老爷议事。"玉玲微微颔首，目送周缙云转身离去。看着他的背影，冰灵突然说道："我看师爷好像对小姐有意呀。"玉玲连忙瞪她一眼，斥责："胡说八道！"冰灵困惑不解，又看向师爷离去的背影，自言自语："难道我看错了？"

孙老爷见妹子病势好转，心情也舒畅了许多。这一日，忙完生意，便到大宅里头，与母亲和妹子闲聊。妻子美贤抱着小儿瑾瑜，坐在一旁，一粒粒剥着花生，喂着小儿。乔老夫人卧病，多日不起，见女儿康复，心情也大好。她说：

"绍章，别光顾着生意，该给你妹子找个如意郎君了！"孙绍章笑道："娘，妹子怕是已经有了心上人了。我听美贤说过，似乎是姑苏的一位公子，姓林。"乔老夫人疑惑，看向女儿："玉玲，真有此事？"孙玉玲顿时满面通红，轻点头。"那人何等家境？为人又是如何？你与他从何相识？快说给为娘听。"乔老夫人关切地追问道。玉玲便一五一十将经过道来。嫂子美贤闻言，便劝道："玉玲妹子，依我看，这林公子也是一个正人君子。你若喜欢，他可入赘咱家，做上门女婿。"乔老夫人回想当年，与孙秋山的婚姻，也是一面之缘，才缘定今生，便也赞同美贤的意思。孙绍章立刻吩咐手下，去信姑苏恒仁票号，立刻将林之谦护送至辽南，并打发人去替他看管亲戚家的房舍。

周缙云到茶楼喝茶打发时光，听见邻座议论孙家小姐恋上了姑苏穷书生，相思成疾，大病一场，如今孙家要接那林公子做上门女婿。他不觉一惊，这段日子忙着各地缎庄和钱庄的琐事，许久未见玉玲小姐，怎会如此？他急切询问邻桌，所说可是实情。邻座几个男子将他打量了一番，说："千真万确，消息是从孙宅丫鬟那里传来的，绝对假不了。"一个男子戏谑道："想不到，这千娇百媚的孙小姐，竟会心甘情愿嫁给一个穷小子，真是天大的笑话！"周缙云听见有人取笑心上人，便怒斥："大胆！竟敢辱没孙小姐名声！"几个男子甚觉可笑，变本加厉地调笑起来。周缙云怒不可遏，掀翻了桌子，与几人大打出手。一夜间，此事传遍复州。周缙云受了重伤，在孙宅休养。

玉玲端来药汤、纱布，亲自来照看。"玉玲小姐，怎敢劳您动手？"周缙云诚惶诚恐地说道。"师爷，莫要见外！你是为了我，才受伤的，我怎可不来照顾？"玉玲边说边扶起他，从冰灵手里接过药碗，递到周缙云唇边。见推辞不掉，周缙云便住了声，一口口喝起药来。少顷，玉玲扶他轻轻躺下，又从冰灵手中拿过一卷纱布，心痛不已，说道："周师爷，今后万不可为了我和别人动手。嘴长在他们身上，任凭说去，我不在乎。"边说，边要替他换药包扎。周缙云见状，有些羞赧，坚辞不受，说道："万万不可！缙云不能让小姐看见那些伤疤，太过难看。"见他拘谨，玉玲起身，站到窗前不看，吩咐冰灵动手，替他换药，师爷这才顺了。"周师爷，我与林公子的事让孙宅蒙羞了，是不是？都是我不好，不顾周全，只顾自己快活。"孙玉玲神色黯淡。"男欢女爱本就是你情我愿之事，缘分使然。小姐何须自责！我倒是佩服小姐的真性情，不顾世俗礼教的气度，不是哪个女子都能有的！"周缙云忍着换药的痛楚，说道。玉玲沉默不语，想起冰灵那日之言，心里顿时有了异样的感觉。不多时，冰灵换完了药，二人告辞离去。周缙云看着两人的背影，叹了口气，心里苦笑：自己何等懦弱！竟不敢说出心头那份痴恋。

十日后，姑苏来信回报，孙绍章看过信，心头一惊，急叫来妻子美贤。这段日子，他一直夜宿二姨太房中，冷落了正妻，心里有愧，可又离不开金姨太的温柔乡，每次见到贤妻，都觉愧疚。美贤倒也识趣，淡然相待，丝毫没有醋意和不满，但这反而让孙绍章更加愧疚。他将信递给妻子，去转告玉玲妹子。这事，不方便太多人在场，他一个大男人，更不便和妹子讲起。美贤看完信，叹了口气，说道："绍章，瑾瑜想你了。如果巧儿妹妹不介意，今晚你来陪陪儿子吧。"美贤终于忍不住开口。孙绍章听了，心头一缩，那种羞愧疼痛，让他不敢看美贤的眼睛，就低头说道："巧儿不会有意见！我今晚就去你那里。"美贤苦笑道："陪我，倒也不必！只多陪陪儿子，就成了。绍章，我去玉玲妹子那里传话了，你注意身子，好生休息。我让厨房给你炖了人参汤补身子，这段日子你越发清瘦了。"不等夫君答话，她就转身，出了书房。孙绍章看着妻子纤弱的身影，想起旧日恩爱，竟有些心痛哽咽。

美贤进了玉玲房中，支走了丫鬟、仆人，午后斜阳穿过朱户，照进阒月轩的屋子，时间像静止了一般。玉玲看完信，泣不成声，嫂子美贤不住地轻言细语安慰。黄昏时分，玉玲哭得倦了，沉沉地睡了过去，美贤替她盖好被子，悄悄出了阒月轩。掩上门，悄然离去。梦中，依旧烟雨迷蒙，玉玲在雨中，没有方向胡乱摸索。陡然间，她看见林公子从深不见底的西湖水中升腾而起，至半空中，对她深施一礼，说道："玉玲小姐，你我今生有缘无分，怕是永不能与小姐相会了！保重！"玉玲伸出手，绝望地抓向那飘逸的青衫，却陡然抓空。她从梦中惊醒，看见冰灵坐在床前，满脸忧虑，望着她。"小姐，这是何苦？林公子已经溺水身亡，你何苦折磨自己！"玉玲忽然一反常态，大声尖叫道："胡说！他没有死，他只是去杭州寻亲，想把姑苏房舍的钥匙还给他们，然后来与我相会。只是，他遇到了风暴，从船上落进了西湖。可他还活着，他还在西湖里等着我。"玉玲疯魔般，一边哭诉，一边叫喊。冰灵吓得不轻，心想："小姐中邪了。"

孙宅又是一夜折腾。大约三更天，"悬壶圣手"来到乔老夫人面前，回禀道："玉玲小姐失心疯，这是心病。难治！""悬壶圣手"嗫嚅道。"可有什么法子治好她？无论出多少银子，我们孙家都担得起。"乔老夫人老泪纵横。"心病，只能心药医，解铃还须系铃人。""悬壶圣手"答道。"这可如何是好？玉玲这病，是因林之谦的死所致，总不能让林公子死里复活治好这心病吧？"美贤说着，掉下泪来。"若如此，不妨结婚冲喜，将玉玲小姐嫁给林之谦，这病自然就痊愈了。""悬壶圣手"沉思良久，说道。"一派胡言！那林公子已经溺死在西湖，哪里还能与家妹成婚，简直胡说八道！我看，你这'悬壶圣手'只是徒有虚名而已！"孙绍章怒斥道。那"悬壶圣手"闻言，大怒："我绰号'悬壶圣手'，就是因为一生替人看病从不失手，任何疑难杂症到我手里定然药到病除！我不过是实话实说而已，你为何辱我名声？！""先生莫气！请息怒！我家老爷也是急火攻心，才口不择言伤到先生，请先生大人大量，莫要放在心上。既然先生号称'悬壶圣手'，我们就全心全意仰仗先生的医术！望先生尽力医治我家小姐。救人一命胜造七级浮屠！"主母美贤从旁安抚道。那"悬壶圣手"闻言，怒气稍显平息，说道："我并非胡言乱语！刚才所说的林之谦并非真的林之谦，而是找一个和林之谦样貌相差无几的人和小姐成婚。冲喜之后，小姐自然就清醒过来了，失心疯定会自行痊愈！"屋内人，面面相觑，不知上哪儿寻找和林公子样貌相差无几之人。忽然，金姨太有了主意，说道："冰灵见过林之谦，咱们何不问问她林之谦的长相？让画师画好肖像，张贴在城里城外各处，重金悬赏和这画中相差无几的青年男子。重赏之下必有勇夫！也不怕找不到这样的人物！"众人也想不出别的法子，就只好依着金姨太的提议，连夜找来当地最好的画师，由冰灵向画师描摹那林公子的样貌，连夜画成几十幅肖像，张贴悬赏到城内城外各处。

翌日清晨，周缙云得知此事，亦顾不得伤势未愈，从床榻上挣扎着披衣下地，赶来看画像。孙家人正对着画像议论，周师爷初见那画像颇为震惊，这画中之人与那日相赠藤壶的小木匠竟有九分相似。

"我知一人，与这画中人极为相似，就是那日赠我藤壶的小木匠。"周师爷立刻对众人说道。大家纷纷望向他，他便将那日情形简述一番。孙老爷立刻吩咐仆役去请，心想："这小木匠，上次赠送藤壶，医好了玉玲，这次竟又是他！这莫非是天定的缘分？"

那城中木匠铺里，王善厚清晨照常开了铺子，拿起刨子，聚精会神地做家具。突然，几个壮汉闯了进来，二话不说，架起他就走。王善厚心头一惊，以为遇到了强盗，高声喊叫。左邻右舍听见动静，都出门来看，见王善厚被几个大汉架着，像一阵旋风，飞快地向集市外奔去。众人惧怕那些彪形大汉的拳头，未敢拦阻。周围邻居素来与他和睦，也未见他得罪过什么人，便聚在一处，议论纷纷，不知是吉是凶。

　　这王善厚因常年做木工，身材健硕，心灵手巧；平素里，不做木工时，独爱花草鱼虫，一个人过得自在安然。这群大汉架着他，跑进了一座大宅，华美繁复的亭台楼阁，琳琅满目的古玩字画，眼前的一切，让他头晕目眩，暗自称奇。"这是何等人家！如此宏伟气派！抓我，又是为了哪般？"他想静观其变，若形势危急，他宁愿一死也绝不受辱。一群大汉将他架进一个闺房，屋内或坐或立，聚着一群服饰华美灿烂的男女老少，目不转睛地盯着他看。王善厚被看得十分不自在，站在地中央，不知如何是好。他见中间绣榻上躺着一位神色疯癫的美貌女子。那女子并未注意他，口中喃喃说着什么"林公子，快来！"。他正诧异，那女子突然看见了他，便一怔，泪水簌簌，痴痴凝视，口中呢喃着说："林公子，真是你吗？你真的来了？"王善厚一头雾水，依旧站在那里。屋内男女，似乎也察觉到那疯癫女子的异样。一个清秀的丫鬟，对那颇有老爷模样的男子说："就是他了！简直和林之谦一模一样！只是，没有林公子秀逸，模样倒是有八九分像，连小姐都分不出来！"那说话的丫鬟正是冰灵，屋子里，只她和玉玲小姐见过林之谦本人，她的话自然可信。于是，孙老爷吩咐："将人带下去！好生伺候对待！问他明日可否成亲！"说完，对妻子叮嘱了几句，而后美贤遂领着王善厚退出了闺房。

　　当小木匠听完事情的前因后果之后，便沉默了。他自然记得，之前赠藤壶之事；想不到，一时的无意善举，竟引出这段离奇际遇。他想，那疯癫小姐的模样虽然憔悴，却依稀可见是个难得的大美人。更何况，这小姐也是可怜痴情的女子，自己就权当做了一件功德无量的善事了，便应允了这桩亲事。孙宅连夜筹备婚礼，一直忙到寅时，方才准备停当。美贤身为当家主母，忙里忙外，主持大局。孙老爷看在眼里，更觉亏欠她。这一夜，便留在美贤房中，冷落了金姨太。

　　挨到天明，孙宅里锣鼓喧天，披红挂绿。小木匠王善厚被打扮一新，换上新郎装扮，头戴花翎帽，身穿红绸礼服，脚蹬黑色高靴，等候在玉玲小姐闺阁门前。屋内，玉玲疯疯癫癫，一直不停地傻笑，任由丫鬟们梳妆打扮。冰灵悄悄对玉玲耳语道："小姐，林公子在门外等着了，咱们快一些梳妆，吉时就要到了。今日心愿就可成真，小姐与林公子就要永结百年之好了。"这番话，是"悬壶圣手"千叮咛万嘱咐的，执意要让冰灵在大婚当日提醒小姐。

　　果然，玉玲听闻，愈加欢喜，乖巧顺从地让丫鬟们装扮着。她照见镜中人，模样俊俏，乌发油亮，头插珠玉翠，肩披珍珠衫，耳垂明月珠，熠熠生辉，光彩夺目。冰灵在一旁看着，心中悲叹道："多美的容颜！可怜自家小姐，今夜要将自己交付给一个陌生人，想来何等悲伤！"她偷偷抹掉眼泪，再转头时，依旧一副喜盈盈的模样。玉玲浑然不觉，一直在憨憨地傻笑，被众丫鬟们簇拥着，蒙上盖头，扶出了闺阁。

王善厚看着袅娜而出的新娘子，心头百味杂陈，却已无退路。他执着红绸一端，另一端由新娘握着，一对新人被丫鬟、家仆们引到正堂，拜了天地、祖宗和老夫人。王善厚家人早逝，只有父母牌位在此，与故去的孙老爷牌位一道，接受新人叩拜。乔老夫人见女儿半疯半喜，不由得老泪纵横。一想到掌上明珠就这样稀里糊涂嫁给了一个小木匠，老夫人心内悲凉，可又有什么更好的法子呢？想到玉玲的病，一家人强作欢笑，草草办了这场婚事。

婚宴结束，金姨太独自返回院子，冷冷清清，好不伤感。几日来，老爷一直留宿大太太美贤房中。金姨太备受冷落，彻夜难眠。婚宴鼓乐喧天之后，便是彻骨的孤寂和冰冷噬咬着她的心。

第八章　奇缘

洞房内，明烛高照。一对新人，静坐喜床，不言不语。夜已深沉，烛花噼里啪啦微响几声。玉玲在红盖头下轻笑，王善厚听了，憨声问道："小姐，为何发笑？"玉玲轻悠悠答道："林公子，你难道没听见爆烛花的声响吗？烛花爆，喜事到！咱们今后的日子，定会像这烛花，越来越美。"说罢，又在红盖头下轻笑起来。王善厚暗自叹息，不免怜香惜玉，心想："她以为我是林公子，才这般温柔可人；若来日病愈，见我并非心上之人，该何等气恼伤心！君子万不可乘人之危！只按'悬壶圣手'所言，医了她这心病便好，我的使命也就完成了。"想着便掀开盖头。玉玲低头，不敢看他。

他起身，拿过交杯酒，递给玉玲一杯，柔声道："喝了交杯酒，你我便是永生永世的夫妻，再不分离！"玉玲接过酒，情意绵绵，与他对望。王善厚心酸，默然不语，两人饮了交杯酒。那酒，是'悬壶圣手'亲手调配的药酒，玉玲饮罢，沉沉睡去。小木匠帮她脱了鞋袜，盖上被子，便一人独坐桌前，凝望烛花摇曳，渐渐陷入沉思。他努力克制自己，心底有一种莫名的冲动。他闭眼，额头有豆大的汗珠冒了出来，内心斗争着，这一夜无比漫长。

孙宅里，更深人静。周缙云独卧床榻，盯着月色。心，痛如刀绞。他紧握拳头，又无能为力。冰灵守在洞房外流泪，只盼小姐能如"悬壶圣手"所言：明日痊愈。漫漫长夜，孙宅众人陷入苦痛。东方既白，几声打更的鼓锣，隐约响起。玉玲翻身，睡眼惺忪，见一男子趴坐桌前打盹，顿时惊起，大叫："你是谁？为何在我房中？"小木匠被叫声惊醒，见她不似先前疯癫、糊涂的模样，便起身，小心翼翼地询问："可大好了？"玉玲一怔，反问："你说什么？"小木匠连忙唤进冰灵。那丫头踉跄着跑了进来，睡眼惺忪，盯着玉玲，惊喜道："小姐，你真好了？"玉玲不解："梦话！我好了？""眼下真的好了。"冰灵一喜，忙对小木匠说："小姐好了，小姐真的好了！"小木匠抿嘴，只笑不语，见她主仆二人喜形于色，甚感欣慰。"玉玲小姐好了！玉玲小姐痊愈了！"冰灵也顾不得天刚大亮，在孙宅里边跑边喊。不一会儿工夫，整个宅子都晓得大小姐痊愈了！也顾不得用早饭，一家人都赶了过来，要看玉玲。小木匠见人多，悄悄退了出去，躲到无人处，靠在廊柱底下打盹。

听闻一切，玉玲呆住了，自己竟稀里糊涂嫁给了素无交集的小木匠王善厚，心想：那男子倒真有九分像林公子，只是全无公子的风采。众人见落红帕上并无血迹，便知那小木匠并未对玉玲做过什么。于是，孙绍章就试探着说："妹子，你若不喜欢他，我派人送他回去就是了，赏他黄金白银作酬谢。以后，再为你寻中意郎君。"玉玲垂下头："既已拜堂成亲，便是夫妻，岂可草草打发？这，也许就是我的命，我认。"众人无语，都知玉玲小姐脾气倔，若她决定的事，很少改变。劝慰一番后，众人便陆续离去了。

冰灵陪着梳洗一番，又四处找寻小木匠。寻来寻去，在廊柱下，见他正打盹。玉玲不忍，让冰灵拿来毯子，亲手为其盖上。二人静坐一旁，看着熟睡的小木匠，玉玲慢慢回想昨夜情景，暗叹王木匠是厚道之人，不曾乘人之危。王善厚一直睡到晌午，饥肠辘辘才醒来。睁开眼，模模糊糊见到两位年轻女子守在身旁，揉眼细看，见是玉玲小姐和丫鬟冰灵，便不好意思起来，尴尬地憨笑几声。玉玲柔声道："郎君莫要客气，以后这就是你家。"王善厚闻言一愣，不敢置信："你叫我什么？""我叫你郎君呀，你我是拜过天地的，忘了吗？"玉玲盯着他，一字一句地说道。

王善厚心中激动，一阵翻江倒海，颤抖着问："我只是一介木工，你真愿意嫁给我？真愿意做我的妻子？"玉玲闻听，淡淡一笑，轻轻点头。她心头没有爱，唯有感激，感激他两次出手相救，又有君子之风。王善厚突然咧嘴大笑："我王善厚娶妻了！"玉玲见状，立即蹙眉。冰灵慌忙给小木匠递了一个眼色，王善厚迅速收敛喜色，从地上起身。玉玲淡淡地说道："你一整天没吃东西了，怕是饿了，快随我进屋用饭吧。"说罢转身，走回前院，进了洞房。

餐桌上，王善厚对着一桌山珍海味，却不敢像在自家一般敞开吃喝，也学着玉玲的模样，斯斯文文地细嚼慢咽。见玉玲一语不发，他便也不敢讲话。冰灵见状，小声说："这是小姐的规矩，食不言，寝不语。"王善厚木讷地点了点头，也不言语，默默吃着饭。傍晚时分，两人一同前去别院，拜见了乔老夫人和纳兰母女，又见了哥嫂几人，一家人算是正式照面过日子了。

　　这一晚，玉玲是清醒的。她强迫自己的心，要坦然面对这个从天上掉下来的木匠丈夫。她内心煎熬，一边退缩，一边强迫，情绪溃败，几近绝望。她不知如何面对这个睡在枕畔、同榻而眠的陌生男子。他酷似林公子，可她清清楚楚地知晓他不是林公子，他不是她心心念念的那个他。她对他，全然没有爱意，她内心无法接受与他行鱼水之欢，无法接纳与他有肌肤之亲。她含着泪，从书房搬来一摞摞书，堆放在婚床中央——厚厚实实一堵书墙，将一张床上的二人隔开。一"墙"之隔，两人无话。这一夜，孤寂漫长，煎熬难挨。

　　日子平淡无味，划过几个晨昏昼夜，日复一日，索然无趣。王木匠惦记着自家的铺子，就找机会离开孙宅，回到自家木匠铺。左邻右舍将铺子照应保管得完好无损，连一个钉子也不曾丢失，王木匠感激万分。他入赘孙家的事，已经传得沸沸扬扬，复县城内无人不知、无人不晓。有的说，他撞了大运，白捡了一个绝色美人；有的说，他在孙家地位卑下，进了一个受罪的富贵窝。人们议论着，有羡慕的，有妒恨的，有冷眼旁观的，有看笑话的，都在心底猜测他的日子如何。见他回了木匠铺，众人过来，问东问西。王木匠倒也不回避，一概回复："都好！"众人见他守口如瓶，也就悻悻散去了。这事很快传回了孙宅，玉玲听了，感激他守口如瓶，不曾说过她半个字的隐私，心里有几分愧疚。回想两人相处的点滴，她分明感觉王善厚人如其名：善良，厚道。她垂下泪来，叹气道："罢了，若是缘分天定，何苦为难他？"

　　这一夜，王善厚蓦然发觉：那堵书墙不见了。玉玲绞动着一方丝帕，低着头，不言不语，又似有千言万语。他憨憨地坐到床边，不敢抬眼看她，她亦不敢看他，两人干坐了半晌，一直到三更天。窗外，更深露重，更鼓的梆子声，幽幽传进屋内。她终于忍不住先开口，说道："夫君，天色已深，快些休息吧。"他听见她叫他夫君，心头一暖，回头望向她。两人四目相接，刹那，坠入爱河。一股混沌洪荒的力量让他们慢慢靠近彼此，慢慢融入漆黑的夜色。初夜的喜悦让他们敞开了心扉，他觉得四围百花盛放，海水般的潮汐引力让他们融为一体，他沉醉在她的柔波里不能自拔。他们相敬如宾，日子静好无虞。他关闭了木匠铺，进了御景星，帮忙打理绸缎生意，每晚都会和她一同在灯下读书。她很有耐心，一点点教他写字读书；他也聪颖，转过年，便识得许多字，读了些许书。这让他精神焕发，做事倍加勤勉、周到。夫妻二人以书为媒，慢慢地，共同话题多了起来，蜜里调油一般过着日子。转年，玉玲生下了第一个女儿，夫妻情意更浓。乔老夫人见两人恩爱，心也渐渐释然。

这一年，孙宅大丧之年，乔老夫人安然辞世。孙宅里，人丁却逐渐兴旺起来。金姨太产下一子，唤作金英。主母美贤产下一女，随后几年，又陆续诞下几女。大奎与纳兰慧珍成亲，生女田采苓。孙绍章又连纳了两房小妾，各自产下一子一女。十年后，王善厚染疾病重，弥留之际，他握住爱妻玉玲的手，喃喃道："我和你，这辈子还没过够，下辈子还想和你做夫妻。"她点头，泪水像珠子滚落。两人所生三女一子守在身边，送最后一程。这一段姻缘，既长又短，既离奇又圆满，被孙家后代传为佳话。

第九章　大帅

1916 年，辽沈大地，波诡云谲。大帅张作霖广纳民心，又造舆论，散布所谓"奉人治奉"的论调，逼得袁世凯任命的段芝贵在奉天几无立足之地。随后，张作霖一不做二不休，派兵驱逐了段芝贵；袁世凯为掌控东北三省，顺势利导，将张作霖任命为盛武将军，督理奉天军务兼奉天巡按使。这一年，注定是不平凡的一年。随后，袁世凯倒台，黎元洪继任大总统，又改任张作霖为奉天督军兼省长。

自张大帅掌权东北，便四处寻访能人，协力打理东北各项事宜。重中之重，便是稳定经济，复兴百业。华夏大地，军阀混战，各派系都在积蓄财力物力以图谋霸业。经过一番民间走访勘察，赵司令向大帅回禀道："近日寻得一人，堪为重用。此人若打理东北经济，大帅便再无后顾之忧；此人若投靠大帅，便似如鱼得水，遇见明主。"之前，赵司令遍访东三省各处商会，寻访可掌管东三省经济事务的人选，经过几番考量斟酌，最终锁定了不惑之年的孙绍章。

张大帅闻言，哈哈大笑，一个回身摘下军帽，重重扔在桌子上，将双腿抬上桌，仰身倒进皮椅里，斜睨赵司令说："快给老子说说，他是个什么人物！真能替我张某人打理钱袋子？"张作霖乃一介草莽出身，一向举止粗犷，不拘小节。此时，正春风得意，眼界心气格外高傲，寻常人根本入不了他的法眼。赵司令之前也提过几个人选，均被他全盘否决，千辛万苦之下，才寻到辽南孙绍章。赵司令也并不确定大帅的心思，便回禀说："这孙绍章之父，名叫孙秋山，祖籍山东登州府黄县，清末山东大饥时，只身闯关东到了辽南桥东，靠卖野鸭蛋起家，后来发展实业，富甲一方，又出任清末辽南最后一任复县知府。此人有情有义，为官造福一方百姓，主政辽南十余年，深得民心，死后全城百姓为其送葬，至今仍传为佳话。自贩卖野鸭蛋起家之后，孙家又在东三省和各地陆续开设了二十多家企业，兴办了一百多所学校，其中就有东三省赫赫有名的恒仁票号、兴源号、御景星绸缎庄和御景天星绸缎庄。据我所知，辽南复州湾盐场也是孙家的产业。这孙绍章接管家族生意以来，曾将濒临倒闭的苏州恒仁票号和东三省各处御景天星绸缎庄子救了回来，家族生意起死回生，是个公认的商业奇才。"赵司令说完，便等候大帅下评语。张作霖一动不动，瞅着天花板，一时半会儿没有说话，手指不停地敲击椅子扶手。赵司令见状，心知大帅是在掂量此人的分量。

果然，半晌之后，张作霖开口笑道："这孙家可是财大气粗啊！在辽南也是数一数二的人家！这孙绍章我倒是有些印象，可就是大灾之年开仓赈粮又设粥厂施粥半年的那个孙绍章呀？"赵司令一笑："回禀大帅！正是此人！此人开仓赈粮的义举在东三省无人不知、无人不晓。据说，当年有妇人怀揣大猫，装作怀孕，想多得几斗米，孙绍章手下看破，他却依旧让手下多分米给那妇人。那年，他开仓赈粮半年之久，倾尽自家粮仓，保住了成千上万老百姓的命啊，可谓功德无量！"张大帅将了将胡须，又问："这人有几个老婆呀？又有多少儿女？我张某人敬重圣人和善人，可是却不喜欢和这等人共事相处！他若是大善人，岂不衬出我是土匪强盗？"赵司令闻言，便诚惶诚恐回禀道："大帅，这孙绍章是个多情种子！家里除了正妻，又纳了三房姨太太。听说，二姨太金氏还是苏州名妓。孙家人丁兴旺，一群娇妻美妾生了三子六女。我还听说，这孙绍章经常光顾青楼，绝对是个风流多情的主儿。"

张大帅闻言开怀大笑，眉飞色舞地拍板道："好风流快活的手段！就是此人了！"张作霖也是个风流浪子，自家妻妾成群、儿女成堆，素来又最爱女人，这孙绍章和他一个脾气，就颇合他的胃口，甚是欢喜。先前，赵司令寻得的商业奇才，不是过于守旧古板，就是太过洋派新潮，张作霖统统不喜。赵司令见状，终于露出喜色，急忙应承道："我立刻派人去请孙绍章来奉天待命。"

1916年冬，孙绍章带着长子孙瑾瑜、四姨太婉容和幺儿孙怀远、师爷周缙云，坐着大帅的几辆轿车，一路风尘仆仆地赶往盛京大帅府。

大帅府外，宽敞水泥地上，停着一架直升机，从上面跳下一位身材健美挺拔的男子。那人摘下飞行员头盔，露出时髦光滑的短发和一张俊美非凡的脸。孙绍章一行人下了车，走在最前头的王副官见了那年轻人，立刻小跑着上前，立正行了一个帅气的军礼。那男子也回了一个漂亮潇洒的军礼，指着孙绍章一行人问道："这些人是父亲请来的客？我怎么一个也不认识？"王副官立刻答道：

"回禀少帅！这是辽南复县孙家的人。孙绍章就是不久前赵司令向大帅引荐的那位商界奇才。奉大帅之命，今日特地接他们到此。"那俊美男子原来就是张作霖最器重的儿子张学良，人称"少帅"。少帅闻言，点了点头，向孙绍章一行人走了过来。他目光越过众人，落在少年孙瑾瑜的脸上。不知为何，他对这个少年有种奇特的亲切感，似曾相识。

他与孙绍章简单寒暄了一番，就指着孙瑾瑜问："这位可是令公子？"孙绍章忙答："回禀少帅！这正是长子孙瑾瑜，年方十七。此次特地带他来奉天，也是想让他多见世面、多经历练，学一些本事。"见到东北民间大名鼎鼎的美男子张学良，孙瑾瑜紧张得手心发汗，见张少帅格外看重自己，孙瑾瑜有些诚惶诚恐。自他出世以来，父亲孙绍章为他延请了英国教师詹姆士、日本学者小田飞英和俄国人伊万诺维奇三位老师，分别教授他英文、日文和俄文。瑾瑜资质聪颖，几年下来便精通了这三门语言。此后，又跟随私塾先生学了经史子集，随舅舅大奎学习理财经商。十七岁年纪已颇有见地和能力。只是，依旧脱不了孩子气，见了风流倜傥的少帅，便显得羞涩、拘谨。

当张学良走到孙瑾瑜面前时，他竟然忘记了行礼问候，只愣愣看着少帅俊美的脸。张学良微微勾起嘴角笑了，这一笑，极其俊美，孙瑾瑜情不自禁地赞道："少帅，您真不愧是大名鼎鼎的美男子！"张学良闻言，禁不住哈哈大笑，在孙瑾瑜肩头轻拍了两下，转头道："孙老板，若不介意，以后瑾瑜就跟在我身边好了。王副官，明日安排一下，让瑾瑜进陆军东北讲武堂上学。"王副官立刻敬礼，应承下来。

孙绍章并不想瑾瑜走军职之路，他一心栽培长子，就是打算将来把家产都交由他打理。可是，眼下初来乍到，一切都要小心行事，况且少帅这般喜欢瑾瑜也不是坏事，将来在东北一带张家就是王，许多事情还要仰仗少帅和大帅。如此想来，他便也默认了这样的安排。

当夜，张作霖有紧急军务处理，不回大帅府。孙绍章一行，便在大帅府客楼休息了一夜。第二日，王副官为他们安排了靠近中街的一处洋楼安顿下来。四姨太婉容正值青春，性喜热闹，见奉天繁华，心情格外舒畅。她抱着六岁的儿子孙怀远，站在洋房四楼的卧室窗前，俯瞰熙熙攘攘的中街，想起守在复县孙宅里的三个女人，心里满是得意。她本是孙宅仆役祝植绒的女儿，生下来就长在孙宅，长到十四岁上，出落得风流袅娜，被主母美贤选作贴身丫头。一年后，因口齿伶俐、相貌俊美，受到孙绍章的青睐，被纳为四姨太，与孙绍章相差二十多岁。孙绍章爱屋及乌，将祝植绒调入账房，清闲自在，从此不用在厨房做粗使活计。见女儿得了东家的宠幸，祝家人也得意快活。婉容感激孙老爷的恩惠，就加倍讨好取悦，久而久之，便成了孙宅最得宠的女人。自从生下儿子怀远，她更是如日中天，在孙宅就连主母美贤都要让她三分，她便愈发轻狂得意。如今，又成了孙绍章唯一带到奉天的女人，她便更不可一世。

按照少帅的安排，瑾瑜进了陆军讲武堂，结识了毕业于中国陆军大学的郭松龄长官，两人一见如故，成了忘年交。二人时常交流一些军事心得要领，少年瑾瑜像一块海绵，不断贪婪地汲取各种全新的知识。

1917年冬，在奉天打理东三省经济事务的孙绍章，履职满一整年，正式通过大帅考核，荣升奉系财务总长。张作霖虽然为人粗犷，却粗中有细，一年间通过多次接触和观察，他对孙绍章越来越器重、信赖。东三省的经济，远比江南和直隶落后得多。经过孙绍章一年的辛苦打理，已有了百业待兴的迹象，奉系财政收支也扭亏为盈，多有进项。张大帅看在眼里，喜在心头。

冬至节令，大帅府举办舞宴，邀请孙绍章一家赴宴。奉天的冬季远比辽南寒冷严酷。孙绍章一家穿着厚厚的皮草，坐车进了大帅府。远远看见少帅站在门前，正和一位满鬓长须、长袍马褂的男子交谈。那男子仙风道骨，颇有世外高人之相。孙绍章领着妻儿下车，走到少帅跟前打招呼。见到孙瑾瑜，张学良格外高兴。这一年间，孙瑾瑜名列讲武堂榜首，是名副其实的佼佼者。少帅搂过瑾瑜，说道："快让大师看看你的骨相，将来可否担任军职？"说着，便向他引荐那位仙风道骨的大师。原来，此人正是东北赫赫有名的铁口直断刘启彤，偶尔途经奉天，便被张作霖请来看相。

那刘启彤看了一会儿孙瑾瑜的面相，又摸了摸他的手骨和头骨，摇头笑道："这位小少爷乃是一介富贵公子，绝非军中之人。他乃人间一富翁，家财万贯任由使，经商帷幄在胸中，诗书满怀八斗才。"张学良听了，有些失望。他原本想将孙瑾瑜培植成手下第一得力大将。不料，竟铺错了路，选错了人。孙瑾瑜听了，也看出少帅失望之色，便笑着开解："少帅，无论如何，瑾瑜定会为少帅分忧解难，绝不辜负您的美意。军界也好，商界也罢，瑾瑜都当全力以赴，为我东北同胞效力，为大帅和少帅鞍前马后尽心尽力。"张学良一听，顿时满心欢喜，不再多言，领着一行人进了大帅府。孙绍章听了铁口直断刘启彤的断言，内心暗自欣慰：瑾瑜果真命中注定是商界奇才，自己多年心血也不算枉费了。

大帅府内，人声鼎沸，宾客盈门。日本公使芳泽谦吉、俄罗斯公使陀思耶夫斯基和英国商人亚瑟都在邀请之列，奉天城各大商会首领、文化名士都受到邀请。大帅府宴会厅中，灯火通明，鲜花美酒将窗外的寒冬遗忘。觥筹交错，香鬓雾鬟，舞池里早已婆娑蹁跹。大帅见孙绍章几人进来，仰头大笑着上前迎接。这两人格外投缘，私底下，以兄弟相称，拜了把子。今日初见孙绍章家眷，大帅尤为开心，抱起七岁的孙怀远问长问短。见大帅如此亲切，四姨太婉容便大着胆子，与大帅暧昧调笑起来。孙绍章暗自气恼，碍于大庭广众之下，不能轻易发火。大帅见四姨太轻佻放荡，便对她多了几分兴趣。孙绍章默不作声，跟在大帅身旁，与各位前来招呼的商会首领和太太们攀谈。

　　少帅牵着瑾瑜的手，远远站住，看着四姨太眉眼轻佻、举止轻浮，便有心逗一逗她。于是，对瑾瑜小声说："你看我怎么教训一下你父亲这个不知分寸的姨太太。"他素知，大宅院里，女人钩心斗角，他就是在这样的家中长大，又听闻这四姨太素来放肆，对瑾瑜生母美贤素来不敬，于是便有意替他出一口气。"少帅，不要！父亲会丢面子的！"瑾瑜立刻阻拦道。"放心！"少帅闻言一笑，"不会让你父亲难堪，我只稍微教训一下这个四姨太而已！"瑾瑜见拦阻不得，只能由他去。少帅从舞池中翩翩穿过，来到四姨太面前，深情款款地邀她共舞一曲。四姨太年轻爱玩，见少帅英俊潇洒，早就倾心不已；又见他这般殷勤相邀，立刻想也不想就答应了。

　　她在舞池中越发得意，模糊发觉：四周的小姐太太们都在暗暗妒忌她和少帅共舞。她知晓，少帅的舞伴只有固定几位，能被少帅选中实是天大的荣耀。张学良观察四姨太的表情，见她飘飘欲仙的轻狂模样，暗觉好笑，就调笑说："四姨太，你知道我为何在这群佳丽淑媛中选了你吗？"四姨太迷惑地摇摇头，等他揭晓答案。张学良目光幽幽，说道："因为只有和姿色平平的女子一起跳舞，我母亲才会放心。"四姨太闻言，恼羞成怒，一把推开少帅；她一向自恃美若天仙，竟然被少帅说成姿色平平，她越想越气，便要转身离开。谁知，少帅见她恼了，笑出了声，用手牢牢拴住她不放。"放开！我不想跳了！"四姨太恼恨地抗拒。少帅觉得有趣，就继续戏弄她道："决定和谁跳，跳多久，从来都是我说了算！"说完，故意在舞池中加快了舞步，旋转得飞快。

　　四姨太被旋风节奏带得有些眩晕，连反抗的气力都没有，就被少帅在舞池里带着，飞一样旋转起来。孙瑾瑜坐在角落里，靠着一张桌子，端着一杯红酒，无可奈何地摇头。待到一曲终了，四姨太早已站立不稳，险些晕倒在地，被少帅一把搂住，放在舞池旁边的一张椅子上，朝她眨了眨眼睛，笑着去找瑾瑜了。

四姨太恼恨地看着少帅离去的修长身影，感觉受了莫大耻辱。此时，孙绍章端着一杯鸡尾酒走了过来，看着四姨太发丝凌乱，也觉丢脸。他打定主意，明天就送这个不知体统的姨太太回老家，在奉天再物色一位知书达理的五姨太。

日本公使芳泽谦吉和俄罗斯公使陀思耶夫斯基见少帅从舞池下来，走到瑾瑜桌旁喝酒聊天，也一同跟了过去。两人与少帅都有不错的交情，瑾瑜听着少帅用日语和俄语与两位公使聊得有趣，也忍不住插话。见他竟然也会日语、俄语，少帅又惊又喜，更加欣赏这个十八岁的少年。张大帅今夜尤其得意，与几位副官太太跳过几圈舞后，坐在舞池边与孙绍章聊天，他语重心长地说道："绍章老弟，这一年多亏了你运筹帷幄，奉系才有丰厚的军饷物资。"他边说，边盯着舞池里的男男女女，有些微醺。孙绍章虽然志得意满，却谨慎谦逊，说道："大帅，多谢您的赏识提拔。这是绍章分内之事，定要做好才是。如今，东北百业待兴，今后还需从长计议。"打理经济事务，对孙绍章而言，就像一场游戏，既有挑战又有趣味。从前只打理自家产业，如今要打理整个东北经济，形势更复杂多变，孙绍章反而觉得更加得心应手。他在舞会上，又结识了诸多名流。

初涉东北核心权力圈刚满一年，对他来说，这是一个难得的社交渠道，也让孙绍章更加清醒地意识到：时移世易。他心里，渐渐对孙家子孙日后的去向和出路有了一个大致的安排。舞会上，少帅夫人于凤至高雅谦和，给孙绍章留下了极深的印象。他决定，在奉天觅得一位和少帅夫人一样的大家闺秀，今后社交场所也拿得出手，做自己的贤内助和左膀右臂。

翌日，少帅命人将孙瑾瑜从讲武堂转到东北大学经济系，这其中既有铁口直断刘启彤预言的缘故，也有少帅更全面的布局考量。昨夜，在舞会上，他见孙瑾瑜精通日、俄、英三种语言，便对这少年有了更远大的安排。他决定让瑾瑜跟随左右，到更大的外交舞台上展示才华，为己所用。

经过七年的经营布局，孙绍章在奉天建立起庞杂的关系网。他将大奎调任奉天总警署担任署长，将孙家产业全部交由周师爷、瑾瑜和玉玲分头打理。而他，则在1922年张大帅宣布东北自治后，为扩充大帅的钱袋子，负责截留原先上交国民政府的盐税和京榆铁路的税收，将这两笔开支转交奉天财务总局支配，还负责对东北农工商各业加征税收，振兴东北实业。几年下来，为奉系军阀带来丰厚收入。

1924年，孙绍章整合东三省混乱的金融局面，将关外三省实力最雄厚的官银号与孙家恒仁票号、奉天银行、东三省银行合并成为东三省官银号，建立起具有中央银行职能的发行银行。东北沃野千里，盛产高粱、黄豆，经孙绍章运作，将高粱、黄豆交易由东三省官银号统一进行。他逐步稳定了粮米物价，亦稳定了金融市场，为奉系积累了雄厚的财政基础。经过近八年的深耕细耘，孙家成为东三省数一数二的名门望族，孙绍章的声望达到登峰造极。

这几年，孙瑾瑜也从东北大学经济系毕业，将孙家祖产的二十多家企业扩展到五十多家，涉及纺织、运输、绸缎、金融、军工、粮食和医药。一番历练之下，瑾瑜脱了少年稚气，摇身一变成了奉天城里有名的贵公子，是无数名门千金梦寐以求的金龟婿。母亲美贤也带着五个女儿，来到奉天孙公馆居住，和老爷六七年前新娶的五姨太美舒倒也相处和睦。这五姨太美舒本是东北大学的女学生，出身平民，生得文雅秀丽、才华横溢。经少帅引荐，成为孙绍章的贴身秘书，两人日久生情。美舒虽然聪慧，却一直无子。她是识大体的女子，不像四姨太恃宠而骄。她温和有礼，对美贤恭敬尊重，颇得孙公馆上下爱戴。

1925 年，奉军进入上海，势力达到鼎盛。就在一切欣欣向荣之际，同年爆发了浙奉战争，奉军战败，退出苏、皖以及上海等地。然而，让孙瑾瑜惊愕的是，他在陆军讲武堂的忘年之交郭松龄竟然叛变，与大帅和少帅反目成仇。在张学良和日军的联合围剿下，郭松龄兵败被杀，暴尸奉天城头。孙瑾瑜看着昔日好友的头颅和尸体悬挂在奉天城头，心内一片惨淡。一面是忘年好友的惨死，一面是伯乐少帅的知遇之恩，这一切让孙瑾瑜陷入了前所未有的两难境地。

第十章　画猴

自从孙绍章主持财务经济以来，大帅和少帅对他的倚重逐年加深，他成了心腹大管家。1924年，黄埔军校建立，孙绍章将金姨太之子孙金英送入黄埔军校学习，此后走上戎马一生的军旅生涯。

这一年秋，奉天城内的暑热一夜之间褪尽，转而下起了秋雨，大街小巷落满了暗褐色的枯叶。奉天警署中，田大奎身穿制服，正在聚精会神地布置全城巡逻戒严。浙奉战争后，整个东北都在紧锣密鼓地防御其他派系间谍的渗透和破坏。几日前，在东陵一带，田大奎就率队捣毁了一处间谍窝点，受到大帅的嘉奖。

此刻，办公室的门被秘书轻轻推开，夫人纳兰慧珍提着一个精巧食盒走了进来。慧珍与奉天有缘，当年身为盛京将军心腹总管纳兰吉恩的爱女，她生于斯长于斯，是奉天城内土生土长的官家小姐。人到中年，父亲病故，她与母亲流离失所，走投无路时投靠至交好友乔钰涵，后来阴差阳错嫁给了田大奎，如今又以奉天警署总长夫人的身份，荣归故里。大奎见夫人亲自来送早点，起身接过食盒，将慧珍带到办公桌旁的沙发上坐下。大奎坐在旁边，用手暖着妻子一双冰凉的手。慧珍打趣他说："果真有奉天警署总长的派头，吃饭也可以不起身，打发人来伺候！"夫妻二人取笑起来。桌上的电话铃响起，大奎起身接了电话，是侄子瑾瑜，说，下午就去田公馆见舅妈慧珍，学画国画。大奎放下电话，将瑾瑜的意思转述了一遍。慧珍奇怪，问道："瑾瑜这阵子忙，怎还有闲情跟我学画？"大奎也不知原委，便打发夫人快些回家，命人准备些点心水果，再烧一桌瑾瑜爱吃的菜，今晚把姐姐美贤也叫到田公馆。

孙绍章正在奉天财政经济总署的办公室里，与五姨太美舒商议下午机要会议大纲。美舒身穿一身深蓝色旗袍，披着时下流行的波浪发，妆容精致，正不停地速记孙绍章的口头安排。孙绍章拿起电话，朝美舒递了一个眼色，她便乖巧地退了出去，掩上门。大奎在电话中将瑾瑜要学国画的事转述了一遍，甚为不解。孙绍章呵呵一笑，说道："想必是瑾瑜在文化圈子里结识了什么人，就临时起意想学，也未可知。学画，胜过那些公子哥抽大烟、逛妓院。我记得，纳兰慧珍的丹青妙笔，不在母亲之下。改日，我和美贤一道去田公馆，谢谢她这个师父就是了。"美舒在门外听得仔细，立刻吩咐人，去文宝轩买最好的笔墨纸砚，去颜润斋买最贵的国画颜料，马上送到田公馆纳兰慧珍手中。

等她吩咐完，返回孙绍章办公室时，见他已挂断电话，若有所思地笑着，便冲泡了一杯咖啡送到桌前，倩笑着问道："绍章，什么事这样好笑？"孙绍章依旧微笑，说道："我这个妻兄啊，还像小时候一样，性子一点儿没改。"美舒柔声笑："大权在握还能有人待你如往昔，不是人人都有的福气呀！"绍章爱怜地看向美舒，笑道："遇见你是我的福气！"美舒倩笑："遇见你，更是我的福气！对了，刚刚我已经吩咐人，去买了最上等的笔墨纸砚和颜料送去了田公馆，你看看还有没有别的什么需要送去？"孙绍章满意地点头，说道："你仔细周到，哪里还用得着我来操心！"说罢，抱起美舒，轻轻锁上了房门。

晌午过后，一辆轿车驶进田公馆。一个身着长袍马褂的英俊青年，从后座下来，走进田公馆。纳兰慧珍已经等候在一楼客厅中，见瑾瑜来了，笑意盈盈地迎了过去。"舅妈，劳烦您了。"瑾瑜恭敬地施了一礼。慧珍拉起他的手，爱怜地说道："不要说见外话，都是自家人！以后随时过来都行，我把会的都传授给你。乔老夫人在世时，可是丹青妙手，想来你是她嫡亲的孙儿，定会青出于蓝而胜于蓝。"瑾瑜摇头说："舅妈过奖了！我只想多学一些修身养性的才艺，若有需要的场合，也能画上两笔，今后生意场上和交际场上兴许用得着。"

纳兰慧珍听了，不禁笑了起来，说道："你可知，当初我父亲纳兰吉恩在世时，乔老夫人就是靠一支丹青妙笔，让孙家的兴源号和御景天星包办了宫里的贡品。这笔墨丹青也有四两拨千斤的妙用啊！"瑾瑜点头，笑而不语。两人边聊边进了画室，纳兰慧珍本就精通国画，想起孙家待她们母女的恩情，更是倾尽所学，尽数传授给瑾瑜。从研墨、发墨，到调色、润笔，一点一滴，细致入微，不知不觉间便画到了日头西斜之时。

秋季的奉天，窗外转瞬就一抹漆黑，又兼秋雨连绵。不多时，美贤坐着孙公馆的车也来到此处，大奎从教会学校接回女儿采苓，一家人热热闹闹坐在一起用饭。这些年，美贤一心料理复州孙宅琐事，又独自养大了五个女儿，与孙绍章分居两地，夫妻情分不及从前深厚，如今两人只是相敬如宾。大奎想起绍章身旁形影不离的贴身秘书五姨太，若请了他，五姨太必定随他前来，到时候美贤哪还有这般轻松自如，便谎称，绍章有应酬，不能来。美贤叹了口气，继续和家人说笑用饭。瑾瑜和采苓心照不宣地对望了一眼，装作不知，低头用饭。饭后，瑾瑜与美贤坐车离去，采苓看着消失在夜色中的车灯，伤感地对母亲说道："姑姑真可怜，连丈夫的面也见不着。我将来坚决不做大户人家的太太，我要嫁给一个新青年，过一夫一妻的生活。"大奎调侃女儿："采苓，你在教会学校就学了这些？满脑子西洋腔调，难不成你还要去西洋过日子吗？"采苓仰着下巴，想了一会儿，说道："教会的嬷嬷们说过，如果我的成绩足够好，就可以去美国卫斯理安学院读书。"慧珍闻言一惊："采苓，我看你还是像你表哥瑾瑜一样，和娘一起学画，咱不去什么卫斯理安学院。"采苓嘻嘻一笑，也不答话，一蹦一跳地上了二楼，回卧室看书去了。

两年光阴，转瞬即逝。瑾瑜每日必到慧珍这里，学两小时国画，日积月累，成了丹青妙手。他颇有颖悟，又遗传了乔钰涵的绘画基因，竟然画得比纳兰慧珍还要传神。偶有几次，奉天城文化圈子举办沙龙，瑾瑜随父亲一同前往，现场随意作了几幅写意山水花鸟，惊艳了一众画界行家。久而久之，画名在外，孙家父子因而得了"一代儒商"的雅号。

次年一月，张作霖筹备二月的寿宴。此时，奉系正值全盛，奉天城里一派喜气洋洋。这年农历二月，既是正月，又是大帅寿诞月，即便是冰天雪地零下二十多摄氏度的严寒天气，城中男女老幼也都在忙碌筹备年货和礼品。孙瑾瑜从东北大学毕业后，便在少帅身边协理机要事务。这一日，他从大帅府开车，深夜返回孙公馆，公馆内外一片漆黑，家人早就入睡。他摘下帽子和外套，递给门房，径直走上二楼卧室。

几日以来，大帅府格外忙碌，少帅夫人于凤至忙着筹备年货和公公张作霖的寿宴，瑾瑜从旁协理。对于孙家来讲，这一年春节也显得格外重要，家族产业在一年内扩大了数倍，家族财富已经积累到连孙绍章自己都不敢置信的程度。面对欣欣向荣的景象，瑾瑜总觉得要居安思危，更加谨慎地处理事务。白日耗费心神太多，夜深人静之时，总要用画笔自娱自乐一番。

他走进浴室，冲了一个澡，换上宽松睡袍，端着一杯咖啡，走到临窗的巨大画案旁，凝神思索着该画些什么。突然，他眉头一挑，放下杯子，开始研墨调色，在画案上挥毫泼墨，一阵酣畅淋漓地书写，巨大的画案上便栩栩如生地呈现出几个抱着桃子的灵猴。他端详了一阵儿，满意地放下画笔，坐到旁边的书桌前，开始翻开《楚辞》，读到困倦，方才关灯睡去。这是他多年养成的习惯，日日如此，从未间断，而他不知，这个习惯竟然持续了一生。

次日，保姆收拾房间时，看见瑾瑜的灵猴图，啧啧赞叹，将画拿给老爷和太太过目。此后多日，保姆每日晨间打扫，都会看到不同的灵猴图。有的怀抱葡萄，有的捧着寿桃，有的在松间打闹，有的在溪边嬉戏。如此，接连三十天，孙绍章命保姆将所有的灵猴图收集过来，悄悄送到裱画店中装裱，将三十幅各自独立的灵猴图装裱成一张巨幅百猴图，又亲笔题了字，落了款，印了章，亲手装进紫檀宝石匣子。

二月十二日，大帅寿诞。奉天城中，名流雅士纷纷接到请帖，前来赴宴，大帅府里鼓乐喧天，好不热闹，孙绍章一家也来参加寿宴。比起往常，如今的五姨太陪在身旁，显得优雅得体。一如既往，大帅端坐在宴会厅正前方的高背椅上，接受各路使节和官员的拜贺。孙绍章看见各种珍稀宝物被当作寿礼，进献给大帅，他暗自掂量了自己的贺礼，觉得别致又新奇，丝毫不逊色。在大帅面前，他携五姨太一同祝寿，命人将一整盒宝石古董献上；又吩咐两名仆役，轻轻展开一幅巨型国画。张作霖坐在座位上，捋着胡子，饶有兴致地盯着那徐徐展开的画轴。宴会上，轻声笑语的交杯换盏声也停了下来，众人皆好奇地打探着，屏息凝神注视着这张画卷。

只见，一幅高十米、长二十米的画卷上，画着上百只灵气逼人的猴子，笔墨生动，令人过目难忘。三个古拙苍劲的书法大字题于画上，名曰：百猴图，落款处是孙瑾瑜。大帅盯着那画，目不转睛地打量，喜悦之情众人可见，他放声朗笑道："绍章老弟，你生了这么个人精似的好儿子，竟然还画得一手好画！"在场有不少东三省颇有名气的画家，此刻都站在这幅画前，仔细研究墨法和笔法，无不赞叹。张大千的弟子也有在场的，议论纷纷，慨叹后生可畏。孙绍章听在耳里，喜在心头。

"这猴子可是吉祥灵物，古人素来将'猴'与'侯'相提并论，寓意封侯晋爵。大帅乃一方诸侯，这画可是应景之作啊！"一位白须长髯老者，对身旁看画的宾客说道。"这是自然！猴子实不好描画，要说这历代画猴圣手，首推宋代易元吉，其次要数南宋画僧法常。尤其是易元吉那幅《枇杷猿戏图》堪称极品，而这一幅《百猴图》堪称神品！"奉天大儒于景石赞叹说道。张大帅从座位上走下来，站在那画近前，眯起眼睛，仔细观看画中细节，尽是灵猴调皮含笑，又殷殷关切。画中树干虬结有力，枝丫柔韧绵长，树叶苍翠如玉，灵猴身上的毛发栩栩如生，令人忍不住伸手想要抚摸。

大帅在巨大的画幅前慢慢踱步，边走边仔细赏玩，那些灵猴似乎活过来一般，悠闲地凝望着张作霖的眼睛。得物之态，更尽物之情。孙绍章走到张作霖身旁，笑盈盈地说道："大帅，你可满意这百猴图？"张作霖一手背在身后，一手捋着胡子，爽朗大笑："这可是个吉兆啊！绫罗绸缎、宝石金银，我张某人统统不放在眼里。唯有这幅画，是我今年寿宴最得意的一件礼物。这画，让儿媳凤至挂在这宴会厅一整面墙上。这个吉利兆头说明，咱们奉系定能马上封侯，统领中原！"宴会厅里响起一片掌声与喝彩声，整个寿宴气氛达到顶点。洋乐队适时演奏起圆舞曲，舞池里顿时热闹起来。

孙瑾瑜坐在舞池边一个角落里，看着《灵猴图》被装裱整合得如此完美，也惊叹父亲的用心之妙。张学良看了他一眼，递上一杯白兰地，调侃道："瑾瑜老弟，想不到你是深藏不露的世外高人，画得这样好！"于凤至也端着一杯红酒，走了过来，拍了拍孙瑾瑜的肩膀，笑道："瑾瑜，想不到你也喜欢国画。家父以前开画店，我自小也学得一些丹青，鉴定古画的功夫要比画画的功夫强。依我看，你这幅画可与黄公望的《富春山居图》相媲美了。"孙瑾瑜不好意思起来，对少帅和夫人笑言："二位过誉了，我不过是闲来画两笔，解闷而已，算不得什么。"张学良意味深长地说道："瑾瑜，你白天陪我处理公事，晚上又痴迷国画，是断没有时间交女朋友的。男子汉，人生在世，没有女人有什么乐趣？为兄是时候教教你怎么追姑娘了！"于凤至白了张学良一眼，故作生气，道："汉卿，瑾瑜这样难得的人才，你可不能疏忽了他的终身大事，要赶紧帮他物色一位才貌双全的大家闺秀才好。"两人斗嘴，你一言我一语，说得热闹。瑾瑜在一旁，甚为尴尬。二十七八的年纪，一直忙于公事，竟然从未察觉尚未恋爱，不觉有些失落。大帅寿宴上出尽风头后，来说亲的人踏破了门槛。孙家雄踞一方，孙瑾瑜一表人才，能力出众，是少帅身边红人，多少人看着眼热。母亲美贤和父亲孙绍章对他这个儿子极为器重，千挑万选也选不出一个合心意的儿媳。

于凤至将那幅《百猴图》镶嵌进一个巨大的画框，安置在大帅府宴会厅的一整面墙上。《百猴图》，寓意：长命百岁，马上封侯。张作霖是一个极其迷信吉兆之人，他将这画看作是预示张家入主中原的吉兆。

第十一章　金融

　　1926年夏，孙瑾瑜登上远赴日本的轮船，奔赴日本早稻田大学，奉少帅之命，攻读金融。这让孙绍章陡然发觉诸多不便，昔日孙家大半产业都是儿子瑾瑜全权料理，出席一切社交应酬也是瑾瑜陪伴在侧。他这一去，孙绍章仿佛失去了左膀右臂。奈何，想到儿子日后的锦绣前程，和少帅的器重仰仗，他便忍痛一别。年复一年，岁数渐长，五十多岁的孙绍章，不再如壮年时精力充沛。近来，总觉身子疲乏无力，头脑也不似先前灵活。他叹息："人生一世，草木一秋。转眼，土已埋到一半。"竟然感伤不已，自言自语道："美舒啊，若哪天我走了，你可怎么办？"美舒一愣，宽慰道："车到山前必有路！何况，你一定会陪我到七老八十。只是，你若再喜欢上别人，再纳了新的六姨太、七姨太，我就只能暗自垂泪了。"孙绍章一把搂过她，在脸颊上亲了又亲，说道："美舒啊，你年纪轻轻，嫁给我这个都能做你父亲的男人，我自然不会亏待了你。若是我变了心，喜欢上了别人，就让我不得善终。你放心，我会给你在银行存一笔钱，若我突然去了，这钱就留给你养老，保证你后半生的日子过得舒舒服服。即便没有我，你也不用为生计发愁。"美舒听了，心中难过，起身抱住他，低语道："绍章，你若是去了，我也随你一同去，留我一人活在世上，纵然衣食无忧，又有何趣？"说罢，两人不禁伤感垂泪。

　　次日，二子孙金英接到家电，命他即日动身，离开黄埔军校返回奉天。三子孙怀远也办理了休学，留在孙绍章身旁历练。1927年的东北，在张作霖主政下，虽然保持了整体的繁荣，但金融经济脆弱，两次直奉战争对东北金融体系造成了巨大损伤。即使孙绍章苦心经营，用了十多年时间发展民生经济，布局金融大政，却因乱世内忧外患，以及连年的军阀混战，所得成效也只十之二三，远未及理想目标。尽管与其他派系相比，东三省算上乘之列，可是在日本虎视眈眈和不断蚕食之下，孙绍章的金融大业成了经济沉疴。于此情形，孙绍章不得不默认了少帅安排瑾瑜赴日本早稻田大学攻读金融经济博士的安排。

孙金英从黄埔军校返回奉天当日，乘火车偶遇一名女子。她自称刘鑫，自述本是皖南大地主的女儿，在上海读书。两人年纪相仿，都受过良好教育，又都在上海生活过，聊得十分投缘，分别时互留了联系方式。孙金英一直在黄埔军校严格的校规中生活，对男女之事懵懂无知，不由自主被刘鑫的青春靓丽所吸引。他恋恋不舍地看着她离去的背影，甚至连父亲派来接站的司机和管家都没有留意。他记忆中，父亲的样子有些模糊，亦不近人情，他对父亲又敬又怕。

阔别良久，父子重逢，不免有些冷淡生疏，常年的军校生活使他习惯于隐藏情绪。儿子金英的木讷寡淡，在孙绍章眼中，成了致命缺点。看他冰冷、僵硬的表情，孙绍章的内心是失落、怅然的。他要的是一个有亲和力的左膀右臂，既能左右逢源，又能长袖善舞，能在政商两界畅行无阻。长子瑾瑜无疑是最令他满意的接班人选，也是他最中意的儿子。这个充满军旅气息的二子孙金英，令他失望透顶，可他别无他法。揣摩到父亲的心思，自知不被父亲看重喜爱，孙金英也不在家族生意上多费心，一有时间就扎进书房，阅读兵法和战术书籍，日夜想的都是带兵打仗之事。

美舒见了，为绍章难过，有心栽培三子孙怀远，寄望他能为绍章分忧解难。孙怀远虽是四姨太所生，性子却极稳重，即便年纪尚轻，城府却极深，又绝顶聪明，凡事一点就透。自从协理父亲看管金融事务和家族企业以来，他很快触类旁通，经手的大事小情都滴水不漏，令孙绍章十分满意。只是，怀远年纪尚小，所学知识有限，这些年在学校读书，眼界也不够开阔，举止和气度远不及长子瑾瑜。孙绍章努力培养小儿子怀远，静待几年后瑾瑜从日本学成归来，重新掌舵家族大业。

暮春时节，孙绍章正在财政总署议事，突然有下属通报：有五位小姐求见。正是妻子美贤所生的五女，女儿们像含苞待放的花蕾，朝气蓬勃，妍丽可爱。五千金的到来，令孙绍章一颗慈父之心盛满怜爱，仓促结束了会议，命人将女儿们领来。办公室的门轻轻推开，五个水葱似的女孩儿鱼贯而入：最大的二十一岁，最小的不过十六七，清一色梳着淡雅发髻，穿浅蓝色镶银丝花边旗袍。身后，孙宅管事跟随着进了办公室。管家见老爷满脸惊喜，笑道："夫人派人将小姐们从复县老宅接来，一是为了让玉玲小姐休息一阵子，二是为了全家团聚。"这五个女儿起先也是在奉天求学，后来为了替姑母分忧，又返回复县老宅，协助姑母处理家事田产。孙绍章点头："这甚好。"随即，命管家领小姐们去百货商场，采购一些时髦衣裙和帽子皮鞋，再添置一些珠宝首饰，再去俄国人开的理发厅把头发烫成时兴的波浪卷发。他似乎还不放心，又嘱咐人再安排几名家庭教师，到孙公馆给女儿们上课。

管家一一应承下来，带着五位小姐离开了。孙绍章坐在办公桌前，静默了一阵子，竟有些梦呓一般的恍惚，诧异自己与女儿们竟然未说一句话，孩子们就一下子凭空消失了。他叹了口气，从银质烟匣中抽出一支雪茄，送到嘴边。美舒悄悄拿起打火机，立即点燃了一根烟。孙绍章不发一言，抬手搂住美舒，将脸紧紧贴住她柔软的小腹，有些伤感，言道："若是我们也能有一个孩子，该多好！你我日日带在身边，精心调教栽培，一刻也不分离。"美舒幽幽长叹道："你离家多年，孩子们和你生疏也是情理之中，不要太放在心上，以后慢慢会好起来的。我刚才吩咐人，去请了奉天城里最好的裁缝，一会儿就到孙公馆给小姐们量身做旗袍，我看她们也许一时半会儿穿不惯西式洋装，就让她们先适应一段时间，多做几身时髦洋气的海派旗袍，配高跟鞋。"孙绍章听了，默默在美舒手上轻拍了几下，却什么也说不出。

1928 年，皇姑屯事变，大帅张作霖被日本人密谋炸死，少帅张学良临危受命，接管东北军。不久，东北易帜，全国各地也纷纷改弦更张，国民党中央政府逐渐掌控中国。时事巨变的形势下，孙瑾瑜被张学良临时从日本早稻田大学召回，一同协助孙绍章力挽狂澜，拯救东北经济。瑾瑜暂停学业，风尘仆仆地赶回奉天。此时，张学良已被国民政府任命为陆海空三军副司令、东北边防司令长官。面对乱象纷呈的政局，张学良保持了十分的警惕和关注，一切行政与经济重担便落在孙家父子身上。

随后两年，爆发了中原大战，张学良成为最大赢家，成为名噪一时的显赫人物。不知为何，收到少帅频繁发来的捷报之后，孙瑾瑜和孙金英两兄弟不约而同地感到强烈的不安，一股杀机四伏的危险气息似乎在暗中迫近，令人不寒而栗。在外人看来，少帅英明睿智，足以振兴东北，东三省的父老乡亲们也口口相传少帅的神勇妙算；然而，在孙家兄弟眼里，眼前的一切繁华和胜利皆为幻象，无异于烈火烹油，似乎是灾难来临的前兆。孙金英致电远在北平的少帅，诚恳提醒："自中原大战我军大获全胜后，一直未有外出作战的东北军回防东北，导致东三省兵力虚弱，若此时日军来犯或俄军入侵，我东北仅存之将士势单力薄，毫无还手之力。值此乱世之秋，我东北父老乡亲将无所依靠。望少帅早日调遣东北军，回防东三省各地，以保万全。"瑾瑜见弟弟金英如此忧国忧民，也深受感染，追加了一份电报给远在中央政府任职的少帅，再三叮嘱要重视东北边防防务，早日派遣大批军队回防镇守东三省。无奈，此时，少帅正春风得意，又忙于政务，并未在意兄弟二人苦口婆心的劝说。

一年后，1931 年 9 月 18 日，日军发动了震惊中外的"九一八事变"。孙金英所言，一语成谶。日军果然侵入东北，并于 1932 年成立伪满洲国，末代皇帝溥仪被前清遗老拥立为帝，成为傀儡皇帝。自此，东北数千万百姓陷入水深火热之中，沃野千里的东三省被日军侵占掠夺达 14 年之久。随后，张学良与副官杨虎城策划了轰动一时的"西安事变"，却最终沦为阶下囚。

奉天城中波诡云谲，风云迭起，孙瑾瑜身为少帅的挚交好友，从日本返回奉天后，便再也无缘见到履职中央政府的少帅。孙瑾瑜怀着无限惆怅和悲伤，眺望西安方向，自知从此与少帅恐无见面之日了。孙绍章苦心孤诣经营了十余年的金融经济，也完全落入日寇手中。1933 年初春，面对满目疮痍的奉天和东北，孙绍章急火攻心，在睡梦中撒手归西，悄无声息地离开了他曾经无限风光荣耀的世界。

受日军胁迫，田大奎与夫人纳兰慧珍只能继续滞留奉天，依旧出任奉天警察总署总长。然而，孙绍章含恨离去，如今田大奎只能自保，在乱世暂求妻女无恙。孙公馆昔日车水马龙的前院，再也无人往来。五姨太美舒在孙绍章去世当天，就服毒自尽，随他一同离开了人世。孙家主母美贤料理完丧事，携孙家众人黯然返回复州。阔别故里十余载，当瑾瑜再次踏上复州地界时，眼里有陌生和失落。与繁华的奉天相比，复州落后凋敝，更让他窒息的是：此处闭塞、狭隘。

曾经在奉天城中如鱼得水的孙公子，曾经被少帅器重栽培的那个少年郎，仿佛一夕之间从天堂坠入地狱。父亲的离世让他失去了精神支柱，满目疮痍的孙家老宅，令他低落消沉，不复往日神采。孙金英却如军人般沉着冷静，他暗自筹划入伍参军，和日寇在战场上生死较量，以洗国恨家仇，平息心中怒火。孙怀远见长兄悲伤，二哥不语，偌大的孙宅凋敝零落，他也变得沉默寡言。在山雨欲来风满楼的一片凄迷愁苦中，孙家开始了回归老宅的隐居岁月。

第十二章　分家

"这孙家可今非昔比了，还是趁早分家，各过各的日子算了！"四姨太幸灾乐祸地说道。十多年前，她因举止轻佻，企图勾搭大帅张作霖，被孙绍章一气之下送回复州老家，自此便再也未见老爷。听说老爷又娶了一个年轻漂亮的女学生做五姨太，在奉天出尽了风头，四姨太就恨得牙痒痒。原本老爷死后，她料想五姨太会随大夫人美贤返回复州，她还筹划着好生整治这个小狐狸精。谁想，五姨太一片痴情，随老爷一同去了。她便心里窝火，将积压多年的怒气统统发泄在主母美贤身上。

听见四姨太的话，美贤一口血上涌，吐了出来。丫鬟芮珏忙用白丝帕接住，染得丝帕一片血色殷殷。孙瑾瑜和五位妹妹围在母亲身边，美贤恢复了一丝气力，指着四姨太，恹恹说道："只要我在一日，就休想分家。孙家虽然败落了，但瘦死的骆驼比马大，尚且留有许多祖产，足够维持一家老小衣食住行。老爷尸骨未寒，如何说分家就分家？"四姨太不以为意，翻着白眼，不耐烦地听着。常年吃斋念佛的二姨太沉默不言，依旧双目紧闭，数动手里的念珠，默诵佛经。

众人便向姑妈孙玉玲投去目光，玉玲守寡多年，这十几年她独自守在孙家老宅，对孙家现状最熟悉不过。她低头沉默半晌，忽地抬头，在众人脸上聚精会神地扫视了一圈，缓缓道："这些年，你们都在外头，对家里的事也不太上心在意了。我苦苦独撑着孙家老宅和祖产，早就精疲力尽。如今老了，实在挑不动重担了，我想把掌家权还给嫂侄。冰灵，拿账本来，给大奶奶和大少爷过目。"冰灵也已两鬓灰白，不似年轻时伶俐活泼。她取来几本记账簿，交给美贤和瑾瑜。玉玲继续说道："托兄嫂的福，咱们这些年一直从奉天秘密汇款，是我和兄长私下商定好的，这笔汇款留作家族危难时使用。兄长十多年前就预见到今日情形，为了不至太过被动，这些年趁着孙家日进斗金之际，年年日积月累，如今这笔钱数目已十分可观。兄长曾经派人送来一封密信，说，日寇占领东北后恐怕货币贬值，又怕东三省官银票作废，就令我将这些年积攒的官银票和政府纸币、国债全部换成金条银条，我逐一照做了。你们可以看见，账簿上有几笔数额巨大的金银进账，还有几笔珠宝入账，实在是换不到足够的金条和银条，只能换成珠宝保值。除此之外，孙家祖产的盐场，绝大部分被中央政府收编，我们只保留了一小部分盐场，可以每年定期入账一笔收入，不算多，但维持一家人吃喝拉撒足够了。孙家的钱庄早已和老爷这些年筹建的东北官银号合并，眼下我们尚且有三家钱庄留有百分之八十的股份，这笔钱不出意外，每年可为家中进账一笔丰厚收入，足够子孙读书求学之用。至于兴源号，去年已被日本人强占了去，不再是孙家产业。还有御景星和御景天星绸缎庄还可以勉强维持，所得进项我全部换成珠宝古董。咱们就这么一点点积存着，等到时局稳定下来再做别用，说不定还能东山再起。至于孙家田产，农户每年按时交租，米面肉菜都可自足。"孙玉玲一口气说了这许多话，孙家老小无不佩服她理财管家的才干。

听完姑妈的一番话，孙瑾瑜仿佛又看见父亲在世时的模样，心中悲喜交加，说道："姑妈，咱们孙家如果没有您，还不知会怎样。眼下，虽不如往日，但常言道'百足之虫，死而不僵'，咱们齐心合力渡过难关，今后重振家业！"美贤听了，心里略宽慰些，抬头看向四姨太，发问："如何？"四姨太被众人虎视眈眈地注视着，又见儿子怀远对自己颇为不满的神色，就悻悻道："我能有什么意见？还不是都听你们摆布？你们说东就是东，说西就是西了！"说完，抬手摸了摸耳坠子，翻了个白眼。

一直不曾开口的二姨太，突然放下念珠说："我有一个要求。"只见，她睁开眼，望向儿子孙金英说："老爷在世时，就不太中意金英，他不是经商的材料，而是带兵打仗的好手。我想，老爷当年送他进黄埔军校是明智之举，我想再把他送回军营，继续当兵打仗。"美贤不作声，回头看向一旁的金英。听见母亲之言，金英一喜，立刻表态说："我愿意重回部队！"瑾瑜问："贤弟，蒋介石置咱们东北百姓于不顾，逼迫少帅将东北拱手让给日本人，你难道还要去这样的军队不成？"孙金英斩钉截铁地作答："不！我去参加共产党！"幺妹闻言，失声问道："哥，你要参加共产党？"金英面有诧色，反问："有何不可？"幺妹静默，眨眼不语。金英又道："几年前，我自黄埔军校返回奉天时，在火车上结识了一位姑娘，甚是中意她。之后书信往来，渐渐熟络。不久前，她相告实情，说，她是共产党员，希望我也与她一道抗日救国！"孙金英说着，露出钦佩、爱慕之色。

金姨太长叹息，说道："人各有命，上天定好的姻缘，谁也挡不住。阎王让你三更死，绝不留你到五更。吾儿，是福是祸，就看你的造化了。为娘会一直为你诵经祈福，保佑你平安顺遂。"美贤见金姨太点头同意了，也不多言，只嘱咐多预备一些金银衣物，让金英带着上路，又叮嘱他，路上不要亏待了自己，需要钱就和家里要。议事结束，一家人各自散了，回到自己院子里歇息。

美贤随玉玲一同来到三姨太素晴的院子，静悄悄地，全无人影。两人进到屋子，见素晴安静地坐在床上缝制肚兜。两人对望一眼，沉默着坐到床头，看素晴疯傻的模样，也不言语。素晴笑嘻嘻地抬头，惊异道："咦？大奶奶！你怎么来了？玉玲小姐也来了？快看！我缝的肚兜好不好看？你们说，老爷会不会喜欢我穿肚兜的模样？老爷说，他最喜欢看我穿粉红色肚兜了！他说，我好看得像一朵粉莲！"她笑嘻嘻，摇着脑袋。突然，失心疯一般捂住脑袋，发了疯似的四处寻找。玉玲忙道："她又发病了！"素晴不停地找，嘴里喃喃自语："我的女儿呢？你们听到了吗？她在哭着找我！她一定是饿了！要我喂她奶吃！我的女儿在哪里？你们把我的女儿藏到哪里去了？我恨你们！恨你们！"说着，开始撕扯头发、衣服，癫狂疯魔。这时，一个小丫鬟慌慌张张跑进来，给三姨太注射了一针镇静剂，素晴慢慢平静下来，脸上露出半痴半傻的笑容，慢慢地睡了过去。

玉玲和美贤轻轻关上门，走出房子，来到院中，唤来一个躲在角落里的小丫鬟，吩咐她说："多留心照顾三姨太！请大夫时常过来看看，别忘了按时熬药给三姨太喝！"小丫鬟诚惶诚恐地应着。两人出了院子，一路无话。她们回忆起三姨太初入孙宅时光彩照人的俏模样。那时她刚满十六，是京城弹琵琶卖唱的艺伎，色艺双绝，名冠京师。老爷到京城兴源号巡视，偶然和一众生意场上的朋友出外喝酒解闷，巧遇素晴，便一见钟情。遂出高价，为她赎身，终于抱得美人归，从此老爷对她宠幸至极。素晴温婉乖巧，深得老爷欢心。入孙宅后，更是专房之宠，因此遭到金姨太嫉恨。隔年，素晴诞下一女，金姨太因妒生恨，暗中让人在奶粉中混入汞银，孩子中毒而死。素晴年少不经事，受了刺激，疯疯癫癫，从此再未清醒。如此过了十几年光阴。金姨太的毒计被老爷发觉，碍于她是金英生母，并未处置她，却从此恩断义绝。金姨太心灰意冷，从此吃斋念佛，不再争宠。再后来，老爷又陆续娶了四姨太和五姨太，更是将金姨太忘在了脑后。美贤叹了一口气，回想金姨太初入孙宅时，也是那般美貌盛宠，而今忆起仿佛是前世旧梦，遥远模糊，亦不真实。

美贤吩咐丫鬟芮珏："给金姨太多做些她爱吃的苏州小菜，她吃斋念佛这些年，只爱吃苏州老家的小菜，想来也是个可怜人。"芮珏答应着，往厨房方向走去。玉玲见了，便笑道："嫂子，你还是心善！"美贤一笑，说道："想当年，金姨太也是万里挑一的绝色美人，不比三姨太素晴差！我记得，她刚到孙宅时，每每思念老家苏州，老爷便亲自下厨，做她最爱吃的韭菜花酱，还亲手喂给她吃，全然不在意我这个正妻在旁边眼巴巴瞅着呢！那时我心里苦，这辈子都忘不了。"玉玲听了，握住嫂子的手轻抚，安慰道："都是多少年前的事了！嫂嫂该释怀了！"

美贤苦笑："如今绍章走了，五姨太也随他一道去了，想想也是可怜！咱们女人呐，都是苦命人！为了一个钟情的男人，苦苦煎熬了一辈子，疯的疯，死的死，看破红尘的吃斋念佛亦有！唯独你和我，还在这浊世操劳，苦守着这大宅和家业，还有一大群儿女需要看护。女人这辈子不易！"美贤说着，突然落下泪来。玉玲抿紧了嘴，想起守寡多年，不觉黯然神伤，泪水混浊苦涩。两个灰发苍苍的女人，就这样无声相扶相依，向前蹒跚而去。

日升月落，又是一个轮回。

第三卷

【散】无波真古井，有节是秋筠。
人生如逆旅，我亦是行人。

第一章　古玩

"九·一八"卢沟桥事变之后，复县首屈一指的人物要数孙瑾瑜无疑。一是在孙宅旧址上扩土动工，修造新式学堂。此外，又有第二桩大事，就是这一年，瑾瑜在日本相识相恋的姑娘织田雅信不远万里漂洋渡海找到瑾瑜，相爱的路似乎顺理成章。

这雅信是日本古玩字画藏家织田信雄的掌上明珠，青春年华就与一件件古玩交过手，在鉴宝的日子里浸染、熏陶。和许多日本姑娘一样，她渴望相夫教子过安稳日子，也许没有遇到瑾瑜之前这就是她未来注定的一切。然而，命运毫无防备将孙瑾瑜送进她怀中，不期然将一切打乱。无人能知，这对雅信究竟是福是祸？又值日军侵华，中日交恶，因为是日本姑娘，又不会汉语，雅信在复县和孙宅受到冷遇。在外本该一心求学，以图报国，竟然与一个日本女子私自相爱，千山万水追赶而来，又非我族类，美贤身为孙家主母，坚决抗拒两人的婚事。事到如今，新式学堂拔地而起，远眺盛京方向，那里是瑾瑜年少时的根基与舞台，而今如同南柯一梦。这日本姑娘雅信便执意留在新学堂中教授日文，吃住都在此处，也不与孙宅的人往来。瑾瑜初始劝她返回故里，不要在他身边耗尽青春，而今孙家已经落魄，不如当初风光无量，何况自古婚嫁都要媒妁之言、父母之命，他们永无可能。雅信含泪微笑，却始终不发一言，更不肯轻易罢手离去。万般无奈，瑾瑜只得求母亲点头同意婚事，不知是老了伤了心，还是国恨家仇使然，美贤始终不肯松口，毫无回旋余地。于是，雅信便倔强地留宿在学堂教工宿舍，与盛京聘来的新派女教师们一同吃住，也不沾孙家的边儿，因语言不通，与同事也不往来，更无人诉说心事。

瑾瑜看在眼里，动了恻隐之心，爱的浓烈与苦涩他初次品尝，又是初恋难忘，也身不由己陷了进去。于是，离新式学堂几街之隔，又建起了一座二层砖木楼。雅信辞掉了学堂教职，在一个月夜悄悄搬进了小楼，每日安静地守候在此，只等瑾瑜一人到来，偷享片刻欢愉再匆匆离去。

砖木小楼向北，隔着几条商铺街，过一条回头河，在复县城西玉娇巷内，一座小宅院，有一桩头等大事要办，陈家大女儿宝田来年就要嫁人，嫁的正是孙瑾瑜。宝田这年十六，两年前就定下了这桩婚事，孙家下了媒聘。按理说，去年就当成亲，怎奈孙家修造学堂，耽搁了时日，便拖延了婚期。这是面上的缘由，内里则是瑾瑜心在雅信身上，对宝田全然陌生，不知她相貌性情才学，无半分好感。况且碍着母亲的权威，又身为长房长子，也只能使出拖延的招数。然而，到底时日如梭，转眼婚期迫近，雅信也知回天乏术，只能黯然神伤。

这一年，宝田出落得标致俊美，尖下巴的瓜子脸，双眸细长妩媚，细细飞入鬓角，鼻子也显出秀美轮廓，嘴唇粉嫩如含苞花蕾，足以乱人心怀。陈家是田家表亲，论辈分宝田该叫田家婶子一声姨。当初瑾瑜年幼未去盛京之前，两人也是有过几面之缘的，只是年纪尚小，不大记事。分别这许多年，又是沧海沧田的巨变，两人几乎忆不起什么儿时往事。之前，宝田娘家因受孙家恩惠，在城外有几亩田地，靠吃租过活，又有小买卖营生，也算是小康之家了。宝田又是长女，奁资也颇丰厚。虽无金银器皿、绫罗绸缎什么的，却有几箱被褥衣物，还有几箱书籍和玉石摆件，在中等人家也算体面了。孙家这头，也在张罗着迎娶，年内每逢节令总会派仆役上门，送各色礼，虽不是什么贵重物品，到底是联络着感情的。

瑾瑜日日必去雅信居所，与她欢好恩爱一番，温存缱绻不忍离去。日复一日，雅信的肚子渐渐隆起，妊娠反应使她茶饭不思，慢慢消瘦了几圈。想当初，一个钟灵毓秀的女儿身，今日竟也憔悴不堪，还要偷偷摸摸，没名没分。想到此处雅信提笔给远在日本的父亲写了一封家书，她女儿家的倔强和骄傲全在肚子里那个挥舞拳脚的小生命面前碎得七零八落。她想寻求父亲的原谅，生下孩子后返回日本，从此再不踏入复州半步。相忘于江湖，或许就是解脱和重生。信悄悄寄走，如同石沉大海，杳无音信。雅信绝望了，她猜想父亲定然不肯原谅她离家私奔，又无半点名分就怀上孩子。谁想，隔了三四个月，一份包裹从日本千里迢迢邮寄过来，雅信不敢置信，摸索半天包裹封皮，颤巍巍打开来，一卷画轴和一封书信赫然在内。

她抖索着双手展开信，看见父亲熟悉的笔迹，泪水夺眶而出。她抽抽噎噎读完信，独自走到窗前，目送天边的飞霞，神色恍惚悲伤。父亲果然不肯原谅，她已无家可归，难道此生真要困在这栋砖石小楼中自生自灭？她抚摸着肚子，感知小家伙的心跳，一时竟失语了。

瑾瑜再来，雅信便不再言语，指着包裹中的那卷画轴让瑾瑜拆开来看。卷轴徐徐展开，竟是那幅《百猴图》，被切分成手臂宽窄，一幅幅衔接拼凑成一百多米长的画卷。原来，雅信之父织田信雄是日本有名的书画藏家，日军占领东三省后，大帅府被日军占领，织田信雄的挚友便在此时拿到了悬挂在大帅府宴会厅整面墙壁上的这幅画。他知织田家族素来喜爱收藏中国画，找来画工将巨幅画作裁成小宽幅百余米长卷，寄回日本，送给织田信雄。从雅信家书中得知孙瑾瑜的家族渊源，织田信雄就将这幅画返还，面上虽不肯原谅女儿，实则寄望这画物归原主能为女儿带来转机。果然，瑾瑜见到落款处的亲笔题字，想起与少帅昔日的情谊，心内苦涩悲痛。时至今日，少帅失去自由，被蒋介石软禁，怕是此生都将永无相见之日。这招果然灵验，瑾瑜对雅信的眷恋更深一层，只是雅信却已失语，再不言语。

瑾瑜屈指一算，离雅信分娩还有几个月，离宝田入门还有大半年，他心中为难，夹在两个女人中间，不知如何平分秋色。这世间万物就怕一个"滥"字，尤其男女之事和古玩收藏，宁可缺，不可滥。瑾瑜搞古玩就在情理之中，拎不清男女之事，却拎得清古玩门道。平日里，他将无穷精力投入家业，他极具商业头脑，又极富远见，故而家族生意和新式学堂经营得有声有色。两年前，他突发奇想，托奉天警察总署任职的舅舅在皇姑屯一带买下了一处冷僻之地。他回忆当年情景，判定此处必成繁华地段。花了血本请到德国设计师盖拓，设计修建了许多风格迥异的洋楼，之后转售抑或租赁，孙家就又殷实昌盛起来。比往昔更有不同，便是多了新式的味道。瑾瑜在学堂和孙宅内又增盖了砖木洋楼，内部装修欧式，有欧陆风情的壁挂式烛台，用汉白玉雕刻而成，有波斯挂毯和西洋油画、钟表。

雅信失语，提笔在纸上写道："古玩收藏有正有偏，天下事定有技艺高下之分，书法有中锋与偏锋，历史有正史和野史，家有正室和侧室。"写到此处，雅信突然放下笔不再写，想起自己的际遇，便沉默了。瑾瑜也已想到，心有戚戚然。其实，说到底，错全在自己，便是不能始乱终弃。他扶着雅信，也不言语。自从雅信失语，两人相处，屋内总是静悄悄，全无半点人语，只有眉眼传递话语，又彼此都懂。可论及古玩收藏，雅信却是瑾瑜的眼睛，替他把关鉴定，一来二去，瑾瑜也学得七七八八差不离，能说出子丑寅卯的门道。

　　起初的藏品多是古玉和古砚，还兼收古墨、字画、古籍善本、古代工艺品等。就古玉而言，他经手过一块蜜色的黄玉猪龙珮，是新石器时代红山文化的上乘之作。古砚他收藏过朱砂荷鱼澄泥砚，砚背上方一行隶书："给谏公赏"，中间刻楷书小字铭："离尘垢伴文人腹中书满同上龙门"。落款处题"宋开莱"，其下有铭文曰："初颐园大司马赠　宋开莱藏"。因昔日随舅母纳兰慧珍学过丹青书画，瑾瑜对古砚的雅好程度不逊于清代藏砚大家纪晓岚。他收藏的古砚上承汉唐、下迄明清，精品汇集，风格迥异。砚材亦繁多，质地精良居多，陶、瓦、砖、泥、铜、石、玉皆有，而端石中的清花、蕉叶白、火捺、够鸲眼，甚至歙石中的金星歙，澄泥中的朱砂澄泥等稀世珍品亦是有的。藏砚形态灵动，有鹦鹉石砚、山水纹端砚、雨墨砚、凌云竹节砚、毛公鼎石砚。瑾瑜对外有言："玉不美不收，器不绝不藏。"几番下来，竟有百余件自商周至两汉的珍稀玉器，代代有绪，如红山青玉兽面形珮、龙山青玉鹰攫人面珮、西汉黄玉谷纹璧、西汉白玉刚卯严卯、汉代玻璃谷纹璧。银子如流水一般从生意中进，又如流水一般从古玩收藏中出，单是养护古玩就得上万银元，家中布盒、锦盒、木盒和绸盒随处可见。光是砚台盒就多用紫檀木内盒，楠木、紫檀木、蓝布为外盒，专程请北京古玩高手制作镶嵌。雅信起初还能指点几分，渐渐也力不从心，一是产期将近，二是瑾瑜入手愈多愈杂，渐渐超出雅信已知的古玩鉴定常识，她再也不能指教一二，全凭瑾瑜自己研磨。有些古玩是古玩商闻风上门送来的，有些是经古玩界朋友介绍所得，但大多半是他奔波各地古玩市场淘来的宝贝。

　　瑾瑜醉心古砚，舅母纳兰慧珍耳闻，笑曰："人无癖不可交，以其无深情也。瑾瑜是深情之人，当年初涉丹青，便痴迷不已，造诣更在我之上，而今迷上古玩，也是命数使然。"其时，收藏风气正盛，乱世之秋，国宝散落民间众多，南北各有名噪一时的收藏大家，尤以庞元济、张伯驹、张大千、吴湖帆、王己千、张珩为佼佼者，世称"20世纪字画收藏六大家"。庞元济虽为六家之首，但最为人津津乐道的当属张伯驹，人说凡是他的藏品多是国之宝器。瑾瑜听闻，张伯驹乃一代奇人，从三十岁涉足收藏，经手的都是顶尖藏品。据说他曾以六千大洋购得北宋范仲淹《道服赞》，另又出六千大洋买下杜牧《张好好诗》，甚至抵押祖上房产，只为求得一幅展子虔《游春图》，由此得号"游春主人"。国画大家张大千亦曾一掷千金，购得五代顾闳中《韩熙载夜宴图》和五代董源的《潇湘图》，并用五百两黄金加二十幅明代字画换购董源的扛鼎之作《江堤晚景图》。南方画家吴湖帆祖上是清朝显宦、金石大家吴大澂，家学渊源深厚，其藏品多是书画中之极品，上有唐代怀素和尚草书《千字文》，中有元代黄公望《富春山居图》，下有明清民国书画大家真迹。此类藏家皆有文史功底，明艺理、通辨识，意趣高雅、眼光老辣。

瑾瑜闻之，深以为佩，便越发潜心于此，自得其乐。更兼素来便是有书画功底的，竟也渐渐自成一格，书法端庄秀逸，山水笔力雄浑，花鸟艳丽鲜妍。某日，更以奉天城内的几套洋房换得一方端砚。听说儿子为了一块砚台，损了几处房产，美贤气到几乎吐血，越发心急瑾瑜的婚事，若是有妻子管教，便不至于如此胡闹败家。然则，瑾瑜不以为意，反倒以此事为荣，言道："我以卖地之金得此宝砚，甚以为幸事。"

古玩界水深而急，瑾瑜一头扎进去，深深浅浅多是自己摸索，又无家学渊源，初始靠雅信指点，之后便自行琢磨。万幸，财力无虞，也是见过世面的，早先随少帅也曾见过诸多古玩真迹，少帅夫人于凤至更是古玩字画鉴定高手。一番下来，耳濡目染，也算浸染颇深。雅信提笔追问缘由，何以如此痴迷不已？瑾瑜略作沉思，说道："古玩祖师爷名叫范蠡，曾是春秋战国时期吴国大臣，被称为陶朱公，他曾说，天下商贾易物，粮食布匹十分利，中药当铺百分利，古玩字画千分利。正所谓，甚爱必大费，藏古不富，识古不穷。"雅信笑，提笔道："你可曾听说过，识古不穷，贪古不富？若是一个人一味只收藏古董，却不让古董物尽所用，便不是真正富有智慧的人。"瑾瑜一愣，追问："如何物尽其用？"雅信笑而不答，提笔写道："自悟！"

第二章　宝田

宝田生在民国初年，生日恰好是农历八月十五，中秋满月之日的诞辰。依当地的旧俗，这一日出生的女子须得配命格较硬的男子，也有说这日出生的女孩灵巧颖悟。外乡传闻中秋节生人不吉利，但也有精通八字的先生说："暮景中秋月点圆，众星共向紫微垣。生逢八月十五，玉人玩月懒去还。"宝田出生那日，家里烛花连爆了十次，又见蜘蛛结网，葫芦蜂在门前结了蜂巢，一株从不开花的虎皮兰开出了三株花序——几处迹象均是吉兆。街坊四邻传言，这个女娃子是月宫嫦娥转世，带着祥瑞降世为人。

宝田虽是长女，却是家中最受宠的。周岁抓阄，将算盘、珠玉、书、笔、剪子、钱币、秤砣凡此种种物件拿出，琳琅满目放在女娃四周，依当地习俗，抓到什么便预示未来的命运，结果宝田一手抓了秤砣、一手抓了书。怪哉之事是那书的名字竟是《忍术》。宝田双亲意味深长地交换了眼神，秤砣既是平衡之道，又是称重之物，加之又有忍术之道，这娃子生平不知要有何等际遇！陈家聘请了私塾先生启蒙，备下酒菜，宰了活鸡活鸭，买了陈酿老酒，在正屋堂前设下供桌，放上孔夫子牌位，让宝田在牌位前上香，叩拜三次；掉转身向蒙学先生又是三拜，算是尽了拜师礼。这启蒙先生本是外来人士，姓明字义节，住在复州正余巷口，离陈家不过隔着几条街而已，因而早已熟识。明先生是前朝贡生，改朝换代后撇家舍业远道来此定居，只为了一个远亲表妹。族人都说他不成器，寒窗苦读却不敌儿女私情。明先生也不理会，只管与表妹双宿双飞，只羡鸳鸯不羡仙。平日在家办私塾授课为生，是当地人敬重的博学先生。据说，这明先生文史皆通，写一手行、草、楷、隶的好书法，亦能画几笔水墨丹青。

开蒙过后，宝田就在家中念书识字。每日晨间诵诗，早饭后习隶书字帖《曹全碑》，然后学《百家姓》和《千家诗》。念完书，再继续临帖习字，这次临的是行书《兰亭序》，写在矾纸上，一笔笔描红。起笔抬腕，顿笔转笔，学得有模有样。不知不觉到了正午，明先生吃过饭回家去，下午在私塾授课，宝田则随母亲学女红针线。宝田爹虽不认得什么字，却极其明晓事理，本是照着知书达理大家闺秀的路数培养掌上明珠。但，见她也喜欢花儿朵儿，拿针线的模样俏丽乖巧，也不忍心违逆了天性，任她自由生长。虽则如此，功课却不减反增，加了四书五经的经典，又添了唐诗宋词。因明先生会几笔丹青，偶尔也教上一两幅，多是花鸟鱼虫的庸常之作，然则女学生天资聪颖，教过的无不熟稔于心，久而久之竟自成一格。明先生曾说，书画虽则同源，然到底有所不同，书是道，画是意，如同诗言志，词言情，因此每做一样都要悟透一样的深意和神韵，否则只会流于皮毛，不达要领。

宝田一日日长大，举手投足间颇具大家之风，丝毫不似平民出身的闺秀，眉宇之间更兼隐忍和公正之气，竟似女侠风范。起初，年岁幼小，还未出挑，和孙家定了亲，有了思慕的郎君，竟脱胎换骨般出落得含苞待放，足以乱人心意的美名不胫而走。传到孙瑾瑜耳朵里，虽未动心，却生好奇，思忖未来的这位正室嫡妻是何等不可方物的美人儿。雅信此时已产下一子，取名孙瀛，意指生母雅信乃东瀛之女，跋山涉水远渡而来，是为瀛。美贤一夕之间做了奶奶，得了长孙，心肠也就软了下来，准许雅信做妾，但不许搬入孙家大宅，依旧住在外面的二层砖木小楼内，但指派了几个丫鬟、仆役过去伺候。雅信深知公公孙绍章之死与日本人有关，婆婆记恨她只因她是日本人，并无私人恩怨，但又能如何呢？只能逆来顺受，万般隐忍，毕竟已得了妾室名分。

复州乃繁华之地，多的是高门大户和书香门第，宝田未出挑前就有贤德美名，又兼能写会画，亦有无数人家向陈家提亲，但一来陈家不舍得女儿早嫁，二来宝田也不愿离开父母弟弟。后来，女大十八变，宝田貌美的名声逐渐传开，惹得许多青年才俊思慕单恋。孙家因与陈家沾亲带故，彼此知根知底，两下里也就撮合成了这门亲事。

婚期延误。这桩亲事若论家世虽并不相配，但人品、才学、样貌、家风，都是极为般配的良缘。宝田娘说，这是天造地设的般配。每日，宝田上午习字作画，下午和娘坐在窗前炕上做女红刺绣，晚上读史诵诗。陈家人看女儿气定神闲，并未因婚期迫近焦虑羞涩，更觉得闺女有大将之风，全无小女儿家的惺惺作态。宝田也听说了瑾瑜在外已有妾室，且是日本女人，更听说孙宅如何富丽堂皇。去过孙宅的家仆、丫鬟私底下给宝田的描述是，宅子繁复巍峨，院接着院，屋连着屋，雕梁画栋，妻妾成群，锦绣华美。众人都说她有福气，爹娘疼爱宠溺，弟弟敬服，夫家又是名门望族。宝田却目光灼灼，似看穿世事，凝神低语，说："大家族大有大的难处，外面看来轰轰烈烈，内里却总有不为人道的难处，看那雪芹公的大观园就可知一二。"众人不知雪芹公，更不知大观园，就盯着宝田。她一笑，说道："不管孙家今日如何，明日又如何，总归我是孙家的媳妇。"这一句众人听得明白，都笑而不语。

隔几日，宝田双亲随孙宅总管去商讨婚事事宜安排，进了院门就觉眼睛不够用，在五光十色的玲珑亭台间无尽穿行，心里有几分发怵。及至到了正堂会客厅，隔着照壁屏风就听得人声，转过门帘子，就见有几个女眷围坐在美贤四周，眼底顿时绫罗丝缎堆砌出一屋子美人。夫妇俩施礼落座，心里不免底气不足，待与老夫人攀谈之际，无意间说出女儿前几夜的那番话。几个女眷都是识得文墨的，尤其金姨太，听闻宝田提到雪芹公和大观园不觉会心一笑。美贤听着暖心，甚觉选对了儿媳，想来定是个孝顺、虔敬之女无疑。婚事在紧锣密鼓筹备中，婚期眼看就到。

吉日临到，天不亮陈家人就阖家起床忙碌，为新娘子洗漱化妆更衣。孙家的轿子一并十里停在了门外，清一色的纱轿，轿帘是藕荷色的绸缎，绣着鸳鸯百合。花团锦簇中，宝田含泪别过父母，迈步摇摇曳曳上了轿子。孙宅里不知经过多少日的忙乱，凡是能布景之处都设了绫罗扎花，放了桌椅茶盏和瓜果鲜花，每处都分配了丫鬟、仆役接待来客赏园逛园。海棠苑，桃坞，葡萄亭，假山石畔，曲水桥边，百花阁四周，都精心安配了桌椅和人手。花径香花开得正盛，曲曲折折连着回廊，回廊绕着碧水，碧水环抱山石，山石倚着亭台，移步异景，道不尽的风光美。

终于，宝田被一众丫鬟搀扶着来到一处正厅，她透过纱盖头隐约瞧见屋内立着一群人，桌椅屏风、挂画摆件都是不曾见过的奢华。人群正中坐着一位白发苍苍的老妇人，周围一圈媳妇姑娘，钗环叮咚，衣袂飘摇，早已迎候多时。宝田见一男子立在身旁，不敢正眼打量，只偷偷用眼角余光斜睨此人，猜是夫君孙瑾瑜，只觉身材高大挺拔，长方脸，浓眉广额。她在盖头后垂下眼帘，木木呆呆地拜堂成亲。

当晚，几支雕花红烛燃得通明，洞房里满满当当的黄梨木和紫檀家具；单是一个小小的梳妆奁用的也是戗金细勾填漆的手艺。宝田悄悄掀开盖头，四下打量屋子，丫鬟和新郎官都在外待客，她倒落得自在逍遥。起身在屋中央的紫檀八仙桌前站住，见上面摆放着两副象牙碗筷，斗彩的瓜果碟，甜白釉的茶壶茶盏。又走到梳妆台前，拿起一盒胭脂细闻，是玫瑰花瓣制成，带着淡淡芬芳，旁边还有一盒茉莉香粉和山茶花头油。屋角有一个画案，摆着一方歙砚、碧玉笔洗、紫檀笔架、青天石刻、寿山石镇纸，宋代天青色瓷笔筒内插着各色毛笔，旁边是厚厚一沓徽州宣纸。门角放着洗面盆架，搭着两条丝绣毛巾。宝田默默坐回新床，默默盖上盖头，默默等候夫君瑾瑜的到来。

洞房花烛夜，在宝田是初夜，在瑾瑜已是旧事。两人躺在床上，望着帘幕上绣着的百子图，一动不动，皆不言语。瑾瑜觉着有一股从未闻过的香气从宝田口中隐约呼出，他凑上去闻，被宝田伸手拦住，紧张地问："你想做什么？"瑾瑜扑哧一笑，伸手拿开她的手，将嘴贴上她的唇，吮吸蜜一般的芳香。瑾瑜见她羞涩可爱，心生爱怜之情，越发温存体贴，一时间竟无法自拔，沉醉在温柔乡中。有了这一夜肌肤之亲，宝田像完全绽放的玫瑰，美得容光焕发，光彩照人。瑾瑜日日和她腻在一处，时而在画案前作画联诗，时而与其携手在宅子里逛景赏花，片刻不曾分离。美贤见儿子心收了回来，不再去妾室那里消磨时间，更不痴迷古玩了，甚是满意。一日夜里，就亲手将祖传的那块幽蓝苍玉传给了宝田，千般叮嘱要好生收着，这是孙家的命根子。宝田从前听闻过这块奇玉，总以为是谣传；今日得见，确乎非凡之物，愈发仔细收藏看管。

几个月后，宝田的肚子微微隆起，开始做起针线绣活，给婴儿做肚兜、虎头帽和被褥枕头。瑾瑜得了医生嘱托，不可再与妻子亲近，以防动了胎气，便又去了城内的砖木小楼看雅信和儿子。古玩的事，他已罢手，一来是妻子和母亲规劝，二来是悟不出如何将古玩物尽其用。雅信有了儿子，便不再把瑾瑜当作心尖上的人，全部心思都用在儿子身上。与瑾瑜几月不见，竟也不觉想念，知他新婚燕尔，正是与新人难舍难分之时。见他来，雅信亲自下厨，做了一桌日式菜肴，两人坐到榻榻米上，边喝酒品菜，边逗儿子玩。

宝田独自守在新房，也不抱怨，更不妒忌，就像寻常日子模样，在灯下做着针线女红。美贤看出这个儿媳不似平常女子爱忌妒的心性，倒有几分男人的胸怀气概，就凡事与她商议，更高看她几眼。十月怀胎一朝分娩，年末宝田产下一女，取名玉华，是为长房嫡女。虽则如此，孙家依旧张灯结彩，摆了满月酒，将长孙女捧在手心里。瑾瑜儿女双全，也收了心性，稳重成熟，亦如家父孙绍章。宝田产女不久再次有孕，这一胎阖家都期盼男婴，转年秋末却又是一个女婴，不免有些失望。如此怀孕生产了几年后，宝田共生五女。孙宅里的人不免失落，都是女孩，就是断了长房香火，外面倒是有一个男孩，却是妾室所生，还是一个异族女子。众人摇头叹息时，宝田却泰然自若，在她眼里，女子也可以是巾帼不让须眉的英雄豪杰，也可做一番事业。美贤原是失落，见儿媳如此坚信不已，也慢慢放下心结。宝田过门第六年末，美贤无疾而终。此时，宝田已是五个丫头的娘亲，人亦稳重大度，顺理成章做了孙家主母，在宅子里威信极高，能慑服人心。

第三章　纨绔

　　孙宅有一侧门，临着菜市的街道。高门大扇，乌木的质地，中间横一条黄铜门栓。门前照壁，刷成耀眼雪白，雕刻福禄寿喜。从这扇侧门向前走，拐几回，又有一扇数丈的朱漆大门，左右是镇宅石狮和拴马石，这门才是平日孙家人进出用的。推开大门，迈过高槛，向前走便是几进几出的厅堂院落，鳞次栉比，雕梁画栋；若要向左右两侧而行，则需绕过几重楼阁庭院，几处花厅修竹，穿过几重回廊曲水，迈过几条甬道花径，向左则是后厨，向右则是花园。后厨是宅院里成日忙碌不停的所在，雾气蒸腾、煎炒烹炸，遑论一日三餐、点心奶酪，就是夜宵和零食也由这里供应。日日夜夜，轰轰隆隆、宰鱼杀鸡、推麦磨豆、炖汤煮面，片刻不曾歇息。一条长长的桌案上，各式面板刀具一应俱全，墙边成排的木架上琳琅满目，摆满各色珍贵瓷器，碗盏杯碟，一眼望去，好大的阵仗。

　　若细论，孙绍章建宅初时，不曾把后厨做成这等宏大排场；只是到了瑾瑜这一辈当家做主，又是见过阵仗的年轻一代，便屡次扩建后厨。虽整得厨子们不安生，却实在是气派得很，让孙家的厨子们在复州一众掌勺师傅面前格外有脸面。孙宅厨房阔气、用料豪奢，渐渐地名声不胫而走。孙秋山在世时，断不曾料想自己虽打拼一生，亦不曾在吃穿用度上奢靡无度；而今瑾瑜这一辈后人虽将家业发扬光大，亦有了文玩雅好，在衣食住行上的讲究却一日胜似一日。不论年节，或大事小情，但凡有机会，瑾瑜就常往园子里领客设宴。没有机会也得了空闲就大摆筵席，从早吃到晚。

　　孙宅园中各花各景处都摆设了石桌石凳，一日三餐皆在不同景致前摆桌设宴。惹得瑾瑜五位胞妹也时常回娘家蹭饭；五位姑娘早些年就陆续出嫁，嫁的皆是城内名士之家，因哥嫂热情、爱护，便越发喜爱回娘家小住。上一辈的几位姨娘们有作古的，有投奔亲生儿女的，有在盛京常住的。总之，这园子和宅子就只剩下宝田和瑾瑜，还有五个幼女，虽然人丁不如以往繁盛，但瑾瑜自有法子增添人气。先是求了宝田准许，让雅信母子搬入宅子，老夫人已然故去，再也没有缘故阻止她们母子进入孙家。宝田也通情达理，为雅信母子布置了上好的套院居住。瑾瑜又为五位胞妹保留了她们出阁前的闺房，回娘家仍住原先的屋子。

吃腻了，玩腻了，瑾瑜就想起上海百乐门舞厅里的洋乐队，旖旎绚丽，却在北地少有人识。瑾瑜筹备洋乐队的事传开，宝田拦也拦了，劝也劝了，半点用处没有。见他固执己见，只好随他去，只要他快活就好。宝田心里隐隐忧虑，虽说祖产丰厚，瑾瑜又经营得当，家业远看轰轰烈烈，繁花似锦、烈火烹油般兴旺，内里却布满隐患。她虽是女流之辈，却极善暗中观察分析，对外界风吹草动异常敏锐且善察。先是金英去了黄埔军校，在国民军中升至少校，彼时国共携手抗日，东北大片领土收复。随后，金英与媳妇投奔了延安，便杳无音信。连年战乱，民生凋敝，难民流离失所。宝田私底下藏了三大坛子金银珠宝，埋在自己院子墙根底下，一坛金条，一坛银条，一坛翡翠珠玉。她想着，若是孙宅有朝一日败落了，靠这三坛子宝贝，至少五个女儿还有傍身的银子活命。乱世之秋，不能不多做些准备。然而，这片心终是白费了。瑾瑜到了四十岁上，整日里吃喝玩乐像移了性情。宝田叹气，就像不认识丈夫似的，却也半点都奈何他不得，只能每日祝祷家里平安无虞。忽然间，瑾瑜又要组建洋乐队，做树大招风的事，这在宝田看来，不啻于往风口浪尖上涌。瑾瑜出手豪奢，乐器要最贵重的。洋乐队鼓捣齐全了，还要一个地方养着，一家人看还不尽兴，还需要宴请宾客一同观赏，方才有派头和意趣。于是，在园中水榭特意设下一艘画舫，坐满了手拿洋乐器的乐工，在水上飘忽。天将黑未黑之时，依次点亮了琉璃灯盏，光影绰约摇曳。画舫中人见岸上主客归位，一水儿的山珍海味陆续上齐了十二张圆桌，便开始缓缓奏起《蓝色多瑙河》。举座哗然，那乐韵从未听闻，好听得让人掉泪，众人渐渐安静下来，侧耳聆听，几乎忘记了下箸，只静静侧头或看或思。

一曲终了，瑾瑜不禁猛然拍手叫好，众人幡然醒悟，也随之鼓掌喝彩。可宝田却忽地生出了一丝不祥和不安，仿佛眼前的一切虽流光溢彩，终会突然灯灭人散。她转头看瑾瑜，依旧是仪表堂堂，谈笑风生。他本性实则风流浪漫，从当年雅信之事就可见端倪；又性喜华美，早没了当初的端肃稳重模样。此刻，众人从洋乐中醒来，不禁拍案叫绝。瑾瑜心底正快活，见花好月圆夜，突地怀念起青年时在盛京大帅府的雪夜舞会，心下琢磨在园中举办舞会兴许会别有风情。又想起少帅的风采，而今却遥隔万里，怕是永无相见之日了，不觉伤感起来。宝田夹过一只扇贝，放在他面前的餐碟中，两人四目相对，不需言语皆心领神会。

仆役们在园中各处花树上缀满彩色灯笼，又用绸缎将几棵樱花树干包裹得花团锦簇，从正门到后花园的石径路上，铺了红色织花地毯，沿途未开花的树枝上扎满了菱纱制的花朵。是夜，月华初上，正门前车水马龙停满了马车和轿车，男女宾客穿着西洋服饰，从正门鱼贯而入。眼底竟是一片锦绣，满眼看不足的光华耀眼，一路惊叹欢喜，纷纷步入后花园。一条二十几米长的餐桌上，布满了珍馐美味，错落地摆放着鲜花、烛台。西洋糕点，洋酒雪茄，刀叉盘碟，一切尽是大帅府昔日光景。瑾瑜容光焕发，在宾客中应酬穿行，谈笑间颇有少时风采。想当初，他也是盛京城中炙手可热的社交明星，一晃已是二十年前的往事。洋乐队在水榭画舫不停地演奏着约翰·斯特劳斯的圆舞曲，后花园在月色和彩色灯笼的笼罩下如梦如幻，宾客起舞的憧憧幻影像鬼魅般朦胧。一阵微风拂过，吹落纷纷扬扬的海棠花瓣和晚樱花瓣，在舞池中洒落一地。美景醉人，人群泛起一阵兴奋欢呼声和笑浪声。宝田静静坐在舞池边缘的凉亭中，与几位夫人相谈甚欢，心内却有一种末日狂欢的预感。宴饮达旦，通宵舞会，孙宅一掷千金待客，阔绰无量的气派是先时从未有过的。亦不知多少人在背地里议论，揣测孙瑾瑜的身家和财源，说，单是满满一厢房价值连城的古玉古砚，就不知耗尽多少黄金白银收购得来。

又过了无数晨昏日落，两年光景已逝。后厨的师傅们技艺娴熟，做着中西点心，每日下午端送到书房，瑾瑜和雅信必在此处消磨时光。推开门，屋内云雾缭绕，老爷靠在榻上飘忽若仙抽着大烟，雅信侧依着一只美人靠，亦是吞云吐雾的模样。厨子恭恭敬敬将糕点红酒放在床榻的案几上，像往日一般关门退了出去。大烟瘾犯了，不管白天黑夜，瑾瑜随身必带一杆烟枪和几方鸦片。他的身子渐渐消瘦，眼窝深陷，高大挺拔的腰板也佝偻成老者，他浑然不觉，沉浸在鸦片营造的幻象中无法自拔。偶尔，他看见五个女儿已经长得亭亭玉立，他会有片刻走神，以为时光出了岔子，吹气似的把五个孩子变大。可随后，他便倦怠不堪，又返回书房，拉上雅信躺上卧榻，在烟枪的幻觉中醉生梦死。这鸦片烟瘾，说到底是从雅信那里传进了园子，宝田恨之入骨。自从进了孙宅，宝田一直厚待这个东瀛女子，可怜她为"情"字不顾一切的心意，不曾有半点怠慢。可常年远离故土，加之思念双亲成疾，雅信不得不借助大烟打发思亲之苦。宝田也不记得瑾瑜何时染上烟瘾，但起因全在雅信是千真万确之事。可，宝田又能如何？雅信的苦衷宝田心知肚明，既不忍心责备她，更不忍处罚她，终究她也是个可怜人，亦不曾威逼瑾瑜吸食鸦片，一切都是他自作孽。情天幻海，不过都是一个孽缘使然罢了。

秋雨淋漓，雨滴敲击着花厅外的肥大芭蕉叶，彻夜点滴淋淫到天明。宝田推开花厅的几扇乌木门窗，抬眼望去，天顶阴云密布。一层秋雨一层凉啊！她不觉紧了紧披肩，回到卧房，打开一个紫檀箱笼，取出五条秋裤，紧紧捧在怀中下了楼，来到一楼的闺房，催促女儿们穿上保暖。母女正说笑间，瑾瑜推开紫檀楼的门，进了来。他手里提着一只篮子，眼光在五个女儿身上扫视了一圈，说："一会儿雨停了去采些蘑菇回来，拿着这只篮子。"大女儿不情不愿地反驳："天这样冷，谁愿意出去采蘑菇！"孙瑾瑜暴怒，扔掉篮子，抬手便要打。宝田顺势护住女儿，喝止丈夫，说："哪有这样欺负人的，你要吃蘑菇自己去采，或是打发佣人们去做，为何偏要女儿们去？天这样冷，你也不怕女儿们着凉得病！"说着，眼泪突然涌了上来。抽泣着，继续说："女儿们要做针线，做女红，没有工夫去，要去就让厨子们去吧。"孙瑾瑜悻悻然，站在原地愣了半晌，见女儿们怒目相视，便扫兴离去。他不明白，妻女何以这般冷漠、狠心！几年前，还是温驯、恭敬的模样，而今竟也敢当面顶撞自己。他越想越气，遇到一个雨中迎面撞来的小厮，就气上心头，将篮子一把甩给那人，命他今日必得采一些鲜蘑菇回来。他特地强调，说，须得是亲手采来，愈鲜愈好。那小厮无可奈何，敢怒而不敢言，提着篮子，一路小跑着出了园子，去采蘑菇去了。

孙瑾瑜窝着一肚子火气，身上早淋得湿透，返回书房时，见雅信正躺在卧榻上一口口吐着烟圈，脸上翻云覆雨一般快活似神仙。他也不言语，脱了鞋，也躺在榻上，自己点上一块鸦片，放入烟枪内，倒头便一口口用力地吸了起来。烟雾朦胧中，他似乎看见一位身穿白衣的老者，站在地中央，满面忧色地盯着他的眼睛看。孙瑾瑜浑身一颤，想起祖上流传的那个神秘故事，也有一位白衣老者。他想坐起身，与老者离得近些，却不知怎地，一头栽倒在卧榻案几上昏死过去。半晌，那小厮提着满满一篮子鲜蘑菇返回孙宅，却听得满院子哭喊声，人声杂沓——孙老爷猝死了。

第四章　异兆

河岸的草丛成排枯萎衰败，不到三日，一阵冰雹绵延不绝地降下，惨厉的景象触目惊心。流言四起，说是孙家老爷瑾瑜过世那年，孙宅一株海棠在冬季盛开，梅花又在夏季绽放，原是以为预兆孙老爷故去是有些仙缘的，怎料是应了几年后城内的两场异兆。流言传得甚嚣尘上，愈传愈邪乎，最后传到宝田耳里，就成了孙家对全城施了妖术，全因孙家有一块通灵宝玉。

宝田冷笑："玉，贵不在名，而在实。孙家的玉，而今成了谜踪，不知在天涯海角何方寄存呢。"这倒要追溯回几年前，雅信吞了金，随了瑾瑜而去，原本这玉在宝田手中保管。瑾瑜仙逝来得蹊跷，便有谣言指向白衣老者和那玉。孙瀛是单传的长子，孙家这一辈长房嫡孙从瑾瑜所出再无男丁，这玉的归属毫无疑问，该是孙瀛的。宝田原想等他成了亲，再交给新媳妇保管；但，孙瀛却不认这理，执意要去了那玉，隔日便不辞而别，只留一封书信，言明要出外见天地、见众生。转过几年，倒是风调雨顺，无病无灾地过着日子。宝田是守成之主，镇得住江山和臣民的那一种人，守得住祖产家业，虽不善开源，节流却做得极佳。日子不上不下地过着，再也无人提起那玉的下落，更不知孙瀛人在何方。

入了农历十一月，柿子树挂了果子，缀在树梢纷纷然的金黄果实在夜间莫名其妙地一扫而空。隔了几日，风声嘶吼，铅云密布苍穹，卷着一穗穗的秋草在城中恣意窜行，异兆再次临到复县上空。风雨变幻，多事之秋，各家只能自求多福。孙宅里倒还平静无虞，宝田携着五个女儿，坐在老宅院子二楼窗前，一针一线绣着女红。隔年，长女孙玉华就要成亲，几个女人家一起围着做针线，做些陪嫁的物什。这也是奇缘一桩，孙家本是望族大户，即便今日不同往昔，也是瘦死的骆驼比马大，日子倒是仍旧富裕。但，孙家长女玉华嫁的却是本府的一位厨师。这事说来也是姻缘天定，此人名唤宝旭，生得仪表堂堂，做得一手好菜，十四岁上就在孙宅帮厨学艺。某日，宝田叮嘱厨房做些牙捣蒜，配桌上的酱肉和饺子。几位小姐与母亲左等右等，饭菜已吃了一半，却不见蒜酱上桌。玉华起身往后厨去寻，却见宝旭一人坐在灶头，正泪流满面用牙咬烂剥好的蒜瓣，再一点点嚼烂吐到酱油碗里。这蒜是新收的紫皮蒜，辣气冲天，宝旭早被辣成泪人，却还在耐心地嚼着蒜瓣。玉华先是一脸惊愕，接着情不自禁地笑出了声。宝旭回过头，见主家小姐站在身后，笑意盈盈的模样甚是温婉。他羞红了脸，说："主母要吃牙捣蒜，这蒜太辣，故而用牙捣得慢些。"玉华止住笑，说，所谓牙捣蒜并非用牙来捣碎，而是将蒜用捣蒜臼捣烂，才算是牙捣蒜。宝旭听了，脸一红，手足无措地立在厨房中央。玉华便帮他重新剥了蒜，放进捣蒜臼，一点点捣烂成泥，倒入酱油碗中端走了。待回到屋子，姊妹们见她笑容满面，追问之下才知晓这桩趣事。从此，宝田留意起这个憨直醇厚的年轻人，又打探说此人之前娶过三次亲，怪就怪在新娘子不曾过门就莫名死去。一来二去，宝旭命硬克妻的传闻就不胫而走。虽然长得一表人才，人品厚道，至今却仍无妻室。宝田想："家中没有男人，若觅门当户对的人家，女儿必得离开家，这偌大的宅子又少了人丁；倒不如招一个知根知底的本府人，婚后依旧住在府上，一来闺女在身旁也是安慰，二来家中有了男人到底心安稳些。"这样思量，便找来算命先生，将二人的八字合婚配对。批算结果是，宝旭命极硬，是为太阳火；玉华命也极硬，是为森林木。阴阳术数上讲，"木火夫妻好婚配，子孙孝顺家业旺，六畜钱粮皆丰盈，一世富贵大吉昌"。这桩良缘便一拍即合。母女做着针线，闲话些家常，用过晚饭仍旧聚在桌前灯下做针线打发漫漫长夜。劲风夹着石子，乒乒地击打在屋顶，妖风吹了几日，早已见怪不怪。

　　这间二楼临着集市，只一墙之隔，里面是园子花圃，外边是集市商铺。狂风吹开了临街的几扇窗子，砰然作响；几个姑娘起身关窗，各自瞥见墙外站着个黑影，披着黑色斗篷，看不清面目，只觉身形异常高大诡异。宝田闻声，也走来窗口，向外看时乌云的荫翳投了过来，遮住了月亮的脸，眼前一片暗影闪动。忽地，只听隔着墙有什么投了进来，一个接一个，像急雨，更像冰雹。然而，都不是，待云影闪过，几人分明看见那披着黑色斗篷之人正向院里扔进一块块磨盘大的石头，落地时眼底竟分明看见石头成了银子，银灿灿白花花散落了一地，整个院子转瞬堆满了小山一般的银子。那妖风霎时停住了，乌云散去，当空一轮皓月如雪，将乾坤天地照得白茫茫一派澄澈清明。再去寻那黑斗篷，早不见了踪影。母女六人举着蜡烛下楼，怯怯地推开房门，走进院子逐一查看，果真满院子都是白银。这事过于神秘、蹊跷，宝田感到一阵头皮发麻，领着女儿们立刻返回屋子，仔细插好门，一夜未敢合眼。第二日，待到天明时分，后厨来送早饭，进了院子便惊呼："好大的石头！"母女几人颤颤打开窗户，再望去竟没了银子的踪迹，满院子碎石，触目惊心。此等诡异之事依旧没完，反复了三夜，夜夜如此。母女几人胆战心惊，不知是何预兆，每日间只能加紧清理满院碎石。

待又隔了几日，夜间又是狂风大作，忽听远处高喊"走水了"。依窗远眺，却见几条街外腾起数丈火舌，橘红色火光映天，火借风势卷起一片火海，转瞬蔓延开去。忽又听有人扯嗓子高喊："不好了，缎庄着火了！"宝田心一沉，险些晕厥过去。御景星已是孙家所剩无几的家业中唯一的指望，若是烧了，该让孤儿寡母日子如何是好。狂风鼓荡了一夜，天亮方才渐渐散了威风，空气里飘散着焦烟气味。几缕烟灰在晨光中游荡，飘飘洒洒落在院子里，待捡起来细看，却是丝丝缕缕残余的绸缎碎片。御景星已成残渣灰烬，一切化作泡影，随风飘散。成千上万匹绸缎丝麻一夜之间被烈火吞噬殆尽，连带着附近几间酒楼、茶肆也烧得一干二净。原本，这是天灾，而非人祸，但因谣言四起，矛头都指向了孙宅的通灵宝玉，因而烧毁的酒楼、茶肆老板逐个上门讨债。宝田不得已，拿出仅剩的银子珠宝，又赔上几亩田产，方才息事宁人。

孙家败落的征兆已经显现，宝田揣测不知是否因那玉离了宅子，才有这许多无妄之灾临门。想要寻找孙瀛下落，却又无从下手，只得忐忑度日，祈愿不再有灾厄降临。然而，转过年，刚一开春，宅子莫名其妙失了火，火焰席卷了大半个宅子，烧了一天一夜才渐次熄灭。满目疮痍，焦黑的木炭瓦砾堆得遍地都是，昔日珍贵的紫檀木、黄花梨木家具都付之一炬，字画瓷器等一干珍玩摆件被焚的、被偷的，不知丢失了多少。维持这偌大家宅本就耗尽心力，又是一灾连着一灾，此起彼伏不曾消停，宝田心力交瘁已极。回头看见五个女儿，一众灰头土脸的仆从、丫鬟，她咬紧了牙关，强作镇定指挥众人从灰烬堆里找寻值钱的物件，能挽回一点儿算一点儿。所幸，藏古砚古玉的厢房离得远，并未殃及，后厨和仓房，自己和女儿们所居的紫檀楼亦无损伤，尚且有安身之地，也算万幸了。没了缎庄，田地也所剩无几，再想重建那半个焚毁的园子也是不能了，宝田和女儿们商议就将那地转给一旁的新式学堂。自瑾瑜过世后，宝田便将学堂易手，转售给城内新派人士经营。钱庄凋敝破产，盐场早已易主，孙家只剩下一副庞大的骨架子，内里早已耗尽，更无生金之道。奈何，宝田心底早有准备，又是心怀宽广的，不曾被这一连串霉运打倒。

剩下的半个宅子，勉强住得下。临着所居小楼西北角，单独辟出一处私密院子，留作玉华和宝旭的新房。炕上铺着刺绣繁丽的被子枕头，窗上挂着缎子纱幔，墙上悬着西洋钟，地上铺着织锦毯，屋内四壁糊满彩色墙纸，摆放一水儿的黄花梨木家具，瓷器和玉件亦不缺，统统都是祖上传下来的好东西。姊妹们喜气盈盈为长姐和姐夫祝贺，孙家昔日繁华气象依稀还瞧得见模糊的影子。婚宴虽不热闹，单请了几家常走动的亲友，但多事之秋能有喜事相冲，也算一点安慰，众人倒是吃得尽兴欢畅，仿佛时光倒流回孙家极盛之时。

婚事完成，一切重归平静，到了这年秋末，又是一场莫明之火偏偏烧在了收藏古砚古玉的厢房里。有仆人私底下传，是有人潜入厢房偷盗，怕露了马脚，索性放火烧干净踪迹线索；但也有人说，就是去年的妖火作祟，也不知孙家犯了什么火劫。众说纷纭，莫衷一是，但可以肯定的是，那些世间孤品，那些价值连城的砚台玉器都不见了踪影，不管被偷被烧尽是消失无影。女儿们站在厢房灰烬前失声痛哭，回想父亲在世时，常在此消磨时光，恍如隔世一般的伤感落寞。宝田自始至终未有半点言语，亦不做任何调查，只遣散了多数仆役，留了几个老态龙钟无处投奔的仆人继续住在园中养老，也指望不上他们做事，多数事要靠自己动手了。

宝田做了一个奇异的梦，梦中真有一位白衣老者，站在面前，质问她玉在哪里。梦中，她口不能言，手不能动，只用眼神哀求老者；白衣老者叹气摇头，一股迷雾从四面八方聚拢了来，将老者团团卷了去。她想伸手去抓，却怎么也抬不起手，急火攻心之时，从梦中惊醒，身上湿漉漉满是汗渍。她起身，推开二楼的格栅窗户，远望晴空，几朵棉絮一样的无根之云在天顶空荡荡漂泊游弋着。远处，新式学堂里书声琅琅，三个未出阁的女儿，都在那里上了学，每日里都有念不完的书，习不完的作业，人手又少了些。除了长女和女婿，能做事的也只有宝田自己。三人苦苦支撑一大家子的吃穿用度，半个宅院的寒来暑往亦都要亲手打理。日月如梭，一晃三年光阴渐逝。

第五章　雷火

世局改天换地，变了人间。日子虽不似从前花团锦簇，却自有白云清风的快活恬淡。喜怒哀乐同生互换，山水迢迢颠簸路上，总偃伏着一重重惊一重重忧。日子耐心着过，哪朝哪代皆是如此。孙家失去了玉，日子过得虽没有先前的烈火烹油，却也说得过去。只是到底那玉在的时候，家族是极其鼎盛的，如今多少有些失落之意。但玉华却坚信，人品和家风已经被玉浸染，玉的形不在了，玉的魂已然融入了孙家后人的血脉筋骨之中，任谁也夺不去、砸不烂的。只是，每每想到那玉的下落，一家人不免有些惆怅、失落。

成婚三年，玉华始终未孕，宝旭寻了诊，熬了许多药也未见有喜，各自心底不免惴惴不安。于是，便在上好的丝绸上依着记忆，绣了那传家美玉汍云瑶的模样，做成了帕子，日日带在身旁，闲暇时拿出来瞧上一瞧，略解憾意，也是一个自我疗愈的好法子。

白日宝旭在厨房灶台前烧火做饭，夜里又在县公社商店打更，但凡谁家有红白喜事，全少不了请他掌勺操办。宝旭人缘极好，人也生得和善忠厚，尤为喜爱孩子。终日兜里都会揣上几块虾糖和高粱饴，碰到邻人抱着孩子，就会拿出一颗糖塞给孩子。久而久之，人尽皆知，宝旭想要一个孩子，必得是一个儿子。人们四处帮忙打听，听见谁家要送孩子，都要为宝旭留心打听着。说来也怪，竟未有一次能成。初始，几年前嫁到赵屯的二妹玉芳生下小儿辰凯，宝旭喜爱得紧，便要来做儿子。第二日，辰凯爹便想孩子想到肝肠寸断，哭着来把儿子重又抱了回去。宝旭哭着在身后追赶，只能眼见辰凯被抱着越去越远。后来，邻县一个孤儿听说了，便跑来认宝旭做爹，跪在地上磕头。宝旭见他生得清秀，又是无父无母的孤儿，心里喜欢，就认了这个干儿子。谁知，此人是个好吃懒做的骗子，把宝旭唯一的皮帽和呢子大衣骗去，就再也不见了踪影。夜深人静，宝旭坐在烛台前默默流泪，玉华在灯前无声地做着针线女红，两人都无话可说。复州的夜寂静悄然，星星点点的灯烛在各家各户窗内闪着微光，天地茫茫苍苍一片混沌未开之象。

　　宝旭点起一袋旱烟，坐在窗前，望向院子一角的二层紫檀雕花小楼。楼内灯火通明，三个仍未出阁的小姨子，正在灯前做着功课。宝田亦坐在灯下绣花，一针一线深深浅浅地绣着草长莺飞，她抬起手，用针轻轻搔了一下头皮，叹了口气，起身走到窗前，透过玻璃望向西北角长女玉华和女婿宝旭居住的院子。长女未孕，宝田心内的苦却不能诉，她生生咽下苦涩，终日笑着安慰女儿，说："好事不怕晚。"可这好事何时能到？她心底也迷茫未知。抬眼，望向天边的流云小月，暗自思量大半生的遭际，回望孙宅昔日繁华，一如过眼云烟。而今，传家苍玉不在了，亦不知流落何处，到了何人之手；祖业已经败落得七七八八，唯独剩下这一半未被烧毁的宅子和所剩无几的古董玉石。她心中暗自庆幸，多年前在墙角偷偷埋下的那三坛子宝贝还在，至少还有救命稻草可依。老四玉霞见母亲定定地站在窗前，心知她又在回想往事，起身来到母亲身旁，劝她坐回灯前看她们姐妹几个说笑。宝田转身，离开窗前，几个模糊的影子投到灯烛摇曳的墙壁上，从窗外看去幻影重重。

　　宝旭坐在窗前，默默抽着旱烟，一圈圈的烟雾在夜半钟声中升腾幻灭。他起身，磕了磕烟袋，轻咳一声，离了家，乘着月色向公社商店走去。今夜，又是一人值夜的无眠。玉华静无一语，依旧在灯下独自做着针线，眼角却悄然滴下一滴泪。她抬手拭去，继续做着针线，仿佛一切都在静寂中如常无虞。她左手中指戴着顶针戒，相邻的食指中部关节以上都缺失了，只留下一个圆圆的肉疤。她想起十二岁那年，父亲瑾瑜吸食大烟几乎把家败光，她生了病，左手食指生了疮，左腰又生出一处疮。母亲宝田拿出治病钱，又被父亲拿去买了大烟，一来二去耽搁了治疗。她痛到锥心蚀骨，却不曾发出一声怨言和呻吟。她不声不响地咬破了嘴唇，痛到钻心处，便用手指抠着墙壁，竟生生抠出几个洞来。疮一阵阵作痛，脓血和毒液沿着肌肉浸入骨头，一寸寸啃咬着肌肤和神经。宝田寸步不离爱女身边，一遍遍将女儿从昏迷中摇醒，怕她一睡过去就再也醒不过来。宝田摸着女儿的身子，滚烫得吓人，脸上却无半分血色，苍白得像一堆初冬的新雪。她东凑西借，变卖了首饰，总算凑足了钱抓药。刚出来院子去请医生，回到房子却发现抓药的钱匣大敞，里面空空如也。宝田惊得一身冷汗，只得从嫁妆中翻出母亲传下的唯一的金簪子，抵作药钱和诊费。然而，一切都已太迟，疮毒蔓延入肌理骨髓，食指烂掉半截，左腰以下半边肌肉烂掉。宝田日夜祷告，祈求上苍垂怜。玉华的命虽保住了，从此却落下病根，走路左腿微跛，刮风下雨左腿和腰部就隐隐作痛。

玉华依旧无怨言，毫不吭声，安静、娴雅地做着一针一线的女红。美轮美奂的刺绣从手底流淌而出，绣成闺中的寂寥和柔情。看似闺中之物，却与这时代的铿锵之声格格不入，这般的乾坤内秀，需得精雕细琢的心性滋养。一双巧手，一颗玲珑剔透心，枝枝蔓蔓绣着才情和聪慧，却绣不进夫君的心，绣不出一个男娃子的身躯。玉华十五岁那年，一个算命先生替她看相说，将来必得贵子。而今，却不见预言成真，她茫然起身，坐到妆台前，对着镜子默默梳着青丝秀发。姊妹五个，她是老大，亦是相貌最出众的，她却觉出自己是最命苦之人。

她从雕花柜子底部的一方暗匣中取出一卷珍藏的上好锦缎，又翻出藏蓝色的印纸，一点点拓好花纹底样，将传家美玉沈云瑶融进盛开的兰花草中，星星点点布满了整张图案。宝旭回家偶然见了，便问这是做甚。她说，要让玉时常在咱们家里晃一晃，将玉绣在这上佳的锦缎上，再做成咱们娃的衣衫，还有你我的衣衫，时时刻刻穿在身上才好。宝旭笑，那玉不是早没影了吗，娃也没有生下来，你这是在望梅止渴。玉华嫣然一笑说，那不一样，玉是天地精华的魄，你与我皆是这玉魄的受惠之人，时时穿在身上便是那玉与我们同在；娃子现在没有，但有了这玉的魂魄的佑护，将来我们会有娃子，我要亲手把这绣满美玉和兰花草的锦缎衣裳穿到咱娃的身上。

然而，复县城内流行起列宁服和连衣裙，淡素的颜色洒满细密碎花，女人们剪短了头发，在两鬓别上黑色发卡。玉华的刺绣显得沉静而久远，是另一个时代的矜持和优雅，与这个轰轰烈烈的新世界迥然不同。宝旭不懂得妻子的巧慧和聪颖，他心心念念的是传承烟火的男娃。他厨艺精湛，复县建立公社后，他便成了打更人和食堂掌勺的厨师。大锅饭很快也在辽南普及流行，复县城里设立了几处大锅饭食堂，宝旭便又兼了一处食堂里的大厨。每逢年节，因为人缘极好，他会格外多分得一些肉，拿回家，一家人的口粮便不曾匮乏过。

这一年冬季分外酷寒，寒冬的冰碴挂满了屋檐，玉华怀了孕，雪水一滴滴顺着冰溜子滑入雪中，隐遁不见。宝旭千方百计弄来了一只母鸡，也不知费了多少周章，花了多少心思，才把那只鸡悄悄带回宅子。他不敢声张，此时的孙宅已经不单是住着自家人，多余的屋舍早已被公家分配给复县平民，住着素不相识的人。唯有这处二层小楼和西北角的院子，尚且住着自家人。他悄悄将那母鸡炖成鸡汤，又千辛万苦从老宅附近人家用一袋盐换来一小撮榛蘑，小心翼翼地放进鸡汤中，咕咕在冬夜的炉火上炖着。玉华的身子消瘦，面色却红润平静，带着为人妻为人母的喜悦。宝旭将炖好的鸡汤端到玉华面前，目光明亮温柔，看着她一点点喝下去。玉华想起隔壁的母亲和三个未出阁的妹子，便督促宝旭把剩下的鸡汤和肉送给她们。宝旭心中不悦，却不忍心拒绝，他是做惯了好人的软心肠。宝田心痛女儿，不忍心喝这难得的鸡汤，便叫女儿们和女婿分享。若是旧时年月，别说鸡汤，就是再名贵的食材，自己也是买得起的。而今，处处需要票据，没有粮票、肉票、糕点票，再多的钱也买不到东西。她想起墙角那三坛子满满的金银珠宝，心中怅然悲伤。她悄悄从墙角挖出一个坛子，取出几块金子，又把坛子掩埋好，免得被住在隔壁的陌生人家发现。她紧张地返回屋子，将金子偷偷塞进女婿手里，示意他莫要声张，又悄悄在他耳边嘀咕了几句。宝旭点头会意，将金子揣进怀里，也不言语。回了家，进了门，玉华见他神色不对，便问：何事？他掏出金子，将岳母的意思转述一番。二人有些局促，不知是何道理，却也深信定然有益无害。

　　宝旭和玉华坐着马车，依照岳母所言，去了几百里外的大石桥。宝旭隐约记得，年少时被五个哥哥抛弃，十三岁时被日军抓去当壮丁，每日在死人堆里打滚，为了逃生往脸上涂抹死人的血，终于熬过了劫难。随后，他便阴差阳错地进了孙宅，做了一名帮厨的小伙计，跟着掌勺师傅学厨。前前后后所娶的妻子，都莫名其妙地夭亡，人们说他是克妻命，便再无人敢嫁与他。玉华命硬，亦不怕克妻之说，与他成亲后，一同过了这许多年亦无性命之忧，却迟迟不孕，而今一朝有喜更觉珍惜。那日，岳母宝田无意间想起，早年算命先生曾指着长女玉华说，此女命硬，乃森林木之苍郁繁茂，须往大石桥而去，终将天赐贵子。世间的禅机，宝田不能不信；许多事来得蹊跷，亦不能说是巧合二字。

　　隆冬腊月，天地间纷纷扬扬弥漫着雪雾，四野静谧寥廓。寒鸟从天际悠然划过，留下一道优雅的弧线，将天与地切割成低垂的铅云和白茫茫的雪野。风声嘶吼，玉华坐在马车里，透过帘子，无声地打量着世界，嘴角有一抹复杂的笑。丈夫坐在车外，浑身挂满了冰雪，哈着热气用马鞭抽赶着几匹骡马。他们已经赶了一天路，天黑前应该就会到远亲家，借宿一晚再做打算。大石桥与复县相隔并不遥远，只要一日的车程便到。玉华坐在车子里，依旧一刻不停地画着氿云瑶的纹样，她与夫君的衣物和家里的帘子枕套被褥，但凡能绣能画的地方，都被她或绣或画满了那美玉。母亲曾劝她，这样耗费时间和身心去绣去画那玉有甚用。她却笑着答道，这玉是咱孙家的精气神，玉的形不在了又如何，咱们依旧有玉，布匹上绣的，纸上画的，也是咱们不曾忘了这玉的精髓。

民国时，这里也曾有孙家的缎庄和钱庄。因了生意，这里有几户桥东村民定居，也便成了孙家的远亲。数年未曾走动，倒是偶尔有书信往来，听说也是过得捉襟见肘。眼下不比当年，都要靠着公家吃饭才有出路。到了门外，天色已经全黑，屋内人早收了昔日孙家主母宝田的信，已经迎在门口多时。见两人冻得面色铁青，便立刻牵过马鞭和马车，让二人赶快进屋暖和歇息。不知从何处弄来的面粉，满满两大盆的水饺，热气腾腾地摆在桌上，碗筷都已摆齐。几人入座，边吃边聊。这家姓邱，当家人邱景仁曾是御景天星缎庄在此处的掌柜，受老爷主母恩惠扎下了根，日子也曾过得兴旺红火。此番包了水饺，也是念在东家恩情和往日情分，也知东家大小姐身怀有孕，于是用了积存的粮票换回了这些面粉和猪肉，包了一顿饺子。宝旭感激不已，也知此次让对方破费不少，便偷偷掏出一锭金子塞给了邱景仁。那人坚决不受，这样的回礼实在太过贵重，莫说金子，就是银子亦是少见的。然而，到底执拗不过宝旭，只得收下，并承诺帮忙在生产大队里谋一个做饭掌勺的差事给宝旭。一顿饭工夫，两家已经熟识。

玉华在邱家后院的厢房里安顿下来，宝旭在大队食堂做了厨师，日子倒也和往日没有多少不同。二人都知，此行是暂时寄居此地，等孩子降世后，便可打道回府，返回复县老家。三妹玉玲和四妹玉霞托人捎来了母亲缝制好的婴儿衣物和襁褓，还有二人素来喜爱的虾米，也不知冰天雪地她们如何得到这等精贵的食物。妹妹们一趟趟托人捎信捎物，玉华心里得了安慰，竟也不觉得十月怀胎的苦楚，慢慢恢复了以往的生活。白日里，陪着邱家的媳妇们说笑做活儿，夜晚在灯下做着女红，她的针线精巧灵动，把邱家的几个媳妇喜欢得爱不释手。她便手把手教她们怎样下针，怎样描蓝，一晃，玉华临盆的日子就要到了。邱家备下了物什，又有母亲和妹妹们的针线衣物，玉华心里得了安慰，盼着孩子落地那一刻，一切祷告就得偿所愿了。

农历十月初十清晨，天突然一反常态下起了瓢泼大雨，夹杂着电闪雷鸣。宝田坐在二层紫檀小楼中，抬头望向天空，乌云密布间隐约有一闪而逝的电光石火。一道惊雷在头顶炸开，一大团火球兀自从天而降，瞬间击中了院门前一棵柳树，腾起一股黑烟和火苗。宝田惊恐地注视着那团火球，从树梢滑落树干，再如游龙一般遁入地底，摆了一下烈焰龙尾便不见了踪影。她重重拍击着桌子，感觉一股热流冲上喉咙，想哭却哭不出，想笑也笑不出。她颤抖着坐了下来，许久不曾言语。三个女儿见状，纷纷围拢上来，莫名其妙地看着母亲。

宝田神情苍老了许多，她抬手指向窗外院门前被烧焦劈成两半的柳树，说："你大姐的孩子留不住了。"女儿们一起看向窗外，果真见那树已烧成焦煳的黑炭，却并不明白缘由，不知母亲因何得出这个结论。宝田摇头，苦笑道："天道有常，万物相通，这是预兆，也是宿命。"大石桥邱家的厢房里，玉华正经历阵痛的煎熬，她恍惚中似乎看见故去的父亲。邱家的女人们忙里忙外，经过一天一夜的漫长等待，玉华在剧痛中昏厥过去，产下一个死去的男婴。血气弥漫在房间内，婴儿因难产窒息而死，玉华在昏迷中隐约看见了一位白衣老者，手里拿着那传家美玉汄云瑶，向她微笑着走了过来。

一年后，玉华和宝旭返回了复县老家，她怀里抱着刚出生的女婴，满脸慈爱喜悦。宝旭面色凝重，无半分笑意，他怅然赶着马车，停在了孙家院门前。门外被雷火劈开的老树已经焦黑炭化，一别近两年，院子里的二层小楼明显破败了许多，西北角的院子依旧立在日光之下，笼罩着悄然无声的静寂。玉华抱着女婴，下了马车，进了院子，高声喊道："娘，我回来了！"随即，怀中的女婴闻声啼哭了起来，她连忙哄着婴孩，向小楼走去。宝田闻声冲出门，一眼瞧见女儿和外孙女，忍不住捂着嘴哭了起来。玉华强忍住泪，笑道："娘，快看这女娃生得多好，像极了娘！"宝田接过孩子，又哭又笑，仔细打量。果真，是一个极美的女孩儿，眉眼之间透出一股英气和聪明相。那孩子的襁褓和衣衫上到处绣满了玉华一针一线刺绣而成的汄云瑶，那玉在彩色丝线的映衬下栩栩如生，仿佛真的就是那传家之宝镶嵌在衣衫之上了。她想起天降贵子的预言，便又破涕为笑，到底一家人总算又团聚了。

第六章　抄家

鸽哨嘤嗡从晴空滑翔而过，盘旋升腾，在虚空之中刻下悠长的弧。风从四面八方刮过，卷起细碎的尘土，在朗日下游走，翻卷，散落。一层层的土，一浪浪的沙，无穷无尽席卷着光影中的尘埃，像无数个索然无趣的晨昏日落。广播里慷慨激昂的歌曲传遍整个县城，世人轰轰烈烈地活着。

西北角的天空飘来一面风筝，轻巧的一只喜鹊，描金画彩，在风中起伏飞舞。一根丝线从鹊尾俯冲直下，从几十米高空通往地面，连着一个精巧的纺轮，安安稳稳地被握在一只手中。女孩儿手握纺轮，一路仰头，边跑边笑；她扎着两根麻花辫，俊美的眼弯弯笑着，明朗开阔的厚唇微翘，露出洁白的皓齿。娘亲手做的碎花棉袄，绣满了传说中的传家之宝氿云瑶，那玉在娘亲手织的彩色丝线的光耀中如真如幻，在风中翻飞着衣襟，像一只轻灵舞动的鹊。

玉华静静地坐在西北角的院子，不时地抬头望向女儿，又低下头继续做着手里的针线活儿。她依旧在不停地刺绣着氿云瑶的纹样，在丈夫和女儿的新衣上，满满当当都是那玉的华彩与模样。左邻右舍都听说过这玉，知道是什么仙缘来历，有人却也是不信的，觉得十有八九是胡诌出来的一块什么石头。但丽云信誓旦旦地告诉他们，家里确实曾经有过那么一块由白衣老者赠送的宝玉。人家笑着问，你才多大年纪，怎么就敢肯定那玉是真的存在过。丽云十分认真地点头，指了指自己身上绣满的氿云瑶，说道："外婆说她亲眼见过，母亲如今把玉都绣到我身上，还有爹爹身上也是那么多的美玉，我们就是那玉，那玉就是我们。"邻人带着异样的笑，也不说什么，只是笑着离开了。

丽云长到七八岁的年纪，已是家中的顶梁柱，难得有这般快活之时。她奔跑嬉笑着，身后跟着一群孩子。宝旭坐在窗边热炕上，戴着厚实的棉帽，盖着厚实的被褥，却依旧觉得冰冷刺骨。倒春寒时节，一切都在萧索之中显出明媚来，湿冷的气息却挥之不去。他的胃部隐隐作痛，切除了三分之二的胃部，身体羸弱已极。他脸上带着浅笑，目不转睛地看女儿放风筝，他亲手为女儿制作的喜鹊风筝，用去了几天的时间。他看着她明媚的笑，嘴角轻轻一弯，心底却流着泪，这孩子命苦，从小就踩着板凳做饭，下了学还要喂鸡喂鸭，农忙时还要下地种菜收粮。

玉华一声不吭，穿针引线，一会儿工夫就绣好了一方枕套。嫩粉色的布面上，一对七彩鸳鸯在莲池戏水游荡，微风拂过，点点杨花飞落，消弭在静谧的月色中。她在那些鸳鸯和杨花间，绣起了几块缤纷晶莹的美玉汃云瑶，飞针走线充满了神采，那玉的精灵与华彩仿佛从她的针尖流淌而出。她收起针线，走进屋子，将刚绣好的枕套换到女儿的枕头上。她自觉难过，因为左腿不灵便，许多家务都是硬撑着才能做完。丈夫多病，去岁寒冬，一个大雪封门之夜，宝旭突然从炕上跳起，冲进厨房，将烧得滚烫的开水往喉咙里灌。人人都说，他是鬼上身了，不然谁会用热水烫自己的五脏六腑。只有她知，他是被胃痛折磨得疯了，用开水缓解痛苦。他回到炕上，趴在炕沿，一口口吐出殷红的血。血水灌进女儿丽云的棉鞋，将棉鞋上绣着的斑斓汃云瑶美玉染成了殷红色。他却浑然不觉，胃里一阵翻江倒海的剧痛，便昏死了过去。玉华慌乱中推醒了熟睡的女儿，她是一个心软而无能的母亲，亦是一个爱丈夫胜过爱女儿的母亲。玉华的左腿残疾让她无力在雪夜跋涉求援，她让女儿赶去几里地外的驻地军营求救。她需要军队的卡车送他去医院做手术，整座城只有军营里唯一一辆车子。

年幼的丽云心惊胆战地下了炕，将双脚塞进灌满父亲鲜血的棉鞋，猛吸一口气用力推开房门，迎着呼啸刺骨的寒风暴雪，踩着深及大腿根的积雪，一点点向遥远的兵营艰难地挪去。她本可以去旁边的二层紫檀小楼喊姥姥和姨妈们帮忙，却不巧她们前日去了乡下的二姨家小住。二姨玉芳产后多病，宝田和女儿们便时常过去照料一阵子再回家。汗水湿透了丽云的棉衣，雪水凝成冰碴，挂满了棉裤，塞满了棉鞋。那些绣满了玉的布面变得苍老而斑驳，在夜晚的雪色中显得触目惊心。她想哭，却生生忍了回去，她知道：哭，无济于事，她只有坚强、冷静，因为父亲危在旦夕，母亲束手无策。这个家只能靠幼小的她，而她只有七岁。她想起：姥姥说，她是天降贵子给父母亲的礼物，她有极为贵重的命数。可是她只觉得苦，浸透了苦水的说不出的那一种苦。她在风雪之中像一株脆弱的芦苇，风欲折却不弯，雪欲掩却不埋。深一脚，浅一脚，在茫茫无涯的风雪中前行。

　　凌晨三点，一片漆黑的夜色中，军营中响起了紧急集合声和抬担架上卡车的声音。一名战士将已经冻成青紫色的丽云抱起，放进副驾驶座位上，为她裹好几层毯子。小女孩奄奄一息，却强打着精神，意志清醒地为开车的战士指路。她牵挂父亲的安危，不知是否耽搁了太久，她已拼尽了全力。当战士们抬着担架从屋子里将昏死的父亲抬上卡车时，她看见母亲已经哭成了泪人。玉华不管不顾地跟着上了卡车，将丽云孤零零留在冰冷的家中。她挣扎着烧了炉子，将湿透的棉鞋放在炉火上烘烤，又换上干净暖和的衣服，一头扎进被窝昏睡了过去。宝田领着女儿们返回老屋时，丽云已经独自过了七日。看见外孙女一个人守着偌大的西北角小院，将家料理得井井有条，宝田抱着她说不出话。她知：这个外孙女懂事能干。可越是如此，她的心便越痛。孙家若不败落，她本该是大户人家的千金小姐，奴仆成群伺候着长大，不需受半分苦楚。宝田的心被女儿们分成了几瓣，每一瓣都连着心，扯得她痛彻心扉。她带着三女玉玲和四女玉霞去城里医院探望女儿、女婿，留下五女玉素在家照看丽云。玉素比丽云长十几岁，却远不如丽云稳重，亦不知冷热，反倒时常捉弄欺负这个外甥女。她不会做饭，平日里被几个姐姐宠惯了，甚至不会点火烧炉子。于是，丽云不单要做饭自己吃，还要照顾比她年长的玉素。然而，玉素并不以为意，她习惯了别人对她的好，把一切当作理所当然。几星期后，先是姥姥和姨妈们返回。几个月后，双亲亦从医院返回老屋，父亲的胃切除了三分之二，只微弱吊着一口气。医生说，只能再活六七个月。丽云忍住泪，每日里细心照看父亲，包揽一切力所能及的家务。玉华却乱了方寸，不敢想丈夫离世后的日子。她默默拿起针线，不分白天黑夜地做着女红，以此减轻心底的慌乱和苦痛。宝田看在眼里，心想："也该拿出藏在房根底下的三坛金银珠宝了，有了这笔救命钱，兴许女儿们的日子会好过一些。"然而，她不知一场风暴正在酝酿，逐渐席卷每一寸土地。

　　村民们纷纷聚拢到孙宅一隅，这是昔日繁荣富丽的孙宅残存的唯一角落。孙宅被七零八落地分割出去，分送给素不相识的百姓居住，唯独紫檀小楼和西北角的院子神奇地保存了下来，却依旧显得格外扎眼。村民们纷传，孙家有一块价值连城的稀世宝玉，当属封建残留的"四旧"之一，他们要收走那玉，砸碎。

　　宝田面色凝重，静坐窗边，看着一屋子狼藉，竟不知不觉笑出了声。女儿们抬头，望向母亲，不知她为何发笑。宝田想起了墙根底下藏着的那三坛金银珠宝，万幸无人知晓，那是她所剩无几的底气，想着便又笑了。她望向窗外，西北角小院寂静得可怕，没有哭声和吼声，更无人语声。她想，或许玉华麻木了，这许多年的苦难，会让人不再有情绪波动，即便天塌下来也能照常过日子。然而，她想错了。此时，丽云正一点点收拾被砸坏摔碎的物件，玉华在一旁默默地煮饭，宝旭独自坐在炕上，一口口抽着旱烟。家里静悄悄的，无人言语，只有刺骨的寒风，从门缝和窗缝中钻了进来，冷冷地入了心。

夜里，宝田缓过一口气，模糊中瞧见女儿们都守在身旁。丽云焦急地盯着姥姥的脸，见她微微睁眼，立刻端过一碗清水，扶着宝田坐起喝水。她说："姥，我知道你为什么晕倒，咱们把那三坛宝贝交出去吧，免得他们总来家里砸东西。"宝田微微有些吃惊，不敢置信地盯着丽云，问道："你如何知晓？"丽云撇了撇嘴，向母亲瞅了一眼，宝田会意，定然是玉华说漏了嘴。宝田摇摇头，说道："那是咱家的命根子。"丽云说："命根子从来都是人，不是钱财，况且如今上哪儿去花去，留在手里徒增负担。"满屋子人听闻，都吃惊不小，不约而同地看向丽云。这话哪像从一个八岁孩子嘴里说出来的？宝田亦被惊到，她拉过丽云的手，问道："这些话是谁告诉你的？"丽云摇头，说："无人告诉我，是我从书里读来的。""书，孩子，你从哪里得来的书？不是全让民兵队烧了吗？"几个姨妈诧异地追问。丽云脸上闪过机灵的一笑，说道："娘偷偷藏了一些书，都埋在那棵柿子树底下，上面放着一口酱缸，所以才无人发觉。我每晚都会挖出书偷偷读，天亮前再悄悄埋回去。"宝田听了，笑了，却又落下泪来。

家里断了火，打火石和能生火的物什，丢的丢，坏的坏，竟无一能买到。每日清晨，宝田总会拿着一把枯草，忍着苦寒，守在邻舍门口，趁着人家生火做早饭时，低声下气地借一把火给女儿们煮饭。邻居从未给过好脸色，冷嘲热讽，话里夹枪带棒。好不容易讨来火，一溜烟跑回自家灶台，快速引火点柴。女儿们不忍，要替母亲去邻家讨火，却被宝田喝止住了，她不想让女儿们受这份屈辱。她能忍，却不想让女儿们受委屈。

过了两年，有一日，忽然就来了一群年轻人，说是宝田素未谋面的侄子们，来姑姑家讨口饭吃。哪来的一大群侄子呢？宝田心知肚明是讹诈，却不敢戳破。几个大男人在孙家赖着不走，混吃混喝了一段时日，又不做事，更不分担家务，偶尔还会对姑娘们动手动脚。这群人不知为何知晓了三坛宝贝的所在，竟齐手将其挖了出来，抢得一干二净；又七手八脚地卸掉了紫檀楼里里外外的门窗，扛着一溜烟逃得无影无踪。孙家早已家徒四壁，而今连遮风挡雨的门窗也不在了，宝田此时已是年过六旬的老人，她想哭，却一滴泪也没有。眼前，唯有凄风苦雨。

第七章　流迁

　　孙瀛离家后，揣着玉，投奔了革命，打过胜仗，立过功，又识得字，相貌堂堂带着儒雅气。抗战时期，因为他会日语的缘故，时常从俘虏来的日军战俘那里得到一些机密信息，他将信息翻译整理后交给上级，因而立功不少；也协助发报员破获了一些日文密电和信件，在军中树立了威望。

　　他因母亲是日本人的缘故，时常感到自卑，总觉得自己血统不够纯正，但他确信在心里是百分之百的华夏儿女、炎黄子孙。为了弥补自己有一半日本血统的事实，他更加拼命地在战场上冲锋陷阵，在枪林弹雨中不畏生死。不知多少次，他的肠子被日军的刺刀刺破，子弹洞穿了身体，也不知被砍伤了多少次，当他被战友从战场上抬下来时，所有人都认为他必死无疑，而他竟然一次次从鬼门关里回转。战友们都觉着不可思议，便问他，为何这么多次都能从阎王爷手底下回来。他笑答，我到阎王那里报到，阎王爷说你有一半日本血统一半中国血统，最好回去好好为中国人打仗，来替你们日本那些在中国烧杀劫掠的罪人赎罪。战友们听了都觉得他在说笑、胡诌，他摸着身上大大小小的子弹疤痕和刀疤，正色道："我有一半中国血统，一半日本血统，我更要出生入死为中国人民而战，用我的行动来为日本在咱们中国土地上犯下的滔天罪行赎罪。"于是，他的话很快传遍了军营，人尽皆知他的赤胆忠心与不畏死。这事一传十、十传百，很快传遍了整个军营，连首长都听说了他的事，又见他一表人才，又有才干胆识，于是便连续擢升了他的职位。孙瀛心中始终不曾放下这份愧疚感和负罪感，他想起了自己的日本母亲和中国父亲，想起他们逐渐模糊的模样与言语。但他深知，有生之年，但凡活着，就一定要为自己的一半日本血统而赎罪，为他那些犯下了滔天大罪的日本同胞赎罪，以祭奠他灾难深重的中国同胞，告慰南京大屠杀中那些冤死的中国同胞的亡灵。他的躯体中流淌着这两个东方国度、两个民族的血，身上背负着一半血海深仇、一半赎罪还愿，永生不能忘记，亦无法忘记。

解放战争前，他将玉严实藏好，并不向人声张，更不向任何人提及往事和出身；对孙家姊妹，他并无多少情义，唯独感念当年大娘宝田和善仁厚，从未对他和生母雅信苛责半句。他原想出外谋生，摆脱大家族的不堪往事，他记得母亲生前郁郁寡欢，父亲沉迷鸦片，他对孙家是恨多过爱的。不论扛枪作战，也不论爬雪山过草地，还是剿匪和土改，他都不曾落在人后，战功赫赫，也积攒了满身伤疤。夜里，他时常揣想衣锦还乡的场景，他领着在部队文工团拉小提琴的美貌妻子，带着三个孩子，扬眉吐气地走进昔日阔绰的孙家大宅，那该是何等风光！然而，他也只是在脑海中幻想，真要让他启程回乡，他却生出近乡情怯的感觉。当年，到底是他从悲痛欲绝的大娘手中硬生生夺走了那玉，尽管他有名正言顺的理由，因为他是孙家长房这一辈唯一的男丁血脉，继承传家宝玉理所当然。但细论起来，这玉寄托了家族荣辱兴衰，他却带着玉远走他乡，确实有些愧疚。当初年轻气盛，想不到这一层关系，而今已过而立之年，历经世事变幻，加之多年部队生涯的历练，他的愧疚之情逐日加深。他做了师长，天南海北地换防派驻，好不容易落脚广西，总算安稳了下来。他惦念起家乡和亲人，猜测以孙家地主豪绅的出身，日子定然不会好过，却不知真实情形比他想得还要糟糕。他鼓起勇气，提起笔，写了一封长长的家书，寄回复县老家，他想接大娘和姊妹们来广西暂住，弥补自己当年鲁莽的过失。这封信送到宝田和女儿们手里时，她们正在绝路上惶惑不安，不知日子如何过下去。这信让她们既惊喜又感动，原来失联多年的同父异母兄弟，竟然当了军队里的师长，她们激动了一夜，灰暗中看到了一点曙光。深思熟虑之后，宝田决定带着三个未出阁的女儿去广西，投奔孙瀛。复县老家实在待不下去了，人挪活树挪死，反倒不如另寻一条生路。

大雨瓢泼似的，不舍昼夜、铺天盖地地下着，三天三夜不曾停歇。宝田带着三个女儿，住进玉华和宝旭的西北小院，望着混沌灰蒙的天地被雨帘遮盖，迷乱，黯淡。雨水冲毁了屋顶，大雨灌进了屋子，湿漉漉一片水泽漫溢，宝旭捂着手术未愈的刀口，一阵心烦意乱，忍不住破口大骂。玉华不吭声，顶着雨，和母亲一起爬上屋顶，徒手一点点修理破瓦。她的左腿隐隐作痛，每逢阴冷潮湿天气，格外痛苦。她托着一片瓦，想严丝合缝地放回原处，她吃力地挪动身子，左腿一下踩空，从破损的屋瓦之间掉落，正正摔在房梁之上的横木中间。

血水从裤腿缓缓流出，一阵钻心的痛，从骨头蔓延到皮肉，她忍住泪，一点点扶住房梁，慢慢爬起，撑住屋顶的瓦片，缓慢吃力地重新爬上了屋顶。雨水茫茫然下着，一下下敲打在瓦顶，漏瓦处的雨帘倾泻而下。丽云一盆盆向屋外舀着水，在父亲的怒骂声中，没有一丝表情，专注地收拾地上残漏的雨水。姨妈们不经事，躲在屋角流泪；屋顶上姥姥和母亲两人正冒着大雨，用尽气力修补残瓦。她只觉得心里苦，从心底苦到心尖，从心尖苦到喉咙；然而，这苦却被她波澜不惊的平静面孔锁住。从小在苦水中泡大，应该就是如此吧，她想。

雨过天晴之日，宝田带着三个女儿南下，离别了这个风雨飘摇的西北角小院，留下长女玉华一家。嫁到邻近地方的二女儿玉芳一家人，也赶来送行。这一别，不知何日再聚。宝田和女儿们在拥挤的火车站人流中穿行，惊奇得东张西望，既忐忑不安又难掩兴奋。三个女儿从未出过远门，就是宝田自己，也从未行过这样远的路。此去，是喜是忧？也未可知。但凡能有一条活路，谁愿千里迢迢远离故土呢？火车仿佛没有尽头地行驶着，一重重影幕从车窗外一闪而过，她们挤在水泄不通的过道里，站到手脚僵硬、麻木。饥渴疲乏，只想着所来之地和所去之处，也许在昨日和明日之间，今日的苦算不得什么。

孙瀛家是一座二层俄式小楼，矗立在部队大院中央，被周围繁茂的亚热带花卉树木环绕着。一辆吉普车缓缓驶进大院，停在这座小楼门前，孙瀛跳下副驾驶座位，打开后车门，扶着白发苍苍的大娘下了车，三个妹妹也陆续走下了车，不住地惊叹大院里的肃穆。孙瀛的妻子吕燕领着两个十多岁的男孩和一个七八岁的女孩，站在门口迎接，她穿着一身绿色军装，梳着两根乌黑油亮的辫子，和气又热情。孙瀛带着大娘和妹妹们上了二楼，给他们安顿好住处，就领着一家人坐到饭厅，早有警卫员从食堂打来了包子和稀粥，一家人坐下来吃饭，聊起各自的境况。孙瀛听了孙家的遭遇，不免伤感，说道："大娘来投奔我是对的，只要有我孙瀛一口饭吃，就绝不会饿着你们。"他见三个妹子吃得狼吞虎咽，心知她们一路上定是遭了不少罪，就让妻子吕燕再去食堂多打一些包子回来。吕燕的脸色隐约有些难看，却不好发作，起身拿着饭盒，就朝食堂走去。大一点的男孩儿看出娘的脸色不悦，就开口说："爸，这些包子都用去咱家半个月的饭票了！"孙瀛一急，向孩子呵斥，带着军人的威严，唬得孩子缩着脖子不敢出声。小女儿见状，哇地一声哭了出来。恰巧吕燕端着满满一饭盒包子回来，听见女儿放声大哭，立刻翻脸，重重地放下包子，抱着女儿哄起来，边哄边对孙瀛喊道："你冲孩子嚷嚷什么！每个月就这些饭票，还要养活这么一大家子人，不省着点用，后半个月全家吃什么喝什么！难不成喝西北风去呀？！"孙瀛听了，脸涨得通红，又不好与妻子吵闹，当着大娘和妹子们的面，他尴尬无比。宝田看出了端倪，猜出她们的到来惹得人家夫妻不和，这还是头一日，就闹得这样难堪，以后的日子只会更难过了。她不由得后悔起来，实在不应该千里迢迢来投奔孙瀛，住在老家哪怕受气，至少是自己的窝，关起门来都是自家人。现在寄人篱下，住在孙瀛家，实在是失策了。然而，一切都来不及了，她们母女四人站了几天几夜，粒米未进，也不曾合眼，此刻已经疲乏至极。草草吃过了晚饭，就上楼去了，很快便沉沉睡去。

　　一楼书房里，孙瀛和媳妇吕燕正吵得不可开交。他厉声问她什么意思，大娘刚进门就摔脸子给谁看？吕燕也不甘示弱，冷笑道："她是你哪门子大娘？和你又没有半点子血缘关系！你又不欠她的，凭什么要养活她们四口人？咱们自家五口人还吃不饱呢，再塞进来四个大活人，你叫我和孩子们今后怎么活？"孙瀛低声怒吼道："闭嘴！我孙瀛好歹也是部队里一介堂堂师长！人不能忘本！她是我大娘，当年对我和妈从未亏待半分，我硬是要走了传家宝玉，大娘也不曾埋怨我半分，我想好好待她们，有错吗？"吕燕盯着他看，问道："什么传家宝玉？你怎么没跟我提起过？好啊！结婚这些年，你还藏着掖着，是不是？你到底有什么我不知道的秘密。快说！"孙瀛一时语塞，气急自己说漏了嘴，他原本不想让妻子知道这事，倒不是不信任她，而是不想走漏了秘密。他降下语气，说："玉的事，我再慢慢跟你讲，但你必须对大娘和颜悦色，对她们好就是对我孙瀛好！"吕燕冷哼了一声，别过头去。孙瀛从背后搂过妻子的纤腰，哄道："好老婆，都是我的错，我道歉还不行吗？求求你，看在我的面子上，好好对大娘一家，她们吃了不少苦！"吕燕从鼻子里冷声一笑，阴阳怪气地说道："好！就听你的！但是说好了，不许她们多住！几个月行，一年半载不行！"孙瀛连忙点头，心想："住多久可由不得你说了算，这个家还是我做主。"夫妻二人的对话却被宝田一字不落地听了去，她本想下楼找孙瀛商量，给三个女儿安排读书的学校，却意外撞见夫妻俩吵架。她急忙返身上楼，关上门，脸色煞白地靠在门上，屋内三个女儿已经睡熟了，唯有一盏鹅黄色台灯在书桌上亮着。这间屋子显然精心布置过，被褥枕套都是新洗过的，吕燕也是用了心的。宝田并不怪罪她，换作谁家突然住进四个不常往来的亲戚，都会心里不痛快。可是，她又能怎么办呢？立刻返回老家吗？还是继续寄人篱下？她只觉得一阵天旋地转，便踉跄着坐倒在地上，捂住胸口，默默流泪。

孙瀛为三个妹妹安排了部队学校，只是上山下乡搞得轰轰烈烈，学校里的课也停的停，废的废。宝田思前想后，便央求孙瀛安排她们入伍参军，兴许还能有一条出路。可是，三个女儿家庭出身不好，又生得文弱，入伍是万万不可能了，最后一条路只剩下嫁人了。孙瀛为四妹玉霞介绍了供销所里的一名年轻干事，两人见过面，彼此都满意，就火速定下了婚事。五妹玉素也和部队里一名战士谈起了恋爱，孙瀛看不惯那人，便将那人调到偏远岗位放哨。哪知，此人机灵得很，临走前和玉素生米煮成熟饭，把孙瀛气得吹胡子瞪眼，只好又将他调回，不久后又分配到山海关任职。玉素随丈夫北上，离开母亲和姐姐们，住到了山海关。只剩下三妹玉玲，生得格外美，孙瀛找不出配得上三妹的人，急得抓耳挠腮，不知如何是好。宝田笑道："姻缘天注定！说不定，自有良缘等着你三妹呢！"吕燕取笑道："穷酸的命，有什么良缘可言？！"宝田被气得说不出话。孙瀛暴怒，一跃而起，一个巴掌扇了过去，重重打在吕燕脸上。自从结婚，两人一直不曾红过脸，家里向来凡事由她做主，现在丈夫竟然为了一个外人动手打自己，吕燕捂着红肿的半边脸，又气又羞，恨恨说："这日子没法儿过了！白白养活一大家子外人，还动手打人，我不过了！我要跟你离婚！"孙瀛一听，又要动手，被宝田死死抱住，吕燕一路淌眼抹泪跑回了文工团宿舍，赌气不回家了。宝田心知不能再住下去了，不然收不了场，就连夜带着玉玲和玉霞坐上火车，往山海关去投奔小女儿玉素。

女婿段清从车站接回岳母和两个大姨姐，领着她们穿过逼仄黑暗的走廊，推开一间狭小筒房的门。一个巴掌大的房间里，放着一张行军床，一张桌子和两把椅子，屋角架着小小的煤球炉子，留作烧水做饭用。玉素刚从邻居家借来两张行军床，好不容易挤出空当儿摆好了床，屋子里一下子连转个身都困难。女婿明显不悦，脸色难看，宝田见了，心里一阵发凉，想起在孙瀛家的遭遇，她只觉天地之大竟没有容她安身立命之所，不免黯然神伤。一家人吃过了饭，天色已经暗了，关上灯，脱衣上床睡觉，一大家子挤在一处过夜，诸多尴尬与不便。玉霞生性要强，一路仰人鼻息、寄人篱下的日子，让她体会到母亲心里说不出的苦楚和落魄，便执意要谋一份事做，以此帮衬母亲。幸好，工厂食堂找人端盘子，她便托了妹夫，又托了孙瀛的关系，总算得了这份差事。她一手同时能端五个盘子，两只手就是十只盘子，稳稳当当，不漏不洒，一甩手就摆好了一桌饭菜。待到月底开饷，拿到第一笔工资，她分文不留都给了妹夫，只求妹夫能多收留她们母女一阵子。段清心有不悦，却不便发作，只当暂时的权宜之计，等两个大姨姐嫁了人，就可以搬出去住了。玉素小两口新婚燕尔，却没有半点隐私空间，段清心里窝着火。

　　这一日，玉玲在家附近摆了一个摊子，贩卖亲手采来的蘑菇，她记得老家宅子后头有一片树林子，自小就常和姐妹们一同去采蘑菇，自认是个采菌高手。但她站在蘑菇摊前，怎么也张不开嘴吆喝叫卖，她低着头，默默一个个摆好蘑菇，将根部的泥土擦拭干净。"蘑菇怎么卖？"一个男人蹲了下来，边捡蘑菇边问。玉玲心里一喜，便说："您随便给个价儿拿走吧，我明天还来卖。"那人一愣，抬头打量起这个女子，只觉眼前一亮。见她眉眼端正秀丽，言语不似俗人，于是心生好感。玉玲浑然不知，眼前这人是执掌一方的政府要员，比她大八岁，丧偶不久，有一个年幼的儿子。因生得倜傥高大，不少人上门说亲，都被他一概回绝。不知为何，只见一眼，他便喜欢上她了，他买下了她所有的蘑菇，约定明日再来买。玉玲欢天喜地拿着卖蘑菇的钱回家，众人都说她遇见了好心人，一下子买了所有的蘑菇，还给了这么好的价钱。接连几日，那人日日都来，每次都会买下所有的蘑菇，一来二去两人便熟络了。一段日子过后，他随玉玲见了宝田，言明想娶玉玲的心意。宝田听得心花怒放，一切如在梦中，不敢置信女儿这般好命，遇到这等良缘。这人名叫温玉明，是执掌一方的政府要员，世代居于此地。玉玲嫁了过去，婚礼简单又温馨，郎才女貌的一对天作之合。宝田只觉快要熬出了头。转瞬，又想起老家的两个女儿，宝田又觉心不安，她让玉霞和玉玲尽量往老家多邮寄一些吃穿日用。唯有如此，她的心才能得到一丝丝安慰。

第八章　养子

凛冬的寒风像刀片一般从广袤的皑皑雪野横扫而过，宝旭深一脚浅一脚地踩着厚厚的积雪，向天际之下升腾起袅袅炊烟的家的方向蹒跚走去。他已年过四十，没有儿子的痛苦让他过早地衰老了。他佝偻着高大的身躯，依旧看得出年轻时候的俊朗，微驼的后背承载了时光的重压，在无边雪野中拖出一条沧桑的影子。他右手里拎着一饭盒温热的鸡汤，亦步亦趋行走在发光的白雪之上，眼底被积雪反射的强光刺得晶亮耀眼。突然，一声微弱细小的婴儿啼哭声隐约传进他的耳朵，他驻足找寻哭声的方向，那声音微弱至极，像气若游丝的浅啼呻吟，他警惕地环顾四周，侧起耳朵努力循着那哭声悄悄靠近。他在一棵老槐树下站住了脚，瞧见突兀的树根下有一堆枯草，隐约露出一个暗灰色的襁褓，他愣在那里，忽然一个可怜巴巴的啼哭声又响了起来，仿佛感知到有人在注视着自己。他手忙脚乱地放下了饭盒，伸手轻柔又紧张地拨开了枯草，顿时一张婴儿的面孔显露了出来，那张凄惨的小脸已经被冻得发青。他心底一痛，赶忙怜惜地抱起婴儿，顺手解开胸口的扣子，把婴儿轻轻地送入怀中，用自己温热的胸膛焐暖冻僵的婴孩。

待进了家门，见妻子正在锅灶前烧火做饭，一锅热气腾腾的小米稀粥已经熬好了，桌上摆好了碗筷和几碟小菜。玉华鬓角发丝凌乱，抬起头见丈夫抱着一个灰色的襁褓，脸上有掩饰不住的激动和喜悦。她站起了身子，伸手接了过去，低头瞧见那婴儿，立刻惊住了。"这孩子是哪里来的？"她惊慌地问道。宝旭急切地对妻子说，是回家路上从雪地里捡来的，只怕是快要冻死了。玉华听了，连忙将婴儿递给了丈夫，转身立刻用瓷碗盛了满满一碗的小米粥浮沫，来喂那奄奄一息的男婴。宝旭已经将婴儿轻手轻脚地放到热乎乎的炕头上，又用被子严实地盖好婴孩娇小的身板，俯身向炕沿的炉子里又添了一把柴火，好让屋子烧得更暖和一些。他想起了那一饭盒的鸡汤，便让妻子将鸡汤热了拿来，兑进小米粥沫喂孩子喝。玉华忙不迭地照做了，心里满是喜悦，又如梦似幻。

丽云下了学进了家，站在灶台边急三火四地吃了几口饭，正要回自己的房间做功课，却听得父母屋子里传来一阵阵欢声笑语，中间似乎夹杂着婴儿的咿呀声。她好奇地掀起了厚门帘，抬腿进了屋子，一眼瞧见父亲和母亲正在开心地逗弄着一个婴儿。她只愣了片刻，便猜到了缘由。这些年，父亲不断认领干儿子，从远房亲友到素不相识之人，不知道有过多少风马牛不相及的人闻风而来蹭吃蹭喝，拿到了好处便一走了之。父亲的心被伤了一次又一次，家里面依旧隔三岔五地就会出来一个莫名其妙的干儿子，丽云轰赶撵走了几个，仍然还是抵挡不住闻风而来的人。远远近近，人人皆知，宝旭想要一个儿子继承香火，他一生痴迷的执念，便是要有一个能为他养老送终的儿子。丽云不服气，时常和父亲辩驳，她质问道："难道女儿就不能为父母养老送终了？女儿家若是足够强大，难道抵不过一个儿子吗？"宝旭听了，就正色道："女儿是迟早要嫁人的，早晚是别人家的人，只有儿子才能永远留在身边。"丽云更不服气，又说："嫁了人的女儿难道就不是爹的孩子了吗？"宝旭说："嫁出去的女儿，泼出去的水。自古如此，没有例外。"丽云不以为意，反倒觉得是父亲不晓得她的一片苦心和孝心。从她四岁当家起，长到如今已是十四岁的大姑娘了，家里家外，田间地头，大事小情，无一不是她独当一面，以一己之力挑起全家人的重担。左邻右舍都说，宝旭这个闺女顶得上十个儿子。

娘抬头瞥见闺女站在门口冷眼旁观，就知她心里不痛快，便抬手笑着叫她来看一眼弟弟。"哪里来的弟弟？"丽云冷冷地问。玉华笑着，便对女儿说："是路上雪地里捡来的，差点就冻死了，这孩子真是命大。"宝旭笑得眯起眼睛说："这孩子和咱家定是有缘，我往他身前一站，他就拼尽了力气在雪地里哭出大声来，想必是知道我来救他了。"丽云走上前来，垂眼仔细打量着婴儿，果然生得极漂亮，黑溜溜的眼睛里透出一股子聪明劲儿。丽云的心瞬间软了下来，情不自禁地伸手抱起了孩子，低着头冲他温柔地笑着，婴孩仰着一张鲜嫩的小脸，也笑得明媚。"给孩子起了名字了吗？"丽云问。父母亲都摇头，她便说："这孩子笑起来好看，又长着一脸聪明相，就叫'俊明'吧。"于是这名字就算起好了。

这些年，宝旭做过几次大大小小的肠胃手术，每次住院期间都是闺女丽云一个人家里家外照看着，又得四处找人接送他去医院，但凡人情往来都少不了女儿的操持打理。玉华凡事都依仗着女儿，但她也有自己的执念，在她心里丈夫在先，女儿反倒是其次，如今又有了儿子，虽说仍在襁褓之中，玉华已经悄悄地将他视作后半辈子的依靠，这个儿子在她心头占据了不可撼动的重要位置。她宠溺着儿子俊明，与丈夫宝旭一同尽心尽力地抚养他长大成人。

丘陵山地的疾风从海洋掠过，摇动着成排的玉米，一浪浪的绿纱帐起伏摇摆，丽云独自穿行其间，双目灼灼，眼神明亮。午后的烈日光线透过交织重叠的玉米帐幔，深深浅浅照射在一陇陇深鏊的土地之上，温和的光线倾覆流泻而下，在丽云的心头洒下了一层层的憧憬和希冀。她边走边即兴采访起身旁一排排高大的玉米，这些玉米纷纷幻化成了盼望丰收的农民、热火朝天的工人，以及无数被采访者。不可遏制的梦想在她胸中激荡，她眼含热泪，心却欢快至极，心绪随着风儿飞向了遥远的天际。这些年来，远在山海关的四姨妈玉霞不断邮寄来挂面、衣物和书籍，月月如此，从未间断。丽云思念着姥姥宝田，几年不见，知道她们过得很好，心里才安宁几分。丽云出落得愈发秀美，散发着聪慧、灵动的气息，她拥有女孩子最羡慕喜爱的雪白肌肤，凝脂凝膏一般的通透清亮。她是复县广播站的报道员，写得一手好文章，是人见人爱的才女。这一年"文革"仍在继续，她有时也会随着中学的舞蹈队走村串乡，表演舞蹈，朗诵诗歌。她是熠熠生辉的明星，是无数同龄男生的暗恋对象。然而她清高冷傲，从不将他们放在眼里，她在做着超越同龄人的梦，她说："我将来要做老师、记者、编辑。"周围人听了，就面面相觑，不知道她的梦想从何而来，那时候的同龄姑娘们日夜思想的都是：早些嫁人生子，一辈子过日子。唯独丽云从山海关源源不断邮寄而来的书籍中，看到了一篇关于记者采访的报道，又读到了报纸右上角的"编辑"二字。从此，记者和编辑这两种职业，如同种子埋进了沃土之中，迅速生根发芽，日复一日，逐渐长成一棵高大参天的梦之树。

这一日，丽云结束了县城广播站的报道，愉快地向家走去。就在不远的前方，她看见弟弟俊明正在家门前和一群女孩儿追打疯闹着玩，年少的俊明就像一尊雕刻精美的玉石，眉眼俊美得出奇，毫无疑问地成了女孩子们追逐喜爱的对象。他放浪不羁，虽不爱读书，却生得一副好皮囊，俨然是一个风流种子。见姐姐回家，俊明便领着一群女孩朝街后头的玉米地跑去，他修长的双腿尽情地奔跑着，展开胳膊转过身来，忽地搂住几个跑在前头的女孩，顺势一同翻滚倒地，在草地上纵情地嬉闹。女孩子们痴迷他透着邪气的俊朗面容，纷纷依偎在他四周，安安静静地躺在地上，温柔地注视着空中飘来的几朵绵软的云。

转瞬到了1976年夏，丽云带着行李，踏上了南下师范学院的火车，这个大学名额本不该属于她，是父亲宝旭拼着好人缘为她挣来的机会。原本因为她的名气和才气，被计划保送进复旦大学建筑系，可是她钟爱文学，一直不忘少年时的记者和编辑的梦，便与另一个男同学对调了上大学的机会，他去了复旦大学，而她去了心心念念的师范学院中文系。她选择放弃的是闻名全国的著名学府，转而进入的是本省一所普通的师范院校。然而，即便如此，还是费了一番周折，父亲用尽所能为她争取到了这个名额，于是她带着梦想和希望离开了故乡。此时的俊明已长成了仪表堂堂的美少年，高大颀长，温柔多情。从小跟在他屁股后面的女孩子们也长成了少女，她们不再和他疯闹，总在不经意的对视中，意乱情迷地躲闪他的目光。他最爱她们之中最白净文弱的那一个，她像一株柔弱的含羞草，眼里蓄满点点泪光，她站在一群少女中央，他总是第一眼便瞧见了她。她日日见他，依旧羞得满面通红，夜里却总鬼迷心窍一般赴约而来。也不知过了多久，她开始害喜呕吐，她极力遮掩日渐隆起的肚子，她怕极了。她想告诉娘和姐姐，却怎么也开不了口，害喜让她日渐消瘦，她用布条勒住肚子，在草地上翻滚踢打，试图打掉这个孩子。终于，姐姐最先发现了秘密，她愤怒地扇了她一记耳光。姐姐拖着她跪在父母面前，逼着她说出肚子里的孩子是谁的种，她咬紧了唇，一声不吭。父亲猜到了几分，拉上女儿，直奔宝旭和玉华西北院的屋子。俊明觉得一双手将他从炕上揪起来，狠狠地摔在地上，他一个激灵爬了起来，便知自己惹出了乱子，他知道她怀了孩子，却不肯认，他想：谁知她有没有和别人搞到一起？玉华和宝旭赶忙进屋子，心知儿子闯了大祸。两家都是邻里邻居，平日里关系融洽，这时弄得面红耳赤，心里实在难过。玉华素来与邻里和睦，宝旭人缘又极好，是出了名的厚道人。他们哀求说："两家孩子不如直接成婚，都是知根知底的。"这话一出口，俊明却不依，顶撞说："我不娶她！谁知她还和谁好过？"女孩盯着他的眼，发出一阵瘆人的怪笑，跑出屋外，只听扑通一声，跳了井。屋里的人脸色煞白，也不知怎样跑出来，怎样救的人，只晓得女孩被打捞上来时，已经断了气。宝旭一病不起，几日水米不进，玉华慌了神，她怕丈夫过不了这个坎儿，留下她一人受苦。她头一遭动手打了儿子。俊明大怒："你根本不是我亲娘，凭什么打我？我告诉你，我早知道亲爹亲娘是谁了！我这就去认他们，再也不踏进这个家门半步！"

　　丽云收到信后返家，已是几日后的事了。她早知这个抱来的弟弟是家里隐藏的祸患，如今一尸两命。她不敢想，年迈的父母今后如何在此地立足。父亲抢救及时，捡回了一条命，母亲寸步不离地照看着。丽云带着一笔省下的奖学金，亲手送到跳井女孩家。她一路来到县公社，那里有县城为数不多的几部电话。她拨通了山海关四姨玉霞的电话，将事情叙述了一遍。俊明在亲生父母处都碰了钉子，便没了安身之处。他在县里游荡行乞了几日，不得不硬着头皮又回到西北角的小院。他见门上挂了一把铜锁，院子里鸡鸭都不见了踪影，心知养父养母搬离了此处，却不知上哪儿去寻。

　　他一路蹭车，又行了许多路，四处打听着找到了丽云的学校。丽云下了课，接到学校传达室的通知就赶了过来，远远地瞧见弟弟落魄的模样，心里的气就消了几分，只责备了几句就转告他父母的去处。丽云为弟弟安排了住处和伙食，又替他买好了长途火车票，第二日便送他直奔山海关。

第九章　寻玉

夜幕中，燕山苍茫横亘，几点星光散落天边，老龙头的海涛声细细缓缓舔舐着沙滩。孙瀛驾驶着一辆军用吉普车，正风驰电掣地行驶在海边的沙土路上。他摇下了车窗，迎着硬朗的海风，载着妻子吕燕和一车广西特产，一路颠簸起伏地行驶着。车轮在泥沙和石块的夹击下飞速转动，他心中急迫，也顾不得许多，唯恐赶路赶得迟了。十多年前，大娘带着女儿们黯然离开了广西，他心中有愧，压抑了这许多年，终于不可遏制地爆发了。他梦见过世的父亲面孔冰冷地站在他面前兴师问罪，梦境之中老父两手摊开，空空如也，突然伸出一根手指，直指向他的胸口，他低头一看，仍是空空如也。他满头冷汗涔涔地惊醒过来，就想起了那玉，那块被他隐藏在密处的传家苍玉，如今是否依旧在那里，仍旧靠近那座山与那片海？

靠近船厂的一处早市，玉华正闲适地采买一家人的食物。她手里拎着新鲜的蔬菜，衣着整洁素净，一头利落的齐肩短发被黑色发卡收拢在两鬓耳后。她炖得一手好鱼，滋味醇厚鲜美，任是再挑剔的老饕都要拍手叫好。她在海鱼摊位前停下脚步，仔细挑选着鲅鱼。那鱼闪着幽蓝色的海洋荧光，带着潮湿的海水气息，在逐渐放亮的天光下显得鲜活明净。她想："俊明最爱吃鱼，也不知现在怎样，亲生的爹娘总不会亏待自己的孩子。"她叹了口气，选好了鱼，付过钱，就拎着鱼和菜向不远处的小区走去。这个小区毗邻船厂，四妹夫单位早年在此分配了一套房子给他，随后四妹全家搬到秦皇岛生活，这套房子便一直空置着。现在这里便是他们的家，房子不大，两室一厅，却也足够老两口居住。四妹夫偶尔过来探望，替岳母宝田捎来一些家常日用品，聊会天儿、蹭顿饭，坐上一整天再姗姗离去。日子平静得像潮汐一样规律，尽管单调，却让人心静。午夜梦回，不眠不寐，玉华依旧会拿出针线，独自坐到另一间卧室，一点点绣着手底下的针线女红。

世界是崭新而陌生的。这些年，姊妹们各自改头换面，不再是曾经畏缩恐惧的三姊妹，她们的人生有了翻天覆地的改变，这一切都要归功于三妹玉玲的婚姻。自从因缘际会嫁给了温玉明，她再不用在社会底层摸爬滚打，而是摇身一变成了体面的太太。温玉明将她安排进银行做了一名普通职员，她像海绵一样拼命地汲取知识，每夜挑灯夜读，自修大专金融课程，即便有了身孕也不曾倦怠过，儿子出生了，她也修完了大专课程。儿子五岁那年，她被行里投票选举为新一任行长，成了独当一面的女强人。与此同时，被温玉明托关系送进另外两所银行的四妹和五妹，也凭借努力和才智被擢升为副行长。孙家三姐妹一时成了传奇，人们议论纷纷。有人说，这三姊妹都是靠了老温的权势才有今天的地位。也有人说，她们纯粹是瞎猫撞上了死耗子，才莫名其妙地交了大运。还有人说，她们确实很有才干，又肯努力吃苦，绝对当得起那个位置。人云亦云，一时间在整个海滨传得沸沸扬扬。玉玲担心传言会影响老温的仕途，便格外低调收敛，做事更加勤勉。她自知一切来之不易，更要爱惜羽毛，自珍自重。老温待她体贴入微，事事随她心愿，有了儿子又添了女儿，两人相濡以沫，夫妻之情日渐加深。她投桃报李，对老温亡妻的孩子视如己出，一家五口和美幸福。她觉得，自己的人生完美得出乎意料，她怕这是一场梦，突然醒来又成了那个随着寡母寄人篱下的贫弱孤女。她时常告诫两个妹妹，做事做人要持重自守，莫要树敌，莫要张扬，更要记得家族出身的背景。五妹玉素年轻气盛，不服气地说："咱们的出身是大地主大豪绅，成分不好得很哩！"四妹玉霞反唇相讥道："现在都什么年代了，还讲家庭成分？再说，这都是猴年马月的事了，与咱们姊妹何干？"玉玲叹道："不说这些，今后咱们三姊妹要好生照料娘，她这辈子吃了太多苦。"

这么多年，宝田和玉霞一家住在一处，四女婿穆国庆为人憨厚，从不给岳母半点脸色看，一家人这一住便是十多年光阴。青丝变成白发，宝田八十多岁上，依旧做得了针线，眼不花耳不聋，不爱山珍海味，独爱烤地瓜。她从不提过往，心酸处从不触碰，只记得年轻时花团锦簇的往事。她开始变得絮絮叨叨，时常一边做着针线，一边对着八九岁的外孙女诉说孙宅里的陈年旧事。外孙女听得似懂非懂，左手捏针，右手执线，不停地穿针引线，五彩斑斓的丝线堆满了一床。她日日听姥姥讲遥远的大宅，像是神秘缥缈的梦境，充满了道不尽的光怪陆离，大宅里那些人和事她记得不多，只记得有一位白衣老神仙赠了一块玉。"姥姥，那玉在哪儿？"她总忍不住抬头问。每当此时，宝田都要长长叹息一声，慢慢地放下手里的针线，眼神格外温柔地看着外孙女，笑道："姥姥要是知道了，就好喽！"其实那玉究竟在何处，宝田已经不放在心上了。那玉之所以能传家，是因其能够兴家，而今虽身在异乡，三个女儿却过得蒸蒸日上，如今长女一家也来投奔，二女儿一家的生活也说得过去。她再没有任何奢望，就这样过着平淡日子，远超出她当初的所求所想。

孙瀛的吉普车停在了楼下，玉玲和穆国庆接到了电话从单位匆匆赶回家，领着孙瀛夫妇上楼进家。一进门，孙瀛一眼瞥见正坐在床上做针线活的大娘，她满头白发，抬头见是他来了便又惊又喜。孙瀛几步向前，跪在宝田床前泣不成声，追悔莫及地向她忏悔自己当年的过错。妻子吕燕自知无颜面对老人，也跟着丈夫一同跪下来，低头不语。玉玲和穆国庆见了，都觉着有些难为情，走过来劝孙瀛："都过去这么些年了，当年的事就不要再提了，当初生活艰难，大家都懂你的难处，并没有记恨你和嫂子。"孙瀛闻言，哭得更难过。宝田止住泪，笑道："儿子，大娘这么喊你，你可乐意？咱们都是一家人，一家人不说两家话，过去的事就忘了吧，咱们一起朝前看。"孙瀛点头，又喊来妻子吕燕，一起喊宝田："娘！"这些年，宝田心里一直扎着这根刺，一想到当年千里迢迢投奔孙瀛，最后却灰溜溜地被吕燕骂走，心里就好像被蜜蜂蜇了一般难过。然而，宝田是最见不得别人流泪的人，更经不得别人一丁点的好话，即便受了再大的委屈，都会立刻烟消云散。到底都是打断骨头连着筋的亲人，为了家族兴旺，她愿意原谅，只要儿孙辈们能和睦相处就好。孙瀛从心底里佩服宝田，虽不是自己生母，却有男儿的胸怀和气量。他记得自己年少时母亲雅信引诱父亲吸食大烟，害得父亲英年早逝，大娘从不对母亲有半分责备，依旧以礼相待，吃穿用度给的都是最好的。那时，大娘最爱的一句话是："宰相肚里能撑船，咱撑不下船也要撑得下一棵大白菜。"不过当时他受母亲雅信的影响，对大娘心怀不满，只因她是父亲明媒正娶的妻子，便总觉看她不顺眼。而今想来，是何等的不应该！他和吕燕从车子里搬下许多广西特产，逐一搬上楼，送给宝田当作夫妻俩的一点孝心。三妹和五妹一家也赶过来看望大哥大嫂，一家人时隔十多年终于再次团聚。至今孙瀛和吕燕还从未亲眼见过大妹和大妹夫一家，听说了他们家的事，便决定第二天去山海关船厂小区探望。

俊明乘坐的火车在山海关站慢慢地停靠下来，他睡眼惺忪地下了火车，按照大姐丽云给的地址，一路打听着寻到了宝旭和玉华家门口。他站在门外，徘徊良久，薄薄的一扇门仿佛隔着万水千山，他怎么也抬不起手敲门。宝旭心里突然有一种隐隐的预感，似乎儿子就在门外，一件失而复得的宝贝就在咫尺之外。他咳嗽着，佝偻着腰身，从床上爬起来，一点点摸索到门口，猛然推开了家门。父子俩同时惊呼出声，时间好似凝固成冰，两人呆呆地立在门里门外，一时竟说不出半个字来。不知过了多久，俊明扑通一声跪倒在门前，对着宝旭猛磕了几个响头，嘴里语无伦次地咒骂自己。玉华提着一篮子菜从外面回来，里面有俊明最爱吃的鱼，不知怎的，今天在菜市场她非要买这鱼回家不可，否则就像心有不安似的。她暗暗独自站在楼梯拐角处，亲眼目睹这一切，泪水汹涌夺眶而出。怕惊到了儿子，她抬手捂住了嘴巴，硬是将抽泣声咽了回去。宝旭老泪纵横，冲到儿子面前，扶起他，一把抱在怀里，一双苍老的手哆哆嗦嗦地抚摸着儿子，对他还像小时候一般痛惜爱怜。宝旭不怨儿子，他只怕再也见不到儿子，哪怕他不是亲生的骨肉，却实实在在是他一生的执念。玉华擦干了泪，笑盈盈跟进门，装作若无其事地为父子俩准备午饭。俊明暗暗打量这套房子，与老家西北院的屋子比起来虽然小些，但舒服又明亮，还有暖气和自来水，这些都是曾经不敢奢望的。一家人摆好了碗筷，正要用午饭时，门外来了一大群亲戚，姊妹们领着孙瀛夫妇来探望了。

　　玉华年少时见过这个同父异母的兄长，头脑中模糊地记得他颇有几分父亲年轻时的派头。分离了半生之久，而今乍一见面，竟有些恍若隔世的不真实感。孙家分崩离析得太久了，后世子孙散落各处，突然间就聚到一处，心底满是沧海桑田难为水的痛。一群人围着桌子坐下，姊妹们添了几副碗筷，没有酒水，就以茶代酒，一家子头一次聚得七七八八。孙瀛听说过大妹养子俊明的事，见他生得清秀，心底就怕这孩子还会惹出风流祸事，须安排些事情让他做才好，还要早些成家，断了朝三暮四的念想才好，否则真不知还有多少祸事等着。孙瀛半生戎马，生性耿直，直言不讳要将妻妹的闺女许配给俊明。吕燕脸色一沉，立刻反对这门亲事。她顾不得体面，当着众人的面反驳说："我那外甥女是大学生，俊明没读过几天书，配不上我外甥女，你可别乱点鸳鸯谱了！"孙瀛撂下筷子，呵斥："你外甥女再好，也是我孙瀛把她送进大学门槛里的！没有我，她啥也不是！"吕燕一听就恼了，不依不饶地又和孙瀛争吵起来，夫妻俩一起变了脸色。玉华见状，心想这个兄嫂果然厉害，连忙劝住二人："一家人团聚，不要伤了和气！俊明的确配不上人家姑娘，这事莫要再提。只要给他安排个活儿干，让他有个安身立命的地方，我就知足了，娶不娶媳妇倒也不急。"吕燕听了，便住了嘴。孙瀛这个妻子向来在外面不给自家男人面子，两人的关系一直紧张兮兮的。他暗自庆幸，当初自己没有把那块传家宝玉交给她保管，真是明智之举。他思忖片刻，说道："我明天给这里军区的战友打个电话，让他给俊明在船厂安排个工作。"俊明连忙摆手，口干舌燥地说："不行，我没那本事到船厂工作，能不能让我到附近菜场卖菜？这活儿我保准干得了，也干得好，其余的事情我真的一窍不通。"孙瀛见他有自知之明，没有野心，过平凡日子也是福气。他虽在师长高位，却一生峥嵘坎坷，妻子又不贴心，时常生出高处不胜寒的孤独感。"这事只是一个电话就能搞定的小事！"孙瀛呵呵一笑，应承了下来。众人边吃边聊，不觉已日落西山，暮色沉沉中，几人上了两辆吉普车，连夜返回了秦皇岛市区。

孙瀛此行的目的，虽然是看望大娘和姊妹们，其实更深一层的用意，还是寻找那玉的下落。多年前，他带着那玉离家远走，投奔革命的路上，他担心自己会不幸牺牲在战场上，于是将那玉包好，藏在一个铁匣子里，途经燕山脚下时，在一棵老杨树根部掘了一个深坑，将匣子稳稳当当放进去埋好。他在老杨树上做了记号，暗自发誓若是来日功成名就，定然回来取玉传给子孙。然而，这一去就是二十多年，一路靠血肉和头脑拼出一条生路，顺利擢升至军区师长的位置，他竟寻不到时机来寻这玉。他开着吉普车，在蜿蜒起伏的燕山脚下兜兜转转，寻找那棵老杨树的踪迹，四妹玉霞和妹夫穆国庆随车一同找寻。她们对这玉只有微弱的印象，年少时曾在母亲房中见过的，也常听家里老仆人们提起过那玉的来历。不过，随着时间的流逝，她们对这玉的传说越发嗤之以鼻，深觉只不过是迷信而已。这世上哪来的什么白衣老神仙？又哪来的稀世仙玉？回眸间，却见兄长孙瀛一脸焦急、严肃的神情，见他不停地透过车窗向山路两旁东张西望，生怕遗漏了那棵老杨树的踪迹。此情此景，让玉霞夫妻俩也对这玉有了几分好奇和期待。他们开着车，顺着颠簸的山道来来去去找寻着，沿着孙瀛记忆中若有若无的印象，在燕山脚下寻寻觅觅。一整天时间，四人问遍了沿途的村民和牧羊人，却始终没有寻见那棵老杨树的踪影。

孙瀛万分沮丧，他失魂落魄地坐到一块巨大岩石之上，一动不动地凝视着远方。远处，山岚雾气飘浮着，淡蓝色的云烟若有似无，重重叠叠的燕山山脉巍峨绵延，横亘在天地之间，与老龙头和沧海遥遥相对，山风呼啸而过，带着一丝丝寒意和劲爽。孙瀛默默地想："难道自己成了不肖子孙，将祖上传下的玉就此弄丢了？"他心里一遍遍默问："玉啊，你到底在哪里？"他好恨，恨自己当初不该从大娘手里硬要了那玉去，也恨自己不该过了二十多年才来寻这玉的下落。总以为老杨树跑不了，玉也跑不了，会一直深埋地下，静静地等待着他回来取；总以为一切都会安之若素，一厢情愿地相信，等待不过是转瞬间的事。可这世上最残忍的就是时间，将沧海移作桑田的时间。

第十章　玉魄

北国冰雪在天光下反射着耀眼强光，丽云在雪地中踟蹰前行。从师范中文系毕业后，她先被分配进县城一所中学教语文，又被调去银行电大夜校函授中文，而后阴差阳错进了县里唯一的广播电台，少年时的梦竟然一个个奇迹般成真，她果真成了教师、记者和编辑。她不知，命运如此垂青，是为了弥补幼时艰辛的成长所带来的心灵创伤，还是自己的执着心感动了上苍，念念不忘，必有回响，让她这个毫无任何家世背景的小女子从微小逐至强大。她心中火热，总觉有无限的可能性在前方等待着自己，有数不尽的好事和机遇在命运的转角处向她招手。她的身上依旧有母亲亲手刺绣的汎云瑶图案，这些年那玉的纹样一样出现在她所有的衣物上，只是没有年少时那样多，而是不着痕迹地绣在衣角或者领口。

母亲苍老了，却依旧每天不停地绣着绣着，那一块块五彩丝线绣成的传家美玉被母亲绣到了所有亲人的衣物上。她知道，母亲在以这种方式来缅怀那早已丢失了的传家宝，但这玉的精髓却永远常驻在家中后代的心中。丽云每每想起那玉的故事，便觉心底充满了力量和勇气。

她心绪平和，无须忧虑远在山海关的父母和弟弟。山海关的亲友已成了气候，凡事畅行无阻，多少事都不成难题，这让她心安无忧。曾经惹祸多端的弟弟，也改过自新，成了家，立了业；即便只是菜场里一名普普通通的贩菜者，但他自食其力，活得坦坦荡荡。丽云曾经一度在县城教委里做过短暂的科室工作，没有住宿之地，便在办公椅上过夜。科室里向来喜欢欺负新人的女人，故意朝她的被褥上洒水，或是装作失手将热水壶里的水浇在她的被子上。她忍气吞声，不敢反抗，亦不知如何讨好人。后来，她被教委领导的亲戚挤走了编制，被分配到一所普通中学执教。那学校在大山脚下，满地碎石，打水不易，常常需要走几里路，到地势平缓的水井边汲水。冬天里，狂风大作，大雪纷飞，脚下结满冰霜，她不声不响地一个人下山挑水，心里一边是苦，一边是甜。可是，每当她站在讲台之上，就立刻容光焕发、神采奕奕。她激情饱满地讲授课文《我爱韶山红杜鹃》，收服了全校一众最难管的学生，令他们心服口服，敬她，爱她，信任她。她看见有人在班里偷偷恋爱，便心照不宣，在课堂上有意讲起"举案齐眉"的故事。多年后，学生们长大成家，经年累月却一直记着这件往事，一直记得梁鸿孟光"举案齐眉"的故事，他们都说丽云是这一生最值得敬爱的恩师。

而丽云的婚姻反倒来得平凡，山胜安是一名海员，有北方爷们的豪爽和硬气，他随着远洋轮船周游世界，去过三十多个国家。他像一股神秘异域气息的风，刮进了她的世界。他们匆匆成了婚，将学校宿舍简单布置成一个新家，从此开始锅碗瓢盆的生活。他拿着比普通人高很多的工资，足够帮她养家。日子好过了，她便寄钱寄洋货给远方的父母补贴家用。他半年出海半年在家，一年里一半的光阴她仍旧独自生活。他出海的日子，她独自挑水生火做饭，独自备课上课，日子淡泊平静，如流水。她凝视着雪地上长长的倒影，俯身掬起一捧雪，看着雪在手心里渐渐融化成水，她的心怅然，她不想就这样一辈子平庸度过，那些缥缈的梦依旧深埋心底，从来不曾淡忘，她在静静等候机遇。女儿在秋末出生，她给她取名妙琦，女儿周岁抓周时，一手抓了书，一手抓了笔。女儿八岁上小学那年，丈夫山胜安从远洋调回地方，在当地觅了一份普通工作，一家人从此相守一处。山胜安笑容明亮灿烂，谈吐幽默风趣，带着西式的潇洒。他习惯了四海为家的生活，见过世界各地的风土人情，眼界开阔，坦率质朴，却并不适应固定的工作方式和生活作息。山胜安在磕磕绊绊的复杂人际关系中沉浮，然而他全心全意地爱着妻女，是一个顶天立地的好男人，用尽全力守护着家庭。

日子溜走了一年又一年，丽云因缘际会进了广播电台，突然成了一名记者、编辑，这是她从小就梦寐以求的工作。她狂热地投入工作，一口气开创了十多个栏目，她的每一篇报道都像旋风刮过县城上空，整座城都爱听她撰写的文章。转头，她又拿起了笔，一篇篇向国家级和省级报刊投稿，她的文章不断地刊发，她成了当地公认的才女，是有口皆碑的"文坛三支笔"之一。她天性爱美，有着超越常人的审美眼光，总爱别出心裁地为自己设计新款服装，让裁缝照样剪裁，每一身都让人惊艳。但无论哪一套衣服，她总会让母亲亲手绣一块汎云瑶在衣襟处或领口处。

又过了几年，山胜安升任劳动公司书记，妙琦入了中学，乖巧懂事，成绩优异，一家人的生活蒸蒸日上。几年的光阴足以改变许多世事，丽云再一次不可思议地调入县城唯一的电视台。那个年月，电视刚刚普及，电视台是众人艳羡不已的地方。四十岁那年，她毛遂自荐，被一跃擢升为电视台文艺部负责人，独当一面，执掌文艺策划与导演，此后长达十二年之久，缔造了一系列收视佳绩。她亲手打造的《大观园》栏目，收视率屡创新高，创下了电视台有史以来最高纪录，成了台里创汇最多的栏目。丽云从未想过，她会拥有超越梦想的另外一种职业，拥有常人难以企及的知名度和成就。而后，历年春晚都由她亲自撰写主持人台词，设计节目方案，邀请享誉国内外的歌唱家、舞蹈家和艺术家表演，一台台晚会在她的卓越才干与精心设计下精彩呈现。

妙琦初中二年级时，丽云开始筹拍三部音乐电视，参加全国音乐电视评奖大赛。其中两部音乐电视都是以汜云瑶为原型的歌曲，她全身心地投入策划，东奔西走拍摄取景，近乎完美的精益求精和一丝不苟。当丽云离开女儿两个多月后，再次返回家中时，已经捧回了全国音乐电视大奖赛全部的金奖，简直拿奖拿到手软。

这一日，丽云发现女儿妙琦长得竟比自己还高，她仔细地打量着女儿，透着一股书卷气。妙琦不敢告诉母亲，自己昨夜梦见一位奇异的白衣老者，手里携着一块闪烁着幽蓝荧光的苍玉。她隐约记得，听父母谈起过，姥姥家祖上有一块传世苍玉。她猜想，或许就是白衣老神仙手中的那一块吧。

远在秦皇岛老龙头定居的玉玲、玉霞和玉素依旧像往常周末一样，和儿孙团聚吃饭。宝田虽一百零一岁高龄，却眼不花耳不聋，做得了针线，看得懂电视。偶尔她会让照顾自己的四女儿玉霞把玉华和宝旭接到家来，住上三五个月。某天凌晨四点，丽云睡眼惺忪地接到了一个电话，她听见电话那头四姨玉霞颤抖着哭腔，说道："小明一家人昨天煤气中毒死了。"

秋风秋雨愁煞人，一辆车子旋风似的疾驰而过，行驶在风潇雨寒的高速公路上。再见到父母时，丽云觉得他们仿佛一夕之间苍老了十岁。她知道，这致命一击足以击垮两位爱子如命的老人。父亲宝旭要不行了，丽云伏在他耳畔，问他要不要回老家，宝旭微弱地点了点头。她不知哪来的力气，徒手抱起骨瘦如柴的父亲，宝旭昔日高大伟岸的身子已经佝偻成孩子模样。丽云流着泪把父亲抱进车子，又扶着母亲下楼，上车，她不敢和思念已久的外婆宝田见面，就匆匆载着双亲，与丈夫一同冒着秋夜的寒雨向辽南老家连夜返回。

第十一章 极数

　　噩耗传到宝田耳中，已经是半年之后的事了。她神志时而清醒，时而糊涂。有时，她会将贴身照顾自己的四女儿玉霞当成大女儿玉华。有时，她全不记得自己曾经有过五个女儿。在她稀稀落落的碎片记忆中，有复县大宅的烟云往事，有寄人篱下的落魄岁月，有女儿们发家的荣耀，然而多半时间，她都只记得那块传家宝玉汎云瑶。她一病不起，陷入漫长的昏迷。

　　暮鼓声声，敲击在古老沉默的山海关城头。夕阳箫鼓中，孙家散落四方的子孙后代从各地匆匆赶来，来见这位传奇的长房主母，这位活了一个多世纪的老人家将不久于人世。祖上二房孙金英这一支脉五个子女从深圳赶来，四房孙怀远这一支脉八个子孙从山西赶来，姑母孙玉玲这一支脉三女一子从辽宁赶来，孙瀛带着妻子儿女也从广西风尘仆仆地赶来，宝田二女儿两子两女从复县乡下老家赶来，长女玉华因年迈无法再行远路，就由女儿丽云和女婿山胜安代劳赶过来。秦皇岛霎时间聚集了来自五湖四海的孙家后代，极少能够如此隆重地聚到一处。众人聚齐时，宝田已经陷入了弥留之际，她没有痛苦，面容平静，焕发出奇异的神采。医生说，这是回光返照，玉霞心知，这是母亲在向这一生告别。九月初九这一天夜里九点整，宝田终于九九归一，永远告别了这个生活了一个多世纪的人世，享年一百零九岁。这一天，又恰好是丽云的生日。这许多的数字九重叠在一处，让人惊讶又疑心，这到底是巧合还是天意。

　　众人在长辈去世的悲伤中，坐上车子，浩浩荡荡向复县孙家祖坟赶过去。孙家人各出了一笔费用，作为修缮扩建祖坟的钱款。昔日，孙家祖坟建有宏伟的祠堂，祖上先辈坟前立有花岗岩墓碑，四围植满松柏。可惜，如今只留下残垣断瓦和凄凄荒草。修整重建的祖坟没有祠堂，祖先坟茔除去了荒草，修整了石碑，虽没有过往的华丽，却也肃穆、体面。宝田的骨灰被女儿们亲自安葬在父亲孙瑾瑜身旁，同穴而眠。知晓孙家往事的老人们听说了这事，便有人偷偷带着花和酒到孙家坟地祭奠。老人们依旧记得大灾年孙老爷开仓赈粮的义举，也晓得孙家德泽一方的旧事，人人都说孙家对复县百姓恩重如山。至于孙家那块沆云瑶更是十里八乡家喻户晓的，然而至今那玉的下落依旧是个谜。有人说，那玉通灵，被神仙收走了；也有人说，那玉其实一直就在孙瀛手里，孙家一直偷偷保管着。

一年后，烧一周年祭的时候，一位不速之客突然来访。此人正是年逾古稀的孙金英之子孙玉良，论起辈分来和玉华算是叔辈兄妹，多年不曾联络，因了去年大房主母宝田的丧事才有幸见上一面。他见玉华第一眼，便觉亲切无比。相比之下，玉华与其他孙家姊妹不同，人显得更加和蔼、静默。玉良早就听说，玉华大姐一生坎坷多难，只是苦难并没有在她脸上留下太多痕迹，仍旧容貌清和，举止娴静大气，玉良心里对这位长姐满是敬佩和爱戴。丽云与这位只有一面之缘的舅舅并无太深的感情。丈夫山胜安便全力替妻子照顾家庭，善待老人，抚养女儿，对这位远房亲人礼遇有加，颇得赞誉。不多时，这事传到了各地亲友耳中，众人皆对家族聚会起了兴趣。然而，散落四方的孙家后人，各有各的生活，老一辈的夙愿终究没有成真，孙宅昔日的繁华热闹就像前世光景，既真且幻，成了老人们嘴里的传说。

妙琦时常在梦境中见到外祖母，她不是哭醒就是惊醒，独自坐在书桌前夜不能寐。曾外祖母和外祖母一生历经劫难，人生之苦十之八九尝遍，两人都卒于重阳九月初九，而九为至极之数。从一到九，就如人生又一个循环往复。人世澎湃更替，烟霞明灭幻睹，她们的一生，活过了别人几辈子都不曾有过的起落变迁，两世白驹过隙般活成传世美玉。她想起那块不知踪迹的苍玉，或许那便是至臻至美的瑶玉，美好珍贵、光华灿烂，在外祖母和祖母仿若瑶林琼树一般的传奇人生中时隐时现，却从未曾从她们心底离去过，她们已活成了那传说中的玉，与玉融为一体。

妙琦推开窗子，眺望月下海天，恍惚中似梦非梦地看到一位白衣老者在沙滩上踽踽独行。她披起外衣，匆匆下楼，推开家门朝白衣老者的背影追去。她迎着海风奔跑，海鸥在耳畔鸣叫，脚下的沙子松软绵延，她喘着粗气快步追赶，却怎么也追不上那蹒跚而行的老者。她终于一头栽倒在地，眼前一片漆黑，只有一点幽蓝色的荧光若隐若现地在眼前飘飞。她伸手努力向那光芒最亮处抓去，一股温润的气流顺着手臂流入心田，她倏忽起身，慢慢摊开了手掌，空空如也，什么也没有。

她一个人面朝大海，静静盘膝而坐，目不转睛地凝视着海天一线的云烟苍茫。大水苍茫，天地间，她衣袂飘摇如孤零的鸥鹭，神游象外。她侧耳聆听，仿佛有一曲微弱的歌谣在天边时断时续地飘忽入耳：九天云生言外情，一世烟飞心中缘，若问故土今何在，常在梦里海天寻……那歌声飘游翻飞，她分不清是梦境或是现实，静静入定，闭目屏息。

时光荏苒，龙腾虎跃进入了千禧年。妙琦与家人魏峰商定，在天涯海角希尔顿酒店预订了大型聚会场地，随后向散落各地的孙家后人发去邀请函。盛大的家族聚会紧锣密鼓地筹备着，这并非妙琦一个人的创意，而是出自母亲丽云的夙愿，想将散落四处的亲人们重新凝聚起来。广西舅公孙瀛近水楼台先得月，最先赶了过来，载着妻子吕燕和几个子女最早赶到天涯海角，帮着魏峰一起到火车站和机场接远道而来的亲友。众人见到孙瀛都觉得不可思议，他看上去绝不像年过八十的老者，他精神矍铄，容光焕发，硬朗康健，就是正值盛年的男人也不及他的状态好。孙瀛从部队退休后，又借着中国加入世贸的黄金十年，搞起了糖业加工，办起了糖厂，糖产品出口数十个国家。他在退休的年纪依旧忙碌奔波，迅速成了富甲一方的民营企业家，依旧和吕燕吵吵闹闹。

几日后，天涯海角聚齐了孙氏后人，近百人的家族大聚会在碧海蓝天之下举行。孙家后代在各行各业均有子孙涉猎，金融、教育、医学、考古、商业、媒体和艺术，都是孙家佼佼者辈出的行业。家族聚会不可避免地谈起了那块失传的苍玉，众人已不在意能否寻到那玉，却十分好奇那玉的质地和品相。有人问："那玉的质地像何物呢？"孙瀛喃喃自语，说道："像寒冰却暖融，像山石却温润，像水晶却混沌，像环却似玦。"祖上四房孙怀远这一支脉，有一位专门从事考古的后人，名叫孙鼎均，他闻言脱口而出："那是上古氿云瑶。"妙琦惊叫出声，喊道："怎么又是至阳之数'九'？"她追问："为何又是'九'？莫不是家族与九有缘？"孙鼎均摇头道："此字是'九'字带上三点水，指的是大水滂沱涵澹之意，不过也的确与'九'有缘。因为这玉存世之初，便已有了一段奇缘。"

第十二章　玉踪

　　"上古传说，西王母第二十三女，名为瑶姬，她'旦为朝云，暮为行雨'，变化万千，飞升为巫山神女。大禹治水，行至巫山，瑶姬遣神明相助，亲授治水法宝；于泛滥波涛洪流中，执剑亲斩十二妖魅、驱散虎豹。《襄阳耆旧记》记载：天帝之女，名曰瑶姬，未嫁而死，葬于巫山之阳，精魂依草，实为灵芝。这也是瑶姬最后一次现身人世，她为人间耕云播雨，并将仙灵芝化为能治百病的膏药赠予贫苦百姓。此后朝代，人世更迭，瑶姬化身为楚国高禖女神，得楚怀王青睐膜拜，奉为楚国氏族女神。据《襄阳耆旧记》记载，瑶姬曾为楚怀王托梦，留下一言：将抚君苗裔，藩乎江汉之间。此后又过千年人世，瑶姬被纳入道教传说，诸般神迹奇事记于《墉城集仙录》。"孙鼎均静静诉说完，拿起一杯清茶缓缓品尝，面容凝重，似在思索。孙家众人中有一人发问："这瑶姬不过是上古传说的人物，又与这玉有何关联？"妙琦凝眉沉吟道："言念君子，温其如玉。"丽云点头说道："不错，古人爱玉，士人君子们皆爱佩玉而行，温顺有礼，品行高洁。这瑶姬的名字有一个'瑶'字，与这玉的名字'氿云瑶'同字，不知瑶姬与这玉是否有关？"

　　孙鼎均放下茶杯，应声答道："问得好！这'瑶'即为玉的一种，而古时'玉'与'王'相通。这'王'字的三个均衡的'一'代表天、地、人三才，中间贯通天地人的一个"丨"当属天子，这世间珍宝虽无穷无尽，然而最得天地灵气滋养、受人磁场温润的宝物，非'玉'莫属。自舜帝举行祭祀仪式起，便收集五等侯爵所持桓圭、信圭、躬圭、谷璧、蒲璧朝觐日月山川，祭祀之后，依旧物归原主。"话音未落，有一孙家后辈忍不住发问："可是这'圭'与'瑶'并无多少联系，我常年经营玉器生意，对玉颇有研究，恕晚辈直言，您并未解答我的疑问。"孙鼎均微微一笑，向此人投去赞许的目光，继续言道："不错！'瑶'

远比'圭'贵重稀罕，因这'圭'乃礼用之玉，而'瑶'乃神用之玉，一个属地，一个属天，一个在人界，一个在灵界。我说过，那瑶姬后来被列为道教传说，便与这玉有关。"方才发问之人听后，不由得点头认同，便斗胆问道："据我所知，道教中玉石代表谦谦君子、处下柔顺、无为不争。"孙鼎均点头："正是！道教十供中，有香花灯水果、茶食宝珠衣，这宝指的就是玉石。但，玉在道教中，不仅仅是一块用来敬献神灵的宝玉。道教常用法印，多为玉作，如元代张天师'阳平治都功印'便是一方白玉印，而据说这汎云瑶便是一位道教仙师献祭给瑶姬的一块玉印，亦作法印。至于相关来历和典故，目前还不明晰，一直在翻阅各种典籍资料的研究当中。"众人听罢，皆有些失望，本以为能立刻听到最终答案，却依旧不得而知。孙瀛倒是上了心，将每一个字都听进了心里，他暗想，定要查个水落石出，哪怕糖厂转给他人，不再经营，也要在有生之年寻得这玉的来历和下落。

家族聚会之后，孙氏后代再次散落五湖四海，各自在人海中忙碌生息。孙瀛却动用了各种人脉，开始寻索汎云瑶的来历和下落。随着时间的推移，又过了数载，汎云瑶的信息慢慢浮出水面，从四处得来的碎片消息逐渐拼凑出一个完整的影像。自古以来，人们视"玉"为福祉瑞物，以"玉"通神，以"玉"喻神，"以玉作六器，以礼天地四方"《穆天子传》记载："周穆王行三万五千里西巡昆仑山，会西王母于瑶池，赠丝帛载玉万只而归。"汎云瑶就是西王母瑶池中镇压昆仑龙脉的一块上古苍玉，由西王母赏赐予周穆王，带回中土，作为礼天神器，通神灵，通天地，通万物。这瑶玉仿宇宙天体制造，因而散发幽蓝色荧光。汎云瑶本是昆仑山绛树上最华美灿烂的瑶玉，昆仑众神平日食玉餐露，却无人舍得摘下这枚瑶玉，古书《涉江》中曾记载"登昆仑兮食玉羹，吾与天地兮比寿，与日月兮齐光"。因而，这玉由穆天子乘八骏带出昆仑山后，便被世代供奉在太庙之中，几经战乱和朝代更迭，传至汉代。西汉时期，黄老之学盛行，道教"天人合一"思想遍布汉家天下，世人多想依托仙玉通灵的功效，羽化成仙，皇室将玉做成金缕玉衣穿在入葬者身上，祈求逝者早登仙界。汉武大帝因缘际会得到这块汎云瑶，爱不释手，从此据为囊中物，不肯轻易示人。因这玉本为仙家之物，颇有灵性和瑞气，汉武帝受其荫佑，一生开疆拓土，攻无不克，战无不胜。死后，贴身心腹便将汎云瑶放入武帝棺椁之内，枕在武帝头下。而后数百年，汎云瑶销声匿迹于人世，逐渐被世人遗忘，直至魏晋南北朝，忽而又重现江湖。晋朝道教方士葛洪善于炼制丹药，遍寻名山大川欲得仙玉入药，偶然途经一座名山，竟觅得汍云瑶仙踪。他在《抱朴子·内篇·仙药》中自诉："玉脂芝，生于有玉之山，常居悬危之处。玉膏流出，万年以上，则凝而成芝，有似鸟兽之形，色无常彩，率多似玄水苍玉也，亦鲜明如水精。"葛洪得到苍玉汍云瑶，却不舍得入药淬炼成丹，于是藏匿家中密室，用作"仙道贵生"膜拜之物。葛洪羽化飞仙之后，汍云瑶不知所踪。此后又越百载千年，有一日，一名白衣老者在浙江天台山游历，不知不觉来到华顶峰。此处群山叠翠，山峦屏障如百叶莲花盛开。老者极目四望，但觉山中有隐隐仙气，紫色迷雾世人见而不睹，而老者却能一眼觅得仙缘紫气之根。山顶峰有一处拜经台，白衣老者步履矫健，攀上高台，在日光下盘膝打坐。从白昼到黑夜，再到黎明，老者闭目而坐，一动不动，神游天外。黎明的华光穿透山岚雾气，透过氤氲云海，豁然将一片明霞洒满华顶归云。老者缓缓睁眼，深吸吐纳，起身向山下而去。不多时，便在一处岩洞中停下，他感应到那股蒸腾而上的紫气正是从此地流泻而出。他慢慢走进岩洞，见一供案独立洞中，木质为紫檀，造型似魏晋风度。供案之上摆着一块极美的幽蓝苍玉，他见供案两侧摆放的食物早已石化，便猜测这些供物历时久远，不知哪朝哪代人前来祭拜。他把那苍玉收入怀中，转身走出岩洞，飞也似的离开了天台山地界，朝北方而去。他心知，玉为灵物，须得有缘之人才配拥有，否则极易招来灾祸。于是，他兜兜转转来到了辽南，之后便遇到了在荒庙中过夜的一个青年，他救他脱离火海，又在梦里以玉相赠。孙瀛寻到此处，已晓得那被救之人是谁，他不可置信地看向天空，似乎在幽蓝昊宇中看到了一个神秘的世界，那是另一个维度的世界，与这个世界并行不悖又相形独立。

　　然而，玉究竟在何处？孙瀛不得而知，他凭着记忆中的蛛丝马迹，数次返回燕山脚下，披荆斩棘，寻求当年埋玉之所，来来回回，不知寻过多少遍。翻过每一处山石，刨开每一棵老树之根；风餐露宿，蓬头垢面，终究还是寻而不得。吕燕倒并没有和他争吵，反倒安慰他说："那玉和孙家的缘分尽了，但孙家子孙后代依旧昌隆繁茂，即便没有那玉的庇护，依旧是人丁兴盛、人才辈出的家族，这就足够了。要那玉何用？"吕燕和孙瀛吵吵闹闹了一辈子，没想到她能说出这样明理的话，孙瀛心头一暖。自幺女赴美留学之后，夫妻俩便十分惦念，两人的关系反倒因此缓和了许多，不再像以往吵吵闹闹。此后数年，孙家各方支脉均有后辈出国留学，定居海外，星罗棋布分散在东南亚、欧洲和北美各地，均在各行各业出类拔萃。家族如玉，亦如古董，代代打磨呵护，犹如玉之包浆；

世代相积，温润沉静，无形无体却深入骨血精髓；代代相承，如切如琢，雕刻后世子孙的样貌和性灵。案有诗书，心智通透，亲情连接，不管世事纷扰迁徙，终成传世美玉。

孙瀛携手孙鼎均，余生遍访名山大川，踏破铁鞋，寻寻觅觅，四处访求氿云瑶的踪迹。日复一日，年复一年，寻玉几乎成了不舍的执念。他们耗尽精血，皓首须眉，终日在峰峦叠嶂的山林间找寻，游走在乡野和城市之间，锲而不舍地找寻，这执念一日深似一日。时光神奇地劈开两条并行不悖的路，寻玉与入世，互不相干，互相牵扯，丝丝缕缕。孙家后辈，科甲蝉联，朱紫盈门，世家美眷，既刻录在记忆中，亦深嵌入基因中，家族兴旺致远之路，"余留"为戒，绵延百代不衰。惟书，开卷有益，书画柔翰；惟谦，修身齐家，开阖从容。

第一稿于 2021 年 12 月 19 日

第二稿于 2022 年 1 月 4 日

第三稿于 2023 年 12 月 30 日